圣地古田

文化拾粹

何英 主编

海峡出版发行集团
海峡文艺出版社

图书在版编目(CIP)数据

圣地古田文化拾粹/何英主编. —福州:海峡文艺
出版社,2023.7
ISBN 978-7-5550-3129-1

Ⅰ.①圣… Ⅱ.①何… Ⅲ.①历史故事—作品
集—中国—当代②民间故事—作品集—中国—当代
Ⅳ.①I247.81②I277.3

中国版本图书馆 CIP 数据核字(2022)第 218904 号

圣地古田文化拾粹

何英　主编

出 版 人	林　滨
责任编辑	林鼎华
编辑助理	陈泓宇
出版发行	海峡文艺出版社
经　　销	福建新华发行(集团)有限责任公司
社　　址	福州市东水路 76 号 14 层
发 行 部	0591—87536797
印　　刷	福建新华联合印务集团有限公司
厂　　址	福州市晋安区福兴大道 42 号
开　　本	720 毫米×1010 毫米　1/16
字　　数	233 千字
印　　张	18
版　　次	2023 年 7 月第 1 版
印　　次	2023 年 7 月第 1 次印刷
书　　号	ISBN 978-7-5550-3129-1
定　　价	42.00 元

如发现印装质量问题,请寄承印厂调换

序

孙绍振

30多年前，我两次带着学生去过闽西红色根据地。先是乘火车到龙岩，然后就是步行到革命圣地古田、上杭、长汀，那时流行的说法叫作"拉练"。踏着红土地，每一步都感受到红军脚步的回响，唱着革命歌曲前进，呼吸到的每一口空气都是神圣的，革命的浪漫诗意如梦如幻，气壮山河之感油然而生。30多年后重来闽西，则是在高速铁路上乘风驭奔，昔日童山已经植被丰茸，层峦叠翠，远近浓淡，逶迤起伏。山间民居丛簇蜿蜒，皆是现代小楼，间有传统飞檐，西式阳台嫩绿、淡黄，鲜红的立面鳞次栉比。夜晚，城市照明工程和当年才溪第一模范乡光荣亭流光溢彩。这哪里是闽西的穷乡僻壤？

乾坤飞转，日月惊殊，这里挖出了金矿。

紫金矿业，名震华夏，小城已经容不下它的气势，其股值飞涨的声势，惊雷远达非洲。

红土地中的鲜血渗透得太深了，传统太肥沃了。比之地质矿藏更为深邃的矿藏，是红土地的精神矿藏。已经有那么多的有心人做了那么多的调查，写成了那么多的典籍，只是，黄金矿床是有限的，红土地上精神的矿脉却是无穷的，在那崇山峻岭之中，多少惊天地泣鬼神的故事在默默地等待被发现。而我，在汀江口就有过一次不期而遇的震撼。

20世纪30年代，从上海临时中央通往中央苏区的交通线大都被破坏了，这条唯一的生命线得以保留，其代价是一个家庭七口的牺牲。红色交通线上的烈士们，大多没有留下名字，秘密工作于地下导致壮烈的事迹几乎被时间磨灭。英雄的事迹随着家属的远遁他乡而几近消失，如果不是这一家族第三代出了一个颇有文化的后代，也许壮烈的精神就像无人山涧旁的鲜花一样自开自落了。感谢这个年轻的有心人，悉心收集整理七位先烈的事迹，又惊动了当年曾经在这条交通线上走过的叶剑英的后代，感动了一位企业家，为这个荒僻的山村修了一条简易的公路，先辈的业绩才得以传播。当年付出生命代价的英雄从来没有想到任何物质报酬。上海临时中央负责人经香港进入苏区首府瑞金，转道汀江口。交通员杀了三只鸭子招待，来人过意不去，说，来往人物这么多，你们怎么接待得起？给了三块银圆。直至1949年以后，人们从报纸上才知道，给银圆的是周恩来。而那些暴露了的、英勇献身了的交通员，当然不能享受这份惊喜了。

汀江口的这个故事，对红土地上的英雄历史来说只不过沧海一粟，那浩如烟海的光辉业绩，需要更多的精神的投入。何英，一个客家女子，还有李治莹，土生土长，又有黄河清、杨国栋、张茜、张冬青等，怀着使命感，深入这片土地收集了遗落在大山里面的精神珠贝，为的是向后代展示先辈心灵的辉煌。

让我们把焦点放在上杭、古田、蛟洋、步云地区，还有古田大源革命基点村。古田和蛟洋地区的乡亲们，与第一线作战的革命者一样，倾洒热血。红军北上，整整三年，红色根据地不断壮大、淬火成钢，保持20年红旗不倒。

红色故事层层叠叠，讲述了数十年，传了一代又一代，越是时间遥远，越是焕发出初衷的光芒。虽然有些故事并不是第一次出现，而且，时光流逝，细节磨损了，失去了当年凶险和机遇的质感，显得平淡了，但讲述者像能工巧匠，恢复那磨光的铜币上的图形和字样。有时，一个细节要经过长途跋涉，用脚步丈量深山老林才能还原。毛泽东在苏家坡养病的故事，知道的人不少，但是有多少人知道，一代伟人生命的维系，曾经得益于一个小人物和一个老中医？赤卫队员陈添裕背着他转移，"倒穿草鞋"的一个细节，透露出令人惊叹的机警和智慧。毛泽东病愈是人所熟知的，但是，有谁知道他曾经"又烧又泻"，"全身浮肿"，久病不愈，老中医开了特效药"金鸡纳霜"，特别交代加强营养，增强体质，用鸡肉、牛肉熬成浓汤给他饮服，他才得以病愈？如今，这种汤成了闽西著名的"毛公汤"。

惊心动魄的英雄故事固然珍贵，而令人不能不掩卷沉思的，是那些活着的无名英雄，他们的精神同样无愧于红土地的丰碑。想来，读者在读到《无字碑》这一章时，不难发现，当年英雄谱系中的人物并没有留下显赫的名字。在《老兵之歌》中，就有一位立下了不朽功勋的英雄，不但不居功自傲，相反还主动申请还乡，作为一个普通农民终其一生。老红军卢汉章，参加红军时才十五六岁，长征万里、转战南北，历经国内历次大战，中华人民共和国成立后，申请复员回乡。抗美援朝战争爆发，他又响应召唤，光荣立功，战后已经47岁，再次申请复员，在乡村做最普通的小干部。1960年，为响应国家"精简"号召，他回家当农民，直到逝世。即使在生计困顿时，他也没有向国家伸手，就这样默默无闻地清高自守，直到79岁，才收到由福建省民政厅颁发的"福建省红军失散人员"证。红土地上的英雄大都是这样默默无闻的。就是普通农妇，往往也有义无反顾的壮举。在三年游击战争中，才溪乡的阙桥书抱着孩子跟随部队转移进大山里。敌人正逼近的时候，孩子却突然发出哭声，她毫不犹豫地将孩子往怀里紧紧地抱着，眼看着孩子身上慢慢地发紫，等到敌人撤退，孩子已经停止了呼吸。这样的故事，不是个例，闽西革命根据地主要创始人之一张鼎丞，他的母亲范大春也曾毅然决然地做出过同样的选择。

　　这样的故事太多，往往就在一个并不起眼的祠堂、一首并不时尚的歌谣、一个看来平常的传说中，当然，也有留下了比较显眼的外观的，那就是当年的烈士公墓。烈士姓名刻在简陋的石碑上，金石永存，横批写着"浩气长存"。匆匆而过者，不能不留步瞻仰当地领导人张鼎丞当年题的对联"但愿子孙相继起，能和先烈共流芳"。

　　历史是不能忘记的，唯有牢记历史，方可告慰历史，告慰那战火硝烟中奉献生命的英烈们。当年烈士临刑，在生命意识最后消失之前，眼前出现的，令他们义无反顾的如梦如幻的景象，就是今天红色土地上现代化的一切。红土地的历史，时刻在提醒我们，我们是幸运的，因为我们生活在先烈之梦化成的现实之中，我们平凡的每一天，都是他们梦中的节日。

　　……

　　还有，这一套书中的另一本，讲述的是古（田）、步（云）、蛟（洋）地区的传统文化。读"红色遗珠"，眼前晃动的是英烈们的坚定步履、昂扬斗志，以及抛洒的鲜血、瞬间失去的生命，是一定会有沉重感的。回过头捧读充满有趣故事的乡间文化，沉重感立刻得以缓解。我知道，客家人是喜欢讲"古"的，因为数千年前无论是从中原还是从大西北，他们都要筚路蓝缕千万公里，来到闽西大地后，又为生存立足和绵延生命而历尽艰难曲折，其中衍生出多少脍炙人口的故事。乡村客家人群中的民间故事，犹似闪着光芒的珍珠，散落于乡村的山水之中。太多的故事不仅有价值，而且珍贵，特别为乡亲们所津津乐道。因此，收集和整理则成为文化工作者的一大责任。

　　此民间故事集中的故事不少，其中既有数不清的"星星"，又有猜不透的"月亮"。就让喜好讲"古"的女士们、先生们，和小朋友们，来一个中国版的"一千零一夜"吧！

2021 年 3 月 18 日

目 录

唤醒记忆的乡愁

何 英

上杭古田，是著名的革命圣地。闻名世界的古田会议的会址，就在五龙村。

如今，上了年纪的五龙村人都说："我们村里，有许多著名的景点，可以唤醒世代古田人的记忆。"

一、五龙村的传说

五龙村，在古田镇东北侧，位于古田会议会址所在的"社下山"与"彩眉岭"之间。

五龙村由黄龙口、五甲、邓家坊、白莲塘、大增 5 个自然村组成，面积 18.67 平方公里，依山傍水，地势平坦，森林茂密，村中有一条从"彩眉岭"贯穿而过的五龙溪。

五龙村有中国古代"风水砂派"代表性人物张九仪的传说故事。

张九仪著有《砂水要诀》等多部名著，对清朝以后的中国风水文化有深远的影响。据有关记载，他一生中经常行游华夏大地，察看过许多"风水宝地"。

在古田民间的传说中，张九仪来过古田。那时的古田，还不叫这地名。他在南游期间来到古田，觉得这地方的风水很好，便登上笔架山。这一看，他觉得这地方非常了不得，"龙脉"清晰可辨。

接着，他登上彩眉岭山顶，往山下看去，眼睛突然一亮：这彩眉岭下的山峦层叠起伏，正似飞出的"五条巨龙"。他取出随身带着的罗盘，按八卦来排列，有：甲龙、乙龙、卯龙、辰龙、翼龙，竟然是五龙祥瑞并驾齐驱。他连声叫好："龙气旺盛。"

张九仪立即下山，又到对面的高寨山去。到了山上，看着看着，他频频点头，又拍脑袋惊叫并伸手指点着告诉身边的人说："你看，那下面的'社下山'（即现在古田会议会址所在的山头），与向北延伸的连绵山脉，构成了一条'大龙'。那错落有致地长满原始树木的社下山，不就是那巨龙的'龙头'?! 那正背倚树木葱郁的社下山的廖家祠堂，正好处在'龙眼'的位置上呢!"

后来，人们将那犹如"四条小龙"畅游在廖家祠堂这条大龙身边的"五甲""邓家坊""白莲塘""大坪"四个自然村的故事，慢慢地传播了出去。同时，将彩眉岭下的村子叫作"五龙村"，廖家祠堂前端的这个自然村因刚好处于"龙口"处，便称之为"黄龙口"。

从此，"五龙"就这样叫开了。1929年红军进驻古田后，著名的"古田会议"就在那社下山处于"龙眼"的廖家祠堂里召开。

如今，"古田会议永放光芒"几个光辉大字，就在社下山廖家祠堂的屋后，闪耀着历史的光芒。

二、古田丘的传说

话说张九仪来古田，登上笔架山和高寨山的山顶去察看后，还发现那社下山背后一片农田中间的几块农田，因其间的小道镶嵌着鹅卵石，竟错落有致地展现出"古田"两个字，他拍腿惊呼道："这地方何不就叫'古田'呢?"

接着，当地的人们纷纷登山察看，都说"果真如此"。

从此，人们就把这地方称为"古田"。那几块农田，就被称为"古田丘"，直至今日。

在 20 世纪 90 年代"红色古田之旅"开发之前，只要你登上笔架山、偏篓寨的山头，就能非常形象地看到古田丘那几块农田中展现的"古田"二字。

有意思的是，那古田丘的农田，"古"字属黄龙口自然村的农田，"田"字属五甲自然村的农田。那农田中间的小道，在经济不发达的年代，是世代古田人与外界联系的步行交通要道。

可惜的是，在后来的生产责任制和农村建设发展中，当年那古田人与外界联系的步行交通要道，不再发挥作用了，古田丘那几块农田，也被历史无情地"瓜分"成各家各户的责任田了。

三、笔架插云的传说

在古田会址的北面，有一座高耸入云的大山，本地人称为"笔架峰"。传说在很久以前，玉皇大帝在率众神外出巡游时，发现脚下的梅花山脉层层叠叠，翠海延绵，便派文星和魁星下凡巡察，要他们三天后回去撰写关于梅花山脉的文章。

文星和魁星遵旨下凡来此游览时，热情好客的民众便搬出封存多年的"五龙米酒"招待。

未料想，文星和魁星经不住好菜好酒的招待，几坛陈年好酒下肚后，一醉不醒，竟忘了玉皇大帝嘱咐的大事。

第四天，玉帝没有收到文星和魁星呈来的文章，就派主管地方的土地爷出门追查。土地爷发现文星和魁星还在酣睡，便回去如实报告。

玉帝大怒，便将文星和魁星随身携带的笔往那一点，不准他们回宫廷，罚他们永驻人间。

从此，笔架峰就这样形成了。

慢慢地，人们便在笔架山与"蚊帐骑"之间建了一条通往龙岩方向的古驿道，成为历史上长汀、连城一带的民众到龙岩的必经之道，人们把这条道称之为"彩眉岭"。那笔架峰上"笔架插云"的传说，也随之慢慢地传开了。

后来，有文人游览此地，登上山游览后，撰诗云："南峰云绕北峰云，笔架三山莫可分。策杖遨游犹未久，归来时节已斜曛。"

四、苦斋牧笛的故事

千百年来，古田民众外出到上杭县城，都必须翻过一座叫"苦斋岭"的山头。这山头，是古田民众通往郭车方向的必经之路。

苦斋岭，是一座山头不高、缓缓而上的小山头。有史以来，古田民众往西南方向出发，必爬上苦斋岭东面那条长长的斜坡，再缓缓地走下苦斋岭西面的坡，之后，就到郭车了。

相传，这苦斋岭以前不叫这名。人们称这座山头为苦斋岭，源于民间流传的一个感人的故事。

故事说的是：在很久以前，有一位从古田嫁到郭车的妇女，第二年就生了儿子。之后，她按民间传统习俗，在坐月子 40 天那天，背着孩子回古田娘家"轴虱嬷"。这坐月子 40 天后回娘家轴虱嬷的意思是，孩子已经"出月子"了，要将孩子背回去给娘家亲人看看，孩子出了家门，就等于"见世面"了，从此就能平安顺利地成长。

当这位妇女背着孩子从郭车出门，在苦斋岭的西面爬上山顶时，看到路旁躺着一位不省人事的白发苍苍的老人。她便蹲下身子，小心翼翼地唤着老人。看老人尚存气息，估计是因饥饿而昏迷。这时，孩子正好睡了，她先是解下背后裹孩子的"小被子"铺在路旁的草地上，再轻轻地解下孩子放在小被子上，让孩子继续睡觉。

之后，她用手掌接着从自己身上挤出的奶汁，一边扶着老人，一边慢慢地往老人的嘴里一点一点地喂。

一会儿工夫，老人苏醒了。她轻声地问老人家在什么地方，要送老人回家。

老人告诉她，自己是那山脚下的古田人，家里唯一的儿子外出帮人家做工几天未回，自己便外出寻找儿子不遇，悲伤劳累而昏迷。

老人说着说着抹起了眼泪，稍稍停顿后继续说，自己已经无牵无挂了，如果能死在这路上，不仅自己省心，还省了邻居们前来帮着处理后事，叫她不要管自己。

妇女听完老人的诉说，非常同情。她联想到自己娘家和婆家都有老人，而且自己也会老的。可以说，老人的今天，就是自己的明天。

她耐心地劝说老人，要想开点，也许儿子明天就回家了。她还说，自己是从古田隔壁的步云嫁到郭车去的。既然老人是这山脚下的古田人，她先送老人回家去。

老人看着她睡在路旁小被子上的孩子，婉言谢绝她的好心，劝她离去。

妇女不肯离去，说孩子睡得正熟，执意要先送老人回家。还说："这座山，爬上岭就能看到我的娘家。我天天想娘家人时，就望着这座山。既然你是这山的东片人，就是我的娘家人。今天，我带孩子回娘家轴虬嬷遇到了你，我不能不管。"

说完，她二话不说硬是要将老人先背回家。老人劝她孩子要紧，不要管自己。

可妇女却安慰老人说："我出门时才将孩子喂饱，再说孩子现在正睡得香，我马上背你到山脚下，就一会儿工夫，我再上来背孩子也不迟的。"

说完，她三下两下就背起老人往山下走去。

她背着老人走到山脚下，老人说那村头就是自己的家，要她放下自己回去背孩子。

她觉得到了山下，路好走了，让老人自己回家就行了。便放下老人，自己马上折回到山顶。

可是，当她回到山顶上时，孩子却被野兽叼走了，只留下包孩子的小被子和一个血印。

妇女跪在地上拍地痛哭，觉得自己对不起夫家也对不起娘家。就这样，妇女长跪在此，直到失去生命。

人们觉得那位老人和这位妇女，都是"前世的苦斋"，从此，便将这里称之为"苦斋岭"。

慢慢地，人们将这山间羊肠小道，修建成鹅卵石砌的道路。路两旁都是原生态的竹林和树木，一直沿袭到 20 世纪 60 年代初。

春夏时节走在这条道上，一阵阵知了叫和着鸟鸣声，犹如牧笛与自然界的和声。再加上人们的脚步声，就像是悠扬的牧笛让你放心远行，一身疲惫早抛到九霄云外。

后来，有文人经过这条小道，将其称之为"苦斋牧笛"，并赋诗云："苦哉风景最相宜，绿竹苍苍一带垂。几度夕阳回首处，无腔牧笛数声吹。"

如今，那苦斋岭和苦斋牧笛的情景，早被那现代的高速公路和动车抛进了历史的深处。但是，人们还传颂着"苦斋牧笛"的乡愁。

五、易候公"鸡公车"运银

在五龙村，如果有人问"谁是百万富翁"，人们便会告诉你是易候公。他，腰缠万贯，贵气盈门，是远近闻名有钱有势的历史名人。

传说在几百年前，易候是远近闻名的大富翁。日常居家用的量米的"斗"，是白银打造的，家里富得是"金山银山花不完"。

他家里吃的，是一年三百六十五天招待来客都吃不完的大鱼大肉。而且，在五龙村，现在仍能找到他们家留下的"三厅八厢，百间宽敞"的豪华建筑遗址。

易候公家里，无论大门或小门，都是用青岗石砌成，那每一扇墙，就连围墙都是青砖尾迭着，处处都是些雕花屏风和门窗。

五龙村民至今流传着给易候公家建房子的故事。传说给他做木匠的师傅，光是给他建房子，就积攒够了另建一座房子的木料。

那给易候公家做泥水工的师傅呢，看着木匠师傅为自己积攒下建一栋房子的木料，也"食酒看隔壁桌"，悄悄地为自己积攒了能建一座房子的材料。

只有那石匠师傅，他觉得别人家的东西再多，都是别人的，不是自己的东西，不得有非分之想。于是，他在为易候公建房担当石匠师傅时，下定决心只挣应得的工钱。

易候公是个非常聪明的东家，他对请来的各位师傅所想的心知肚明，只是从不言说。他在表面上仍然对请来建房的师傅们一视同仁。暗地里他认为既然那木匠和泥水师傅心有企图，也由着他们，只要师傅们只是为自己家里建房攒材料，我易候公，拿得出，不与他们计较。

至于那正直本分的石匠师傅，易候公心想：我必当另外报答他。

古话说，"人无旺财不富，马无夜草不肥"。易候公的家财是怎么来的呢？

易候公是一个非常有生意头脑的人，一生靠的是做木材返运生意。当年的古田，房前房后的山，都生长着高大笔直的参天大树。上杭县城、龙岩、漳州，甚至广东一带的有钱人建房，都指定要进古田的木料。

但是，当年古田通往外地的道路，都是崎岖的羊肠小道，只能设法运送到上杭县城的汀江河或龙岩的龙津河去，再靠那里的水路运输。

从古田到龙岩县城，木材外运的路线只能是从"白莲塘"到"分水岭"，到"五公村迎坑"，再到"宫尾板"，之后就直往龙岩、漳州了。

易候公非常聪明，他每天组织本地的木材老板，鼓励他们各自卖出几百根木头，然后漂他预定的地点，再打捞起来。但碰上雨季的山洪，便会把成批木材冲向异地，那就是孙悟空有十八般的武艺，也没法捞起来了。这样一来，就要亏大本钱了。

有一年，本以为天气不错的古田木材老板，约好和易候公一起放木料到漳州，却碰上连续几天的暴雨。这样一来，前几天放出的几万根木料同时堵到一座大桥下，因那一根根的大木料挡住了水流，不仅木头出不去，连那山上奔涌而来的洪水也流不出去。

眼看着水不停地往上涨，整个漳州城都快要被洪水淹没，大桥也快要被洪水冲塌了。这样一来，不仅木材老板要受很大的损失，连人民群众的生命财产也受到威胁。当地的县衙，派出精兵强干召集木材老板商谈如何处理当地将要发生的危机。

这时，各路木材老板逃之夭夭，都说放弃这批木料。只有易候公公开站出来说自己是木材老板，愿意赔偿并在县衙定的协议上签名。

易候公虽然签了约，但是从县衙出来的那一刻，他明白这赔偿的数目是难以估量的，届时县衙肯定是会放着当地人来"黑"自己的。他心里七上八下，想：如果县衙要"黑"我，怎么办呢？易候公越想越担心，便闷闷不乐地来到客栈。

落座后，易候公仍然愁眉苦脸，要了几个菜和一壶酒，不停地唉声叹气。

这时，一位满脸胡须的老者坐到易候公身旁。

易候公悄悄地抬头细瞧，只见这位鹤发童颜的老者，须长一尺多，满脸髯须让人见毛不见面，他还在笑眯眯地捋着自己的髯须。

易候公再悄悄地瞟老者一眼，老者仍然在心满意足地捋自己的髯须，似乎这世上的一切都不在他的眼里。

过了一会儿，易候公要的饭菜上来了。易候公便拿起碗和酒杯，递到老者眼前，请他一起喝几杯。

这时，老者睁开大眼，显得十分饥饿，大吃了起来。易候公见状，马上叫来客栈的店员，吩咐说："这位老者可能是饿了，拿出你们客栈最好的酒和食物给他吃，我付费。"

店员看来了大主顾，不停地点头哈腰，转身禀告客栈的老板。客栈老板吩咐按客人的意思办。

很快，上等的好酒和山珍海味摆了一大桌。老者叫易候公一块吃，易候公却说："不急，不急，我肚子不饿，待你吃饱了我再吃。"

老者眯着眼睛继续大吃了起来，那架势像是想把桌上所有的东西都吃完。眼看着桌上的酒和菜快要吃完了，易候公又把客栈的店员叫来吩咐道："请你看看，还有什么上等的食物，再给添上。"

店员瞪大了双眼，急忙去备食物了。

这时，易候公端着一杯茶，静静地坐在老者的身旁，还嘱咐老者说："你别急，慢慢地吃，保证够你吃饱。"末了，还掏出身上仅有的银子放在老者的面前说："这是一点点微不足道的碎银，给你带在身边，回家的路上也许用得着。"

老者笑眯眯地收下之后，仍然半眯着眼睛。

又过了一会儿，老者问易候公说："看你一脸的愁相，为何而愁？能不能说来听听。"

易候公觉得老者慈眉善目，便挪了一下板凳，如实说出烦心之事后，又添了一句："我知道，不应该将这点小事向长辈诉说。但是，我压在心中，不吐不快。你千万别介意！"说完想起身告辞。

老者让他坐下，胸有成竹地告诉他说："在那桥上游的百米处一

唤醒记忆的乡愁

个山坳里，地下河的缺口打开了。你到那里去，边上就有一块立着的石头，只要将石头推下去，就能堵住那地下河的缺口。"

说完老者起身大笑着走了。

易候公立马起身追到门口，老者却没有了踪影。

易候公正纳闷时，忽然堆满乌云的天空射出一束光芒，同时又从屋顶传过来老者那"哈哈"的大笑声。易候公顿时明白了，自己有救了，马上双手合十向东方跪倒，连连磕头。

接着，易候公按老者说的办法去做。果然，洪水渐渐退了，漳州城免于洪灾。易候公再捞起万根木材，即刻买出高价，银堆成山，雇了几十个人挑回古田都挑不完。易候公便雇用了两轮"鸡公车子"，将银两全部运回来。

回到古田后，易候公首先请人送了一包银子给那请来建房的石匠师傅，告诉他说："这是补偿给你的工钱。"

石匠师傅不解，易候公派人去告诉他说："你是最有良心的师父。"

接着，易候公又叫家人给一起做木材的老板们都送去银子。同时还让送银子的家人告诉那些木材老板：虽然这批木料县衙全部判给了我易候公，但是原本你们应得的银两，还是要分给你们。

接着，人们都知道了易候公靠做人敢于担当又诚实的作风给自己带来财运的故事。

之后，易候公再买田做屋，从此家业兴旺，成了远近闻名的富翁。

正道是："义路礼门宗世彩，庚泉让水继修江。财运亨通通四海，乾隆赐匾刘墉送。"

六、仙人送来一金砖

彩眉岭，在五龙村东南方向有一条缓缓往上走的古驿道。在那交通不发达的年代，这条古驿道，不仅是古田通往龙岩方向的交道要道，也是连城、长汀一带民众前往龙岩方向的必经之路。

彩眉岭的顶上，有一座凉亭，人们称之为"歇脚亭"。以前，彩眉岭的山下住有一户人家，主人姓张，人称她"张嫂"。张嫂每天都煮好一桶茶水送到那亭子里，因此人们也称那凉亭为"茶水亭"。

张嫂非常细心，每天送茶水桶到凉亭时，桶面都用一片芭蕉叶盖住，然后再背着茶水桶慢慢地往上爬。

渐渐地，张嫂由年轻时的"张嫂"变成"张伯母"。年老的张伯母因彩眉岭的山路陡峭，往上爬时，非常辛苦，有时累得她汗流浃背。

一天，一位过路的行人看张伯母又背着茶水桶吃力地往上走，便问她为什么天天都送茶水到凉亭。她说："过路行人外出不便，送上一桶茶水，给人家解渴，这是举手之劳。"

行人称赞她，提出为她背一段。她说："我习惯了，一天不来送茶水，就好像少吃了一顿饭。再说了，这是为子孙积善。"她坚持要自己背到凉亭。就这样，她不知疲倦地坚持了一辈子。

后来年纪大了背不动，她就改为上午送半桶，下午送半桶。再后来，她又拄着拐杖坚持送茶水。

在那年代，由于生活条件较差，人到了 60 岁就被称为"老人"不再外出了，她这样坚持每天送茶水上山，就连家人都觉得过意不去。可张伯母却说，自己要坚持送茶水到 70 岁。

70 岁那年的大年三十，一大早她就起床，坚持要送茶水到凉亭。家人劝她说："你明天就 71 岁了，今天过大年，不要再送了。"

她又说："我在心里许过心愿，要送到 70 岁，我今天还是 70 岁的人，还要送。"就这样，她拄着拐杖又出发了。

一路上，张伯母没有遇到一个路过彩眉岭的人。

她爬到山顶后，突然间，天色暗了下来，有点朦胧。张伯母放

唤醒记忆的乡愁

下茶水桶准备返回时，抬头看见一位巨人，一脚跨在彩眉岭的笔架山崇，一脚跨在"蚊帐骑"崇。

张伯母顿时感到遇到"山神"了，立即跪地行拜说："山神保佑，山神保佑！"

那"山神"说："你一生积德行善，是为求财，还是求丁呢?"

张伯母说："人生一世，人、财早有定分。"

只见"山神"从茶水亭旁的一块石头上，用手轻轻抠出一块石头递给张伯母说："用布包着，带回家。"

顷刻间，"山神"不见了，天渐渐亮起来，接着阳光四射。

张伯母双手接过石头后，马上脱下外衣，把那块石头包了起来，带回了家。到家后打开一看，居然是一块金光闪闪的金砖。

张伯母吩咐家人，用金砖在彩眉岭附近村庄买田地，建房，开基立业。

后来，周边的村民听说张伯母在茶水亭抠回石头变成了黄金，纷纷到茶水亭去弄石敲砖。渐渐地，茶水亭周围的石头、砖便被人搬掏一空。但是，人们带回去的仍旧只是石头。

可惜的是茶水亭从此消失，但张伯母背石头得金砖的神奇故事则一直被人们传颂着。

这就是："彩眉岭下一小丘，身背茶水爬山坡。汗水浃背积功德，仙人送给一金砖。"

七、奎阁望月三垂虹

20 世纪 80 年代以前，五龙村的黄龙口有几块农田，因中间夹着鹅卵石小道，从高空瞰览像"古田"两字，人们便称那里为"古田丘"。

在古田丘的西面，有一条小溪，溪边有一座八角楼，叫奎阁楼。

以前，奎阁楼是远近才子佳人聚集的地方。他们在这里赋诗作画，谈古论今，评论天下大事。这栋楼极其豪华，红黄漆柱，雕龙画凤，琉璃瓦闪闪发光，金碧辉煌，就像一座宫殿坐落在这里。

据说，这栋房子是古田赖九龙的宫殿，人称"金銮殿"。那殿前，有条小溪，沿着这条小溪，还有几座精巧的小拱桥，人称"金水桥"。只可惜，明末年代被入侵的官兵烧毁。

奎阁楼的四周，有潺潺流水，犹如长长的彩虹环抱。奎阁楼旁，有一座美丽壮观的石拱桥，桥上20根大柱对称分布着，石拱桥下，有一条石条拱托着，本地人称为"垂虹桥"，给奎阁楼增添风采。

古田丘南面，四周水绕着中间一块宽阔的水田，形似一个大葫芦。在20世纪80年代之前，这里有一座土楼叫"五龙楼"。如今上了年纪的人都还记得，那五龙楼是600多年前建的，那墙体足足有5尺多宽，是廖家祖上传下来的房子。楼内的所有门，都是铁制的，只可惜，在20世纪的80年代被拆除。

在奎阁楼边有两条从山涧流下来的小溪，像用笔画了一条线，底端交汇着，小溪边常常有很多人垂钓。中间还有一条一丈多宽的道路，不远处有一座叫"青松亭"的凉亭，供人们在这里休息，亭旁边长着高大挺拔的青松，显出一派悠闲恬静之意。

如今，随着现代新农村的建设，那石拱桥改名叫"红军桥"了。

每到这里，便让人想起："奎阁望月三垂虹，金銮殿上吊葫芦。夹溪钓鱼青松亭，感恩亭阁看五龙。"

八、清官廖丹银

以前，五龙村的黄龙口有一座土楼，叫"五龙楼"。

五龙楼前有一条小溪流，这溪流里的水是从"稳牛公祠"池塘流出的，一直流向小溪观音塘。由于水常呈现金黄色，人们便称这池塘叫"金塘水"。

稳牛公祠坐北朝南,前面的山形似一副小笔架。几百年前,祠堂主人建这祠堂时,就在祠堂前挖了一个比祠堂宽一倍、呈半月形的大池塘。是"弯弯明月池围祠堂"的意思。

祠堂外延伸至"观音塘",溪流顺势流向弧形,当时特地设计成与内堂相似的样子,流水紧紧拥抱着它,民间称之为"彩虹环抱"。

祠堂对面的山峰重峦叠嶂,过去民间常说"重重山案,层层官,一代更比一代强"。

祠堂内正中央挂有"金魁""亚魁"两匾,是清乾隆皇帝钦点的金榜横匾。祠堂的大门前,两边耸立着"金斗挂石"。按传统,那"石柱斗"是官衔阶位,让人一眼就能看出主人曾经是名门贵族。

据传,几百年前这黄龙口的稳牛公祠的族亲廖丹银存书成山,他朝夕苦读古今名著,曾赴京城赶考几次。每次赴考他都得到村里乡亲资助,只是也许命运作弄他,每次都未能得中。但是,岁月的风霜未能拦住廖丹银年老的心,花甲之年的他还去赴考。

相传,廖丹银进京赴考,还有一段传奇的故事。

廖丹银第一次进京赴考,是儿子陪他去的。路途中,儿子爱好嫖赌,把金银花尽,父子没能参考,不得不返回。

廖丹银第二次进京赴考,是村里派人陪他前往。主考官审读后,连连叫好,觉得这届的状元非廖丹银莫属,便在将优秀文章呈皇上之前,找到他索要银两。但廖丹银却因盘缠有限,未能向主考官进贡,最终名落孙山。

廖丹银第三次进京赴考,又是文章优秀,名列前茅。乾隆得知,钦点魁首,并赐匾宗祠。家族得知,在祠前鸣炮不停,庆祝高中。但朝廷认为他年纪大了,无法留在京城任职,还是回福建任职为妥。

回到本地为官的廖丹银,生性纯朴,当官不贪,清水衙门,任职后家里还落得三间破旧房子,让人看了啧啧摇头,认为他是"没有出息的官"。

一次，一位地方豪绅建宗祠，点名要在仪式上邀请廖丹银前去主笔，这豪绅要的是地方官员鸣锣开道的威风。

结果"入伙"时，豪绅财主宾客盈门，好不热闹，只等廖丹银的到来。可是，这时廖丹银虽然出现了，却没有坐轿，也没有人陪同，仅孤身一人，更不用说那地方官员出门时的鸣锣开道了。豪绅很扫兴，本来准备活动之后送给廖丹银的银子，后来也没给他一文。

在那个年代，廖丹银不讲究排场、不要威风、不摆架子、不顺应时势也不阿谀奉承的作风，非常少见。但是，他坚持两袖清风。

廖丹银为官清廉，古田乡亲一直盛赞他。

古田本地有个叫"猪保仔"的人，去上杭做生意，因生意亏本，赊了很多账，迫使他中断了生意。

一年后的一天，猪保仔又去上杭买猪仔，不料被那债主逮着了，逼他还债，无法脱身。这时猪保仔的身上确无银两，怎么办呢。于是，他随口说出一个上杭县城的有钱老板的名字："城里有个大富，欠他钱的人有多少都不怕。我就欠你这一点钱你还怕什么？"

猪保仔的本意是用大话糊弄对方，结果这事传到大富的耳朵里，大富得知有人披他作虎皮，立刻派来家丁，把猪保仔抓去，逼他立即把钱还上，并对他拳打脚踢。

猪保仔本来是想用大富的名声和势力做靠山，给自己助威，不料反而惹了更大的麻烦。

这时，被纠缠得无法脱身的猪保仔的事，被正在上杭学府念书的古田学生知道了。学生便报告给老师，想让老师出面帮劝，结果对方家丁不卖老师的面子，反而还羞辱老师。

这样一来，全校学生都被惹怒了，把事闹到县衙公堂。

谁知，县太爷升堂后，只听大富一面之词，差役还把老师给打了。大批的学生聚集在公堂，甚至把公堂的案桌也掀了个底朝天，

· 15 ·

唤醒记忆的乡愁

还逼县太爷向老师赔礼道歉。

这时县太爷骑虎难下，不得不向上禀报。

县太爷在上报的公文里说：有一学生捣乱公堂，阻碍县太爷办案，请求召集各位官僚、豪绅们来巡查。

接着，豪绅和上级府官来现场勘察，把学生闹公堂的事作了证实。

这时，廖丹银也应邀来了。他来到事发现场，按实地情况逐一分析，独立判断谁对谁错。当时古田的人很担心廖丹银实话实说会不利猪保仔，都捏了一把汗。而他来到案桌前一看，不动声色地叫来几个学生把原来四脚朝天的案桌扶起后，又叫学生把案桌摆倒在地，移动位置使案桌的朝向不同了，然后又悄悄离开。

第二天县太爷重新开堂。县太爷就把学生怎样闹公堂的事向在座的官僚、绅士们陈述。

眼看就要对学生定罪了，廖丹银开腔了，他指着案桌说："学生闹堂是真，但'一学生'根本不至于将案桌推翻。"

说罢，他即起身走到案桌前作了演示，一介书生是根本无法把案桌推倒的。

这么一来，在场人都明白了那所谓的推翻案桌，实则是县太爷自己所为。在场的人都赞同廖丹银的说法，学生们立刻赢了官司。

事后，大家都认为廖丹银是真正的清官。

九、彩眉岭下"古怪田"的故事

彩眉岭下，有许多传奇的故事。

说起"古怪田"，人们就会想到"五谷子"和"老鼠怪"的故事。

相传很久以前，彩眉岭下住着五谷子和老鼠怪，他们都是

"神"，各不侵犯。

彩眉岭下，原本是一片半坡地。有一天，老鼠怪突然间发现，在那半坡地上会长出一种人们都不认识的草，长得很高。

到了秋天，那草长出一串串的果实，粒粒都是金黄色。于是，老鼠怪就发动子子孙孙一起把这金黄色的果实，一粒一粒地搬到彩眉岭的"白石岩""禾仓石"的洞里，储藏了起来。这一藏，足够它们吃几年了。

一天，五谷子发现在彩眉岭的路上，撒落了不少这金黄色的果实，非常好奇，他便沿着彩眉岭的小路一路往上寻找。

找呀，找呀，五谷子便找到了白石岩和禾仓石。让他惊奇的是，这里竟堆积了那么多这种果实！

然后，他就把那金黄的东西带回家。

回家后，他突发奇想：这东西能不能吃呢？于是，他就抓了一把去煮。煮熟后，他试着吃了点，发现那壳里的东西竟然可以充饥。五谷子又到上山去搬了些回来，还设法碾去外层的壳，露出里层的"肉"。接着，五谷子发现了充饥的食物的事就慢慢地传开了。

后来，老鼠怪发现自己收藏的东西被人偷了，就日夜在洞口值守着。五谷子只好和老鼠怪说，要借一点这种东西播在山下试试，看看能不能结果。

老鼠怪听说要将这东西播在山下，就向五谷子提出：每年收成后留七株给老鼠做粮。五谷子同意了。

接下来，五谷子就在山下试种，获得了成功。第二年，五谷子就教这一带的人垦田种稻。人们勤劳，加之风调雨顺，收成不少。因这是五谷子发动大家种的，慢慢地，人们就将这草称之为"谷子"了。同时，每年收成时，还特意留下一部分给老鼠当粮。

慢慢地，古田又名"古怪田"就这样传开了。

谷子种成后，五谷子又发明了用谷壳粉、米糠、野菊花、桂皮、

唤醒记忆的乡愁

细辛、桃树叶等几十种草药晒干碾粉后，发酵酿酒的做法。因此，古田五龙又是米酒的发源地。

十、半岭人家路途认母的故事

古田彩眉岭半山岭上，曾经住着一户农家。

传说，这户农家夫妻俩是童养媳和丈夫的关系，"圆房"多年没有生孩子。40岁那年生了一对双胞胎儿子，因为当时的医疗条件极差，出生几天后老大就夭折了。于是，夫妻俩更加小心，非常尽心地照顾着这个小儿子，企盼他耕读传家，将来能有好日子。于是，还在幼年时，父母就送小儿子到山下去读书，一心盼他将来撑起这个家门。

可是，天有不测风云，小儿子8岁那年，父亲为了给他挣学费，在外出采草药时摔死在山崖。此后，儿子更加发奋读书，一心考取功名。只是，他屡考不中，30岁那年，他又参加科举，仍是名落孙山，回家后便一病不起。

从此，家中只剩下高龄母亲一人。

有一年的夏天，新科状元贾生经皇帝钦点任南方三省巡抚。他来福建途中，一路四人抬轿，鸣锣开道，好不威风。正值大热的夏天，一路颠簸，轿夫抬得大汗淋漓，贾生在轿里也坐得心烦意乱。

大轿进入古田的彩眉岭，快到山脚下时，穿过长岭树荫，贾生突感天气清爽宜人，沉沉入睡。在梦中，他闻到一股荤食的浓香味扑鼻而来，酒味芬芳，好不诱人啊！

贾生贪婪地大吃大喝，却怎么也吃不饱。这时，轿子一阵颠簸，贾生被惊醒，才明白方才是梦里一场。

醒来后的贾生，觉得进入这地方后，似乎凉爽了起来。忽然间，他隐约听见远处传来悲凄的哭泣声。

贾生感觉这声音听来好熟悉，似母亲在耳边哭诉。于是，他马上命随从前往询问，是何人因何故而哭诉。

随从不敢怠慢，循声走过去。

半山腰一座坟前，一位白发苍苍的老太婆正在上供品。只见她双手擦着眼泪，伤心地坐在坟前哭泣，哭成了泪人。

随从看着老太婆，顿时也伤感了起来，便跟着抹起了眼泪。这时，老太婆像是自言自语，又似在对他们诉说。

在老太婆的哭诉中，随从了解到，她儿子参加科举连年不中。30岁那年又参加科举，仍然名落孙山，回来一病不起。如今，这家里只剩下老人孤寡一人。老太婆说着说着，悲痛欲绝，那样子是像要随坟中人而去。

随从马上返回禀报贾生。贾生听后，交代他们请回老太太。

随从折回坟前，扶起拄着拐杖的老太太，老太太一看到那大轿，便笨拙地跪下，哭得更加伤心。

贾生急忙下桥，扶起老太太。就在贾生与老太太对视的那一刻，贾生觉得她的模样与神态，就像是自己的母亲！于是，他便细心听她的哭诉。

老太太就把自己的家史和儿子的事一五一十地诉说了一遍。原来，老太太的儿子叫福成宫，自幼聪明，饱读读书过目不忘，论天文、地理，可称一方高才，是一位非常刻苦攻读的后生。因官府腐败，他仕途不顺，屡试不中，据说是因为没有贿赂考官。

老太太说着说着，又捶胸顿足地痛哭了起来说："真是世道腐败啊！"

贾生听了老太太的哭诉，也为她抱不平。

老太太稍稍平静了之后，继续说道："可也有人说，是我们家的'风水'不好，难出贵人啊。于是，儿子就绝望了，决心下辈子再来完成夙愿。他把书整理好后，放于书笼，之后就一病不起，了却了自己的一生!"

贾生越听越同情,觉得老太太哭诉的每一件事,都像是自己亲身所走过的路。

于是,贾生一再安慰老太太,想去她家探望,便对老太太说:"不要伤心,你领我去你家里看看。"

老太婆听说这大官人要到自己家里去,急忙说:"使不得,使不得哟,我们那破屋,怎么能够容下大官人哪!"

贾生却扶着老太太说,一定要陪着她去走一趟。老太婆只好领着他,来到山脚下自己那破烂的屋子里。

贾生走进那破烂的屋子,眼前突然一亮:"这地方怎么就那么熟悉!"在贾生的眼里,这破旧的屋子,就是自己曾经住过的那破烂的房子。而且他还清晰地记得,这破烂的房子,就是自己儿时生活过的那个家,就连那书房也依旧是自己曾经的书房,那摆放的每一本书都是自己亲自摆放并读过的书。

他忽然间明白了:这果然就是自己的科举人生的再现!古人不是说,老吾老及人之老,幼吾幼及人之幼嘛。这位老太太,就是自己的母亲!

贾生连忙向老太太跪地叩拜,连声说:"你就是我的母亲,你就是我的母亲呀!我给你养老送终。"

接着,贾生口口声声称老人为"母亲"。老人惊讶了起来,之后便高兴地抹起了眼泪,心情从悲转喜,双手拉着眼前这位高不可攀的孩子说:"我今生真有福气哟,遇到了你这位大官人儿子,我家祖坟冒青烟了!儿呀,你看见了吗?"

说完,走到门外双手合十:"苍天做证,这是上天对我们这半岭人家的回报呀!"

接着,贾生把这位路上遇到的"母亲"带回京城,为她养老送终。

此后，这个故事便在古田的民间传开了，那地方也改名叫"福神岗"了。

只是如今，随着岁月的风霜，那破旧的房屋已崩塌，只有那敬老的传统文化依旧流传。

十一、出米石与广福寺的故事

五龙村内有一座千年古寺，叫"广福寺"。这寺以"莲塘晚钟"著称。

广福寺，有一段至今仍在当地流传的神奇传说。

据说，在很久以前，某起义军蜂起，世道大乱，人们都四处逃难。各地难民纷纷来到五龙村避难，聚集在这里的人口便越来越多。最后难民将粮食都吃光了，人们只能忍饥挨饿。

这时，一位苏州男子李某路过彩眉岭。因他旅途劳累，饥饿难挨，不知不觉便躺在一块大石头边昏昏沉沉地睡着，做起一场美梦。

在梦中，李某看见石头下有白花花的大米流出，高兴极了，便生火煮了几大锅，让过路行人都吃个够。

正当他津津有味地大口大口地吃着米饭时，忽然一阵寒风吹来，把他给惊醒了。他猛地坐起来一看，发现白花花的大米不见了，自己竟还躺在那块冰冷的大石头边。这时，饥饿的他越想越不甘心，便随手举起一根木棍向石头砸去。

只听石头"轰"的一声巨响，大石块破开一个洞，白花花的大米从那洞里流了出来。

李某又惊又喜，连忙脱下长袍，包起大米就往白莲塘村子奔去。他把大米煮成了香喷喷的白米饭，不管男女老少，本地的还是外埠的，全都请来共同分享。之后，每来一批人，他就上山去抱米回来，来多少人，他就抱回多少大米。从此。人们便称那块大石为"出米

唤醒记忆的乡愁

石"。

古田自从有了出米石，人们便不愁吃的了。

说来奇怪，来这里吃饭的人每多一个，那石头里面就多出一份米，保证大家都够吃。

接着，这奇事便在民间传开了。有人说：是"神仙显灵"，要在当地修建寺，并称为"广福寺"。于是，远近的人们每年都来到这里供奉"五谷神仙"。

可是，不久后古田来了一帮"流丐帮"。那帮主是一个贪心之人，他得知出米石可以源源不断地出大米时，就想将那块大石占为己有，还想通过那块大石发横财。有一天，他拿了凿子去将那出大米的洞口凿大一点，以期获利。

谁知，当他举起大凿子往那大石块的洞口敲下第一凿时，那洞口就"咔嚓"一声，再也不出米了。

后来，这"流丐帮"就被当地人给赶走了。

来古田，不能不去的地方
——步云茶盘洞、老虎坳、鲤鱼潭、眠牛岗美景

何　英

古田，是红色旅游胜地。来古田，步云的茶盘洞、老虎坳、鲤鱼潭、眠牛岗，是不能不去的地方。

梅花山脉，是国家级自然保护区。这里具有独特的地貌特征，地势中部高，四周低，西部高，东部低。闽西各县，基本都属梅花山脉范畴。闽西民众都熟知梅花山脉。有民谣称："梅花十八洞，洞洞十八村，村村有十八把金交椅。"

古田，被梅花山群拥抱着。步云，每一个村庄都生活在"梅花山脉的心脏"。

茶盘洞品茗

茶盘洞，位于步云马坊村与梨岭村的交界处，在梅花山自然保护区的南坡山麓。这里，是本地年长的人和 20 世纪 90 年代之前到过步云的人，刻在脑海深处的记忆。

茶盘洞，原名棋盘洞，地处"百肩岭"中部的山坳。在那经济不太发达的年代，凡进出步云都必经那高耸入云的"百肩岭"。

百肩岭，是一条步云先民开发的崎岖羊肠小道。站在山顶，一

眼望见茶盘洞，因弯弯的小道形成一个酷似茶盘状的盆地而得名。那望不到尽头的羊肠小道盘夹其中，弯曲的小道旁有沟渠，流动着清澈见底的山泉，行人只要口渴，随时可以就地趴下取泉水解渴。

因此，人们都说：这是苍天赐给人类最好的生命之泉。

在那偌大的茶盘状盆地带，远处有一片黑黝黝的沼泽地。说起沼泽地，人们都会想起在那艰难困苦的二万五千里长征途中，红军遇到的那一片片令人望而生畏的沼泽地。

沼泽地，本地人称它为"湖洋田""烂湖洋"。

说它是烂湖洋，是名副其实的"烂"。哪怕仅是一小片，最深处的也可达五六米，人或牛要是不小心陷下去了，那是很难获救的。即使最浅处，一般也有八九十厘米深。

假如你站在烂湖洋的边沿，只要手操一根小棍，伸手往那烂湖洋的任何一个地方轻轻一点，那整片的烂湖洋都准跟着颤抖起来。

但是，那片烂湖洋田，土质特别肥沃，假如在那种水稻，一般情况下只要将地用锄头翻过来并稍稍平整，即可将禾苗插下。之后，只需去除草即可获得收成。因此，人们对烂湖洋田可用爱恨交织来形容。

当然，一般敢去烂湖洋田里劳动的，也只能是经验非常丰富的老农。

把烂湖洋田当作良田，靠的是智慧。人们在烂湖洋田中每隔80厘米左右就垫上一条大松木当枕木，在最深处插上木桩作为标记，供人们在劳动中稍有不慎时，能得到帮衬。人们下去劳动时，小心翼翼地沿着这一根根的枕木和木桩一步一步地边干活边挪动。

当然，这种烂湖洋田，只能种水稻，其他农作物是无法耕种的。

茶盘洞，则有神奇的传说。

相传汉钟离、曹国舅、铁拐李、何仙姑等八仙曾两度下凡来过这里。他们第一次下凡来到的是"鲤鱼潭口"，看见在梅花山延延绵绵的群山之中，一大片浓浓的云雾笼罩下展现出两片稻田，中间隔着一条沟，就像"楚河为界"将两边的稻田十分方整地隔开。那田间的田塍虽多，但每一块田的田塍横竖都非常规则，远看就像棋盘，便称这里为"棋盘洞"。

他们第二次下凡来这里时，晴空万里。因没有云遮雾障，那层层叠叠的梅花山脉一览无余。八仙在晴空中看到这里风光秀美，如画如图。那"马坊寨"像把茶壶，"尖顶山"像个壶盖，周边的群山峰顶相差无几，唯中间那块盆地很是平展，又极似一个茶盘。八仙便在这里暂作停留，随手摘一把当地的山野名茶，慢慢地品，感觉特别清爽。

因此，八仙商议要将这里改称为"茶盘洞"。从此，茶盘洞远近闻名。

2000年后，随着社会主义新农村的发展，那长长的百肩岭虽然早已被宽敞的公路代替，但是，假如你有闲心，仍然可以与朋友结伴，探访那八仙曾经两度来访的茶盘洞，并静心在那里品神仙品过的山野茗茶。

老虎坳里寻虎迹

梅花山脉深处的步云，历史上常有虎豹等凶猛野兽出没。

老虎坳，位于华南虎园繁育野化区西北坡的坳口。原先，这周边的古炉村、桂和村和梨岭村的村民都叫它"分水坳"。

后来，因曾经有村民在这里遇到过老虎，"老虎坳"便这样叫开了。在20世纪四五十年代，多位村民曾在此与虎相遇、相随过。

站在老虎坳的山顶，一眼望去翠绿的林海尽收眼底。那一座座高耸云天的梅花山脉高峰，就像一群喝醉了酒的老翁，一个紧挨着一个，他们不知沉睡了多少亿万年！

在老虎坳，因为山泉从大山涧流到这坳口，分成两条支流向东西流去。据长辈们说，中华人民共和国成立初期，梨岭村有个叫"百兴"的村民，和几个村民一起外出，半路遇见老虎，走在最前面的他顷刻间心理崩溃，感觉自己已经变成一只野兽了，马上就会被凶猛的老虎吃掉，吓得趴在地上不会动弹。

同行的另外几个村民，看老虎站在那昂着头，张着血盆似的大嘴，吐出一条血红的舌头舔了舔尖刀般的牙齿，翘起钢针似的白胡须。大家立马不约而同地撑开手中的油纸雨伞，摆成一条长龙，使劲地将手中的雨伞一张一合地打开，与老虎怒目相视。

那老虎看到这摆着的一条长长又花花绿绿的什么东西，似乎一张一合地要冲过来，也虎视眈眈地看了一会儿，打了个哈欠，全身抖了抖，然后慢慢地转身走开了。

等到老虎走远了之后，村民才赶紧背起百兴返回村里。

在民间，世代口口相传，生活在大山里的村民出门都得带雨伞。当年的雨伞，是传统的民间手工制作的油纸雨伞，上印花花绿绿的颜色。万一遇到老虎，马上就地站着撑开雨伞，使劲地一张一合雨伞并与老虎对视，那老虎就会慢慢地走开。

长辈们还说，历史上生活在梅花山深处的村民，外出有可能遇到猩猩。因此，在那村民外出的山间羊肠小道上，每一个岔路口，都备着一堆两头都打掉了竹节的竹筒。路过时，顺手拿两个备用，万一遇到猩猩，立即将竹筒套在双手。当猩猩拉着你的手时，会笑眯眯地高兴好一会儿。这时，你就趁机轻轻地缩回双手，赶紧转身走掉，否则会被猩猩抓走。

在步云，被称为"老虎崎""老虎坳"和"老虎岭"的地方就有十多处。如今的梅花山，已经被称为"虎山""虎地"和"虎的故乡"。如今，政府在这里启动了华南虎拯救工程，假如你有机会，不妨前往探寻虎迹，在探寻中，也许能有另类的收获。

鲤鱼潭的传说

梅花山脉奇特的自然景观有很多。在延绵数公里的黄连盂大绝壁上，有"兴隆瀑布""锣声瀑布"等，还有奇特的鲤鱼潭呢。

鲤鱼潭，位于"虎园"大门公路即老虎坳的下方，面积约2亩。

关于鲤鱼潭，有两个传说。

传说之一，当年的八仙之一铁拐李只身探路来到这里时，看到这一片烂湖洋的岸边有一位老人在哭泣，便上前询问，得知老人昨天租了人家的牛来犁田，本是干完活就可送还给人家的，可是老人转念一想，牛耕了一天的地，应该明天上午放牧喂饱后再送还给人家更妥。

不料想，他在这里放牛，那牛不小心掉进烂湖洋里去了，这下不知该怎么办好。

铁拐李觉得老人非常善良，便抬起他那铁脚板轻轻地用脚指头和脚后跟往那烂湖洋里一踩，足弓再轻轻地往上一提，这片烂湖洋便成了两头小、中间大，酷似一条大鲤鱼的潭。他说：积善之家必有余庆。你不要哭了，这潭给你养鱼。

末了，铁拐李还劝老人，就养鲤鱼，下籽多，又好养，就称这为"鲤鱼潭"，你们家每年过年来这里捞鱼就是，挑一担还给那养牛的人，以后就再也不需要向人借牛了。接着，铁拐李便如一阵风不知了去向。

从此，这里常年积水，从不枯竭，老人便在这里养鱼。

当地村民知道后，都十分好奇，老老少少纷纷来看，不少人还拿着自家晒衣服的竹篙来试探这鲫鱼潭的深度。有的说，这潭有丈把深，是养鱼的好地方。有的说，这潭有好几丈深，两根竹篙都插不到底。从此，老人再也不用担心借牛耕地的事了。每到过大年，捞起的鱼必定挑一担给当年借他耕牛的农家，还挨家挨户分鱼给大家过年呢。

传说之二，清乾隆年间，古蛟片闹过一次大旱，农田根本没有水耕种，即使种地瓜也没有收成。眼见稻田龟裂草地干枯，村民连每日的喝水都成了问题。

梨岭村的林氏族长发动周边数百村民，于农历七月初九抬着佛像，来这里打"大醮"，同时在这里放养了几百条红花鲤，期待让鲤鱼跳龙门，奏请"龙王"和"玉帝"，祈求普降一次甘霖。

几天后，果真下了一场大雨，因此这鲤鱼潭又称"龙潭"。

传奇的眠牛岗

梅花山，由于地质断裂构造和流水深度切割作用的影响，有的山峰高耸云天，以最高峰"石门山"和"将军山"为中心，周边的群山形成放射状的水系分布，远处群山延延绵绵。站在最高峰一眼望去，那望不尽的群山，是闽西人民赖以生存的广袤大地。

这里，还是"八闽母亲河"闽江、汀江和九龙江的主要发源地之一。

眠牛岗，坐落于华南虎园大门左侧，百肩岭的后北坡。以前，由民众集资在这里建了一座土木结构、通风清凉的凉亭供过路行人歇息。在凉亭旁，有一眼清甜的山泉。

传说中，孙悟空在花果山称王前，带着一帮猴子猴孙来到梅花山麓的东面。当得知这梅花山"梅花十八洞……洞洞有十八只金交椅"时，就吩咐说："俺老孙不走了，要在这里找一把'金交椅'来坐坐。"说完他就地转个圈，眼前的山山水水全成了花海，非常漂亮。

有一天，一位牧童赶着一头大水牛路过这里时，被这里的美景吸引住了，便停下脚步将牛拴在树上，只顾自己玩去了。那大水牛怎么经得住这样被拴住呢，便扯断了牛绳跑到梅花山麓南面的"南天山"去了。

这时，猴子猴孙们发现了这头牛，便把它牵回去报告给了孙悟空。孙悟空听说牵到了一头大水牛，便发功力将之点化成牛精，并伸手拨下头上的一根毛对着牛轻轻一吹，那牛立刻变成又肥又壮挺着大肚子就要下崽的"天大的水牛"了。

接着，孙悟空再从腋下拔12根毛，轻轻一吹，那牛精又产下了12头壮硕的小水牛。

一天，晴空万里阳光明媚，这群小水牛围着水牛精。那水牛精被它的牛子牛孙围得心烦意乱，便大发起了牛脾气。

顷刻间，雷声隆隆山崩地裂，每一头小牛都靠自己的气力钻出一个洞。那南天山就变成了一座"群洞山"，山上有十几个洞，分别叫"水牛洞""出气洞""石禾仓洞""石燕洞""菩萨洞""石广洞"，等等。

后来，那水牛精还经常在梅花山一带作怪，不是抬脚在有水的地方乱踢出洞，破坏山洞溪流的流向，就是躺倒在溪流里，让溪流的水断流，下游的民众生活用水都得不到保障。

铁拐李得知后，就奏请玉皇大帝惩罚这水牛精。经玉皇大帝核准后，铁拐李就奉旨来到梅花山的南面，将这水牛精点化在此长睡，永远不得离开。

从此，这座山就似一头劳累了的牛长年卧在那儿。

眠牛岗就此叫开了。

客家山歌随意唱

何 英

长期以来，客家地区的人们在辛勤的劳作中，能根据自己的心情，随时随地有感而发地自编自唱山歌。山歌内容丰富多彩，从歌唱劳动生产、歌唱爱情，发展到讴歌革命和叙事体民间说唱等。

当然，客家山歌，有严格的韵律，一般一句七字或四句一首，一二四句押韵，偶尔也夹长短句。

后来，群众在山里、田间劳作时，也经常就地进行山歌对唱。这种对唱，不需要做任何的准备，真正是开口就能唱。

有时，是为了抒发辛劳而唱；有时，是在走村串户经过荒无人烟的路段时，为了排郁解闷而唱；有时，是在劳动回家的途中歇息时，找个石块或土墩坐下，开口就唱。有的人还通过山歌形式征婚择偶呢。

中华人民共和国成立后，基层的党和政府也会结合社会活动，在宣传党的方针、政策时，组织群众唱山歌。

因此，客家山歌的内容丰富多彩，形式也多种多样。下面，是古蛟新区本地群众自编自唱的部分山歌。

一、情歌对唱

男：牡丹本是百花王，
　　开在人间格外香。
　　我郎一心想来采，
　　唱支山歌表心肠。

女：画眉唱歌好声音，
　　山里山外都爱听。
　　想唱山歌你就唱，
　　不在音好在真心。

男：老妹唱歌好嗓音，
　　十里八乡都出名。
　　今朝听妹唱一句，
　　唔逍南海拜观音。

女：阿哥生来敢爱花，
　　踏前踏后想来拿。
　　万般世情丢得撇，
　　只想涯郎一朵花。

男：门前桐子开白花，
　　大风吹得满地下。
　　老妹有情尽开口，
　　莫做杨梅暗开花。

女：新买剪刀刀对刀，
　　面前围着人敢多。
　　铁打荷包难开口，
　　石上破鱼难下刀。

男：对门山上种头兰，
　　栽花容易浇水难。
　　老妹住在十里远，
　　看花容易见妹难。

女：八月十五看月光，
　　红光鲤鱼腾水上。
　　鲤鱼唔怕长江水，
　　交情唔怕路头长。

男：讲起交情真艰难，
　　好比鲤鱼上急滩。
　　水深惊怕鹭鸶打，
　　水浅又怕网来拦。

女：阿哥开口笑连连，
　　人意敢好嘴又甜。
　　梅针搭桥背你过，
　　放心大胆过来连。

男：想到老妹在前头，
　　阿哥走路有劲头。

不怕山高路再远，
越走越有好兆头。

女：阿哥有心约妹来，
不怕"拦路虎"在前头。
只要阿哥有真情，
针可穿线线搭桥。

男：阿妹有线唔嫌长，
阿哥夜里盼天光。
"月头"（太阳）刚刚露出头，
唔食早饭就赶来。

女：阿哥牵线要牵好，
妹搓长线心有想。
只怕线头会"跌别"（丢掉），
唔怕线头缠手上。

二、爱情山歌

对门山上竹子多，竹根发了叶来和。
唱到天上跌落月，唱得"月头"不下窝。

爱唱山歌莫怕羞，声音要大胆要有。
山歌好听人人唱，自古至今天下有。

约郎约在松树下，约妹约在月当中。

涯郎带了量天尺，老妹带有时辰钟。

郎有情来妹有心，两人同入"勒头"（荆棘）蓬。
阿哥唔怕藜萝勒，老妹唔怕辣人虫。

月光有油也敢光，井水无风也敢凉。
老妹今年十七八，身上冇花也敢香。

月光弯弯蒙蒙光，妹在山上等情郎。
风吹树叶微微动，又惊又喜又心慌。

油菜开花一片黄，老妹好比月光光。
阿哥好比星子样，夜夜陪妹到天光。

落雨洗衫冇处晾，行出行入望天晴。
保佑上天莫落雨，留涯心肝转来行。

高山顶上种头梅，唔得梅花开出来。
唔得老妹早结子，唔得梅花金口开。

一树杨梅半树红，哥做男人胆要雄。
只有男人先开口，女人开口脸会红。

作田爱作上下丘，两人情缘前世修。
假装看水天天看，一日唔见似三秋。

山中竹叶片片青，涯郎连妹要真心。

莫学米筛千只眼，要学蜡烛一条心。

饭勺唔怕滚粥汤，鲤鱼唔怕漂大江。
食哩秤砣铁做胆，敢连老妹敢担当。

郎爱妹来妹爱郎，合适中意就好样。
单竿摊床唔嫌弃，盐水淘饭赛蜜糖。

画眉唱歌好声音，不惜老婆惜谁人。
日里惜来做饭食，夜里惜来共头眠。

生爱连妹死相连，一生一世总相连。
杀头可比风吹帽，坐牢好比逛花园。

高山顶上一丘田，一荒就是十八年。
妹若有心开金口，哥拿鲜花等唔嫌。

荷树叶子青又多，对面阿妹来对歌，
唱得赢我来喝酒，输了就得陪唱歌。

粄籽要靓米要好，米靓还要细心做。
要想粄靓味道好，米靓心细精心做。

三、生活中的山歌

感谢好心人的山歌唱道：
阿哥阿嫂真好心，"白目"来到这个村，

一把米来一碗粥，帮着"白目"真有心。

要我唱歌就唱歌，张开口来就一箩，
唱得鸡毛沉到底，唱得石子浮起来。

教育男青年要在娶妻子时要选择勤劳的女子时唱道：

一生世人难难长，千万别讨懒布娘，
懒人懒种生懒子，锅里煮粥照屋樑。

教育女青年在找对象时要慎重选择婆婆的山歌唱道：

一生世人难难长，嫁人莫嫁泼家娘，
三餐米粥难伺候，夜夜睡觉泪满床。

教育母亲在女儿选择对象时要慎重的山歌唱道：

一生世人难难长，嫁人要嫁好婿郎，
日出天天同劳动，日落床头陪天光。

教育女青年出嫁后要注意处理好家庭和邻里之间关系的山歌唱道：

一生世人难难长，做人要做好人样，
公公婆婆要尊重，兄嫂孩子要思量。

一生世人难难长，邻里之间要相帮，

我家有事你帮助，你家有事我相当。

人生一世有极长，大家见面要相让，
读书识字讲道理，邻里之间互相帮。

四、外出劳动中随意唱山歌

在客家地区，人们在外出劳动时，往往会根据农时的节气和人们劳动的心情，随意唱山歌。在插秧时节，挑着秧苗到了田头，心情好时放下肩上的秧苗，开口就唱：

今天"莳田"（插秧）在门前，出门几步到田间。
莳田笔直要技术，插苗均衡靠经验。

客家地区的先民，在收种时节里，非常注意"前三后四"（即每个季节的前后三天）。为了告诉人们要把握好季节，抓紧时间把该种的农作物种下去，所以到了农田，就有人唱山歌：

上季莳田到清明，前三后四要分清。
错过季节才再种，汗水白流无收成。

有时，人们也会根据自己的实际情况自编自唱山歌。人们到了山垄田里，因为不在同一山坳里，往往就用唱山歌来表达自己的心情。

曾有这样一个真实的故事，一个寒冷的冬天，两位男子分别在不同的山坳里将夏季收割后的农田进行翻冬耕作，即犁田，出门前各自按习惯带上了自制的卷烟，他们干了半天，人累了，也想让耕

客
家
山
歌
随
意
唱

・ 37 ・

牛休息一下，于是想到了抽烟。

可是当坐下来后，他们都发现自己没有带火，于是就自编自唱起了山歌，寄希望于在对面劳动的人，身边带了点烟的火。于是，他们唱道：

今天出门太忙哩，带烟把火"天放"（忘记）哩。

对面阿哥如有带，过来点支再来犁。

对面的老哥因为同样没有带，就回答道：

老弟老弟你莫怪，要想休息就坐坐。

老哥比你多几岁，赶得牛来火忘哩。

倒插柳杉的传说

何　英

　　相传，在唐宋之前，古田吴地不曾住有居民。在唐末宋初时，才渐渐有人类活动的遗迹。自宋中叶之后，古田逐渐兴盛，后几经战乱而不衰。后来，吴地村现在的张姓在此地开居，还有一个美丽的传说。

　　据传，张姓在吴地开居的始祖张五郎是打猎高手。他聪明勤奋，为人正直且乐善好施。四五岁时，便能用弓弹射中飞鸟，成年后喜好上山打猎。

　　他不仅枪法准，还能凭林中地上的落叶和植物的成长，来判断经常出没在这一带的野兽。就连他饲养的猎犬，也十分聪明，对林中野兽的气味特别敏感。如果发现凶猛的野兽，它会冲到主人跟前，咬住主人的裤管。如果发现个头大的野兽，它就双脚趴在地上，舌头伸得长长的，不停地摇摆着尾巴。一年四季，只要他持铳上山，必定有收获。主人也特别宠爱这只猎犬。

　　有一天，张五郎上山打猎，从连城县的张家营出发。一到山上，他的猎犬冲在前面，又马上折回头冲到主人跟前，双脚趴在地上，舌头伸得长长的喘着大气，不停地摇摆着尾巴。他在猎犬提示下，往脚下一看，果真发现这一带有果子狸在追逐着一群野猪，而且那追逐的路线是往南走的。

他有一个习惯，凡遇到重要的猎物时，就会就地折下一个树枝，插在腰间。这时，他身边正好有一棵柳杉，便顺手折了一枝，再追逐着野兽一路往南，一直追到了吴地。

来到吴地，他发现这里山势平缓，站在山头看去，山头茂盛的林木中，各类植物繁多，有红豆杉、楠木、栲木、山枣树，尤其是那成片阔叶林。再沿着山涧的溪流走几步，便看到观音竹、石竹、龟背竹、金竹、水竹等各种竹类齐刷刷地长成片，他顿感心旷神怡。

也许是张五郎心存志远，他觉得应该到这里来开宗立祖，便忘了追逐野兽的事。

他想到，开祖必须得耕田种五谷才能更好地繁衍子孙。这里群山如黛，土壤肥沃，是开祖的好地方。张五郎在这一带走走停停，流连忘返，考察开基地的位置。

不知是天意，还是运气，正当张五郎在沉思时，他带在身边的猎犬竟然"汪汪汪"地狂吠了起来，伸展着身子趴在地上，双爪不停地挖刨着地上的土，一边不停地摇摆着自己的尾巴。

张五郎蹲下身子轻轻地抚摸着猎犬的头说："乖乖，你是不是理解我的心思？"

"汪汪汪！"猎犬摇着尾巴叫了三声。

"你是不是觉得这里挺好的？"

"汪汪汪！"猎犬又摇着尾巴只叫三声。

"那我们就到这里来开祖？"

"汪汪汪！"猎犬还是摇着尾巴连叫三声。

张五郎觉得非常奇怪，往常这猎犬不是这样的啊，今天怎么连猎犬都特别通人性，似乎是在与自己对话。

猎犬又摇着尾巴"汪汪汪"地连叫了三声。

张五郎看到自己饲养了多年的猎犬也表现奇特，觉得这有可能是在暗示着什么，就蹲下来继续和那心爱的猎犬对话说："乖乖，如果你也觉得这地方不错，那你带我到什么地方去留下一个纪念，我们明年再来。"

接着，张五郎拔下插在身上的柳杉，把它拿在手中。

猎犬又摇着尾巴连叫三声。

张五郎高举着手中的柳杉枝。那猎犬马上从地上爬起来，边走边叫着跑在前面。

张五郎跟着猎犬来到东南方向的小山坡上，猎犬又是"汪汪汪"地狂叫了起来，伸展着身子趴在地上，还用前爪抱着张五郎的双腿不停地摇摆着自己的尾巴。

张五郎又蹲下身子抚摸着猎犬说："你是觉得就在这里留下纪念?"

猎犬这下不再狂叫了，而是"吱吱吱"地咬着张五郎的鞋子。

张五郎明白了，爱犬是要让自己在这一带留下纪念。他想了想，就双手合十默祷道："土神明赫，示我兴衰，根深叶茂，启宇开基。"

随即，张五郎就将手中的柳杉枝折下，就地倒插在地上。

之后，张五郎就像完成人生大事一样，伸了伸懒腰，不再追逐野兽，带着猎犬返回连城张家营了。

两年后春天的一个清晨，张五郎做了一个梦。梦中，他遇了一位白发童颜的长者，长者的手中还拿着一枝柳杉，似乎在告诉自己说，这柳杉倒插在哪里，就是你的开祖之地。

张五郎这才想起了两年前自己曾经倒插过柳杉的地方。便早早地带着猎犬上山，一路向南来到吴地。

到了吴地，那猎犬就直奔两年前主人曾倒插柳杉的地方。

张五郎眼睛一亮，自己两年前倒插在此的柳杉枝繁叶茂，生机勃勃。

张五郎心中暗喜，料定此处必是宜居宜耕的好地方。于是，又折了几枝柳杉就地倒插，双手合十默念道："明年，若此物长出树

倒插柳杉的传说

枝，我便携带家人在这里安居。"之后，又返回连城张家营。

又过了一年的春日，张五郎特地带着猎犬来到吴地。这次他看到那倒插的柳枝每一棵都枝繁叶茂，便下决心来这里开居。

之后，他带着猎犬到"猴子脑"的山头去转了一大圈，还猎获了不少猎物。

回到连城张家营，张五郎便带了一干亲眷前来吴地肇基立业。历经千百年的繁衍生息，后裔兴旺发达，成了当地的望族。

后来，吴地村慢慢成了客家人的聚居地，先后随迁在此开祖的有邹、廖、官姓等居民。

如今的吴地村，已经开发成宜居宜养的旅游胜地。这里，季风性亚热带气候，冬暖夏凉，年平均气温在17℃～19℃之间，成了夏季避暑和冬季避寒的理想之地。

那当年张五郎倒插的柳杉，成了受到吴地村保护的参天古树。

"挖窖"故事两则

何　英

在客家地区，有"挖窖"的民间传说。谚语说："穷人冇变貌，时时想挖窖。"

一

在很久以前，步云梨岭有三个同年同月同日出生的好朋友，天天同床共眠。他们分别是林家、马家和曾家，对外自称是"茶盘洞人家"。

有一次，三人约好外出。早上出门时，三人站在百肩岭的山顶往远处眺望，看到那绵延的群山，顿生一览众山小的自豪感，愉快地下了山。

下午返回时，三人走到山脚下，都不由自主地抬头向那望不到尽头的百肩岭看一眼，经过"百肩岭"那1200多级台阶时，也觉得上山时脚沉如铅。

说来也奇怪，这林、马、曾三家，自太祖开始，家庭成员的出生年龄都差不多大。因此，三家之间就相互通婚，亲上加亲，和睦相处了一代又一代。

后来，其中一家说，我们几家住在这茶盘洞的湖洋田边，家族发展不起来，想搬走。但一旦到了考虑具体搬到什么地方去时，又拿不定主意了。

他们都觉得，一来，村民大都居住在大山里，搬到哪里都离不开大山，哪里才是自己的去处呢？

二来，各乡村附近的山都很多，可耕种的地非常有限。

这第三嘛，林、马、曾三姓世代和睦相处，生活在这里很顺心，这是用金钱买不到的。就这样，林、马、曾三姓谁也不想先搬离这茶盘洞。

后来，不知是天意还是巧合，林、马、曾三姓同一年同月"添丁"。林家给儿子取名为"林德福"，马家给儿子取名为"马顺年"，曾家则给儿子取名为"曾得财"。自小，这三家都教育孩子说，他们三人是"同年"。

两年后，林、马、曾三家又分别各生一个女孩。再后来，这三个女孩便又分别以"哥换嫂"的形式通婚。

民间都说："有吃没吃，要玩到正月二十。"林、马、曾三家，按长年以来形成的习惯，从大年初二至正月二十的中午，都是你一天我一天地请家中的男人吃饭。而且这午饭，是从上午10点开始吃到傍晚太阳落山。当然，这大山里的太阳，是大约下午4点就下山了。

转眼间，到了林德福、马顺年、曾得财三人分别成家后的第二年春节的正月二十，是曾家请客。林德福喝得有点醉醺醺时，便起身告辞，一边摇晃着身子一边说："得财家今年的酒特别好，我已经喝醉了。"

然而，这三家在一起喝酒有一条不成文的规矩，那就是酒后都要煮一碗鱼腥草汤给男人们醒酒。

但是，曾家的女主人看太阳还没有下山，就没有准备好这碗醒酒汤。林德福想起身告辞时，女主人不好意思地说："醒酒汤刚下锅呢。"

林德福起身告辞说:"不等了,明天就要下地干活了,回家睡觉做个好梦,祝顺年和得财都做个好梦,新年'有捡'!"说完就回家了。

没想到,这天晚上,林德福、马顺年、曾得财三人真的做了一个好梦。

林德福梦见自己家门前那个种南瓜的棚架上,开满了南瓜花。第二天起床后他特地走到那棚架下去观察,那早已枯掉的南瓜苗还真开了两朵花呢。他觉得有点奇怪,这梦,预示着什么呢?但转念一想,也许是因为这个冬天不太冷,是常说的"暖冬"。

马顺年呢,他做了个不大不小的梦。梦中看到自己家后面的屋檐下,放了一麻袋的冬笋。第二天他醒来就往那屋檐下去找,还果真看到有一个小麻布袋装着冬笋呢。他觉得奇怪,这个冬天是暖冬,雨水太少,上山去挖冬笋常常费了半天的劲却收获甚微。整个冬天才挖到一点冬笋,连过年的年夜饭都舍不得用。这下好了,又有冬笋了,他就想着今天晚上,是不是自己也该请"同年"来吃饭。起床后,就吩咐妻子说,今天要再请"同年"吃饭。

唯独曾得财没有做梦。他早饭后就扛着锄头下地劳动。干了一会儿活,他从田里起来坐在田埂上抽烟时,感到太阳照在身上暖烘烘的,就索性倒在田坎上半靠着。

没想到,这一靠就打起了盹。他这个盹,可打得不一般。梦中他遇到一位长者告诉他说:"难得你们同年仨那么有缘。翻过门前那座大山,往北找到'崇头山'那片红豆杉林,找到其中'茅头三丈高,三棵茶树下'最大的那一棵红豆杉挖下去,就'有捡'。不过,要同年仨一起去。"长者说完,就不见了。

他醒来,觉得有点奇怪。拍了拍自己的脑袋,觉得这头还是自己的,这"捡窖"的事是不可能的。

晚上，马顺年请他们"同年"吃饭。喝酒到半醉时，林德福和马顺年都把自己昨天晚上做的梦说了一遍。马顺年说："今天请我们仨'同年'在一起吃饭，就因为昨天晚上的梦，这真是缘分啊。"

林德福和曾得财一看桌上，果然都是炒冬笋、煮冬笋，每一碗的菜都少不了冬笋。

这时，曾得财也将自己今天上午在田头打盹的梦描述了一下，说得"同年"都觉得曾得财做的梦是最大的梦，而且这梦有可能改变"同年"三人的人生。于是，就相约明天上午 10 点，先到村口的"伯公树"下去烧高香，之后就按梦中的方位找去，如果找到了财富，三人平分。

这仨"同年"中，林德福是脑子比较灵活的人，他们俩就问他说："我们明天要去，怎么去找'茅头三丈高，三棵茶树下'的那棵红豆杉?"

林德福一碗酒下肚后说："我们本地人都有拜最大最古老的树为'伯公'的习俗。要我看，我们首先要找到那曾被人敬为'伯公'的大树，那'茅头三丈高'，肯定说的是烧的香。我们通常去敬'伯公'不都是点着三炷香火吗? 那烟火点着后往上飘，不就是'茅头三丈高'了? '三棵茶树下'估计是指那'敬伯公'时用的三杯茶……"

他们俩听林德福这么一说，豁然开朗了起来，都说还是林德福脑子好用。

在饭桌上，三人都不停地相互敬酒，只有曾得财略有保留地少喝酒，他解释说："我明天要带路，一旦喝醉了会忘记那地方的，我们就找不到了。"他们俩都赞同他少喝一点。

三人散场后，各自睡觉去了。林德福和马顺年都将这事藏在自己的肚子里，不告诉家里的任何人。

唯独曾得财，将饭桌上另外两人的梦如实在老婆面前诉说了一番。他老婆听后，觉得只有自己的老公做的梦才是真的，而且是"大梦"。就鼓动曾得财说："哪有你那么傻的人，这个'窖'是你自己做的梦，凭什么要三人一起得？不如我们天亮之前先去找找看，如果找到了，我们先带一部分回来，留下一部分你再和他们俩一起去捡来平分。"

曾得财觉得老婆说的不是没有道理，就接受了。

第二天鸡叫头遍，曾得财就和老婆趁着月色扛着锄头出了家门。一路上，夫妻俩还在反复琢磨着要抄那条便道才能更快些。

曾得财夫妻俩很快就到了崇头村那片红豆杉树林里。

夫妻俩直奔那棵被敬为"伯公"的最大、也是最古老的红豆杉树。走近一看，树底下还真是有"敬伯公"烧的香和茶杯呢。

曾得财兴奋地挪开那三个茶杯就是一锄头下去。

"咣当"一声，还真是挖出了一个陶土坛子。

老婆兴奋地说："你要先轻轻地拨掉周边的泥土再挖，一锄头下去把'花边'（银圆）挖碎就不好办了。"

曾得财按老婆的吩咐轻轻地拨去周边的泥土，坛子露出来了。他老婆兴奋地蹲下身子把坛子抱出来。掀开盖子一看，坛子里全是水，便全身起了鸡皮疙瘩，说："我们赶快回去，我们挖出来的有可能是盛水的'金缸'（客家人装遗骸的陶缸），赶紧回家，赶紧走。"在客家地区，按传统人死后先入土，十年八年后再拾起遗骸装入专制陶缸中，这陶缸就称为"金缸"。

说完，夫妻俩马上起身回家。谁知，他老婆不小心用锄头碰到了坛子，那坛里的水便流了一地。

曾得财夫妻俩回到家，林德福和马顺年正备好锄头在家门口等他。他们看到曾得财夫妻俩一起扛着锄头回来，便夸奖他们说："夫妻俩一大早出门都回来了，你们想将天都搬家？"

曾得财红着脸说："我们走吧。"

「挖窖」故事两则

他俩劝他先回家吃饭，他却说早上出门前就已经吃过了。他嘴上这么说，心里却在盘算着：我这陪你俩走一趟不是什么问题，只是到了那里假如看到刚挖过的新土，该怎么解释呢？

一路上，林德福和马顺年在不停说，昨天晚上我们说的那棵大树是非常难找到的，我们三人到了那里，不知道结果会是什么。

只有曾得财低着头跟着他们俩，一声不吭。

三人走着走着，很快就到了崇头村那片红豆杉树林的附近。远远的他们就看到了那棵最大又最古老、被人们称为"伯公树"的红豆杉树。

林德福指着那棵树说："你们看，这就是那棵伯公树。"

马顺年建议大家坐下来抽支烟再说。

林德福还说："今天我们'同年'一起来'捡窖'，不管有多少，都得平分。"

"那是，那是。"马顺年响应着，曾得财却在心中暗笑。

休息了一会儿，马顺年走在最前面，林德福紧跟着，同年仨一起往那棵伯公树奔去。当然，曾得财走在最后一个。

离伯公树还有丈把远，马顺年就大叫了起来："天哪，你们快来看，快看看，那伯公树下闪光的是什么？"

林德福和曾得财抬头往那伯公树一瞧：哇，满地都是"花边"（银圆）！三人马上"扑通"一声跪倒在地，连连磕头。

接着，林德福招呼他们俩，脱下上衣当钱袋，非常高兴地拾起地上的"花边"。

两人非常认真地一块一块地拾着。只有曾得财红着脸，特地凑到那曾被碰破的陶坛前，端起那陶坛一瞧，里面竟然"丁丁当当"地响着，还有好些"花边"呢。

之后，三人就在伯公树下把"花边"平分，当分到最后只剩下一个时，三人还你推我让了半天。

林德福和马顺年都说,这次的运气是曾得财带来的,这多出来的一个,理应让给你。曾得财红着脸收下了。

曾得财带着"花边"回家后,告诉他的老婆说,早上他们挖出来的那坛全是"花边"时,他老婆大吃一惊。

原来,这是三个人的福气,哪容得曾得财一人独享呢。这就是诚信人得福,私心人得苦。朋友之间,本应该有福同享,有难同当。

二

百肩岭的后北坡有个地方叫"眠牛岗"。据传,很久以前有一对盲人夫妻来到这里后,觉得这里有水有田,可以在此定居,便住了下来。

他们起初是住在茅草寮里,靠着夫妻俩的努力,几年后将自己的住所从茅房变成了土房,同时还生了两个儿子。也许是苍天有眼,她的两个儿子视力是正常的。

渐渐的,周边的群众都知道眠牛岗住着一户盲人,路过百肩岭时,都会特地拐到他们家里来喝茶歇脚。

有意思的是,这兄弟俩虽然是同胞兄弟,但是长相和性格都相差甚远。老大非常内向,勤劳,对家里来的客人不冷不热。老二则外向热情,凡遇到年长的过路人,都会特地帮他们将东西挑到百肩岭的山顶。

兄弟俩长大后,他们娶妻可成了难题。有一年,一位盲女路过百肩岭,老大外出正好遇到了,就把她背了回来。

父母得知后非常高兴,鼓动这位盲女在家里住下来。

盲女住下来后,随着时间的推移,觉得这个家庭很和睦,兄弟俩都对她很好,就想认盲人夫妻为父母。盲人夫妻当然也非常乐于接受,还告诉她,如果不嫌弃,让她随意挑选他们两个儿子中的一

「挖窖」故事两则

位成亲。

话说出以后，当哥哥的就抢先说：盲女是我背回来的，我应该有优先权。

可是，盲女不答应，说：既然父母承诺让她在他们兄弟俩中挑选，自己就有选择权。最后，盲女还是选择了他的弟弟来成家。

这样一来，弟弟觉得自己对不起哥哥，便在生活中积极为哥哥找对象，希望哥哥能早日成家。

有一天，弟弟到古田去赶圩，出门时背上还背着一把马刀，这是山里人出门时的自卫用具。回家时，他买了一块卤肉打算带回家孝敬父母。买好的肉，他请卖家用油纸包好后，便塞在了上衣的兜里，小心翼翼地护着，生怕会丢掉。

当年的步云，山上常有老虎出没。这次，他才迈上百肩岭一小段路，就遇到老虎了。

他一步一个脚印地从山下往上登，在抬头的瞬间，看到前面有一只老虎，便三下两下爬到路旁的一棵大树上去了，想等老虎走后再下来。

匆忙之中，那块用油纸包着的卤肉掉在路上，怎么办呢？这时，那只老虎似乎闻到了香味，冲过去伸着爪子去拨那包着卤肉的油纸包。

这可急坏了在树上的老二，他不假思索地拔出插在背后的马刀，在自己的大腿上割下一块肉，大吼一声，末了朝西远远地扔了出去。

老虎闻到那带着血腥味的鲜肉，马上掉头跑去。

这时，老二迅速从树上溜下来，死命往家里奔去。

回到家的第一件事，他先把买回的卤肉给父母亲，之后才悄悄地躲到房间里去处理身上的伤口。

几天后，老二做了一个梦。梦中他遇到一位鹤发银髯的老人对他说：你割肉孝敬父母，行善必有报，你记住"一溪三圳水，圳下三丘田，田中石下有'花边'（银圆）"。一转眼那位长者就不见了。

第二天，他悄悄地叫来哥哥，将这个梦告诉他。还向哥哥建议说：按照"一溪三圳水，圳下三丘田，田中石下有'花边'"的情形，翻过门前的这座山，就有一条山涧小溪流，之后这条山涧小溪流就朝三个方向流出去，再往前不远，就有一个小山窝，那下面就有三丘田，最下面的田中还真有一块不小的石头呢。待天气比较暖和时，兄弟俩一起去碰碰运气。

没想到，哥哥听到这事以后，就想独吞钱财，他一心想着，有了钱，他就可以到外面去建房娶妻了。

第二天一大早天不亮，哥哥就独自出门找到了那地方。

一看，这地方还真如弟弟所描绘的那样，那最下面的一块田的中间有一块石头。

他兴奋地挽起裤子，三下两下就用锄头把那块石头给搬开了。

搬开石头一看，底下果真有一个陶坛子。他兴奋极了，心里还在盘算着，有了这坛子宝贝，就可以离开这小山沟沟，到远远的地方去，从此不再回来。

他小心翼翼地将陶坛从田中抱起来，就着田中的水将陶坛上的泥巴擦洗得干干净净。他想象着：这坛宝贝先不要搬回家，寄放在一个安全的地方，之后再择吉日，带着这坛宝贝远走他乡。

他得意地在田坎上坐了下来，十分惬意地吹起了口哨。

就在这得意之时，他想得先看看这坛中到底有多少宝贝，便使劲地揭开陶坛的盖子。

这坛盖还盖得非常紧。他再使劲一揭，只听得"哐当"一声。

哎，这声音怎么有点怪呢？

再仔细一看，他傻眼了：这坛子里装的全是水！原本开心的心情一下子烟消云散了。他越想越觉得是弟弟在捉弄自己！

于是，他想了一个报复弟弟的办法。

　　他起身收拾好自己后，就把这坛子连同里面装的水带回家去，还脱下衣服将之包好。

　　回到家后，他悄悄地将这坛子放在自己的床铺底下。

　　半夜里，他又悄悄地起床，摸到弟弟睡觉的房间的外墙边，用凳子垫着向里看，看到弟弟弟媳睡得还正熟呢。

　　举起那从田间挖回来的陶坛子，将水往那瓦片的间隙泼了去，一心想让熟睡中的弟弟弟媳淋他个痛快！

　　之后，他又悄悄地溜回到自己的房间里，假装睡觉去了。

　　这边，弟弟弟媳正在熟睡中，突然间从屋顶上的瓦片间隙中不停地掉下"花边"。

　　弟弟马上叫醒老婆，他老婆也觉得奇怪。夫妻俩起床点灯，一看，床铺上到处都是从瓦片间隙掉下的"花边"。他又马上到哥哥房间去叫他来看看，担心自己还在做梦。

　　他哥哥听后觉得无言面对，天亮之后就独自离开了家，从此再也没有回来了。

吴地"游大龙"

张冬青

古田吴地村正月十五闹元宵游大龙的习俗已有数百年历史，据说该习俗也是为了每年迎接本村马头山寺开山住持至道生佛而承传至今的。

至道生佛是吴地村小吴地自然村人，生于明万历十七年（1589年），俗名张清朗，当年拜赖坊村吉当山敬心僧为师后，改名海经。海经后在村后马头山建寺修行，其禅功深厚，道行颇高，乐善好施，广种福田，普度众生，马头山寺香火日盛。曾任太常寺少卿、大理寺卿和刑部尚书的龙岩乡宦王命璿感于其高深的道行，召集乡绅为海经加"至道禅师"称号。清顺治三年（1646年）农历九月初九，至道禅师跏趺而逝封存于"定慧塔"，六年后开塔火化，浑身上下竟毫发无损栩栩如生，乡人与信众啧啧称奇，便将肉身漆之以金，礼以香火，尊称"至道生佛"。自此，马头山寺慕名朝山进香者摩肩接踵，络绎不绝，香火鼎盛。令人痛心的是，"文革"初期"破四旧"时，至道真身（即金身木乃伊）遭焚毁，寺院荒芜。1980年，张氏后裔吴地村民张敬本召集信众捐资复建，重塑至道金身，经过几十年的努力，古老的马头山寺如今又重新恢复了往日的辉煌。

吴地大龙的制作精细复杂，其中包括备龙板、布筋骨、扎龙头龙尾、龙爪龙蛋、裱糊画龙、剪贴题字、装灯烛、备龙棍、插袋等十多道工序。整个扎龙的难点要点是要扎出龙嘴含着龙珠，眼口鼻舌、牙齿、胡须五官俱全的龙头，扎上的龙爪、眼睛、龙鳃必须活动自如，神气活现。

游龙的程序也较复杂，吴地村张姓等几姓，几年为一届，用拈阄方式安排擎龙头、龙尾的户主，要成立理事会，组织乐队，筹集经费。每年正月初上选定日子到马头山寺迎"至道生佛"安放到扎龙头的祠堂供奉；其后由龙头、龙尾的户主到本姓各户去分发做龙（腰）段的纸张，开始分头动工扎龙。正月十二日，再去检查落实龙腰的节数，十三日上午在祖祠"拈龙"，以此安排龙腰的排列顺序以及确定大龙巡游的路线等。

吴地正月十五元宵的游大龙，上午十时许，在震天动地的锣鼓声中"至道生佛"驾到，并排于龙头龙尾。下午三时一过，即举行"祭龙"仪式。一应供品陈列，焚香点烛，鼓炮齐鸣，其间要在现场宰大猪、杀未阉过的大公鸡，并将猪血、鸡血洒压龙头、龙身、龙尾之上，然后由主祭人吟咏祭文。下午四时许，三声神铳响过，龙腰从各户次第抬出门前；各家则点燃松明火把，放鞭炮为游龙送行。与此同时，大龙开始不断往各户"驳轿"（即连接龙身），龙腰在大龙边走边"驳轿"中越长越长，最后蜿蜒形成长500多米的巨型长龙，翻腾跃动着往吴地周边的步云等村镇行进。

天色向晚夜幕降临，各节龙腰开始点亮烛灯，紧封火门，依序前行。大龙所到之处一片欢腾，家家户户点燃灯烛松明，一挂挂鞭炮接踵轰响。长龙在村坊间的场坪阔大处进行戏珠缠龙等舞龙表演。爆竹鼓乐声喧里，从夜空中看下来，灯火通明急速变换队形盘曲舞动的游龙队伍，就像一条从天而降的金色巨龙，在闪电雷鸣间腾云驾雾耕云播雨，蔚为壮观。

吴地游大龙已被列入龙岩市非物质文化遗产项目，不久前在2021牛年福建春晚闪亮登场，颇受各方好评。

毛　公　山

张　茜

　　在福建上杭古田，有座"毛公山"，海拔 1800 多米。

　　"毛公山"为梅花山之岩顶，屹立地球北回归线已千万年，峰壑交织，遍野莽林，被国内外专家惊讶地赞誉为"北回归线荒漠带上的一颗璀璨翡翠"。宇宙造就梅花山之神奇，赋予它特殊磁场和使命。1929 年一代伟人毛泽东在这里铸就中国军魂。

　　那一年，毛泽东主席逝世，一颗巨星陨落。举国上下一片悲痛，古田老区人民陷入深深的怀念之中。不久，报纸上刊登出主席躺卧于水晶棺里的照片。当地百姓一边流泪，一边凝视环围古田的梅花山脉，竟看到了和水晶棺里一样的毛主席，从此古田人民亲切地称之为"毛公山"。

　　2020 年隆冬，我们从福建省城出发，前去拜谒"红色古田"。当我站在古田干部学院，也是龙岩市委党校的一处露台上，眺望前方梅花山巅的"毛公山"时，震惊万分——这名字竟是那么形象，那么逼真，毛主席就仰卧在他建立无产阶级新型中国军队的起点上，胜利从古田起航。天空湛蓝，祥云缭绕，风景如画，两行热泪，顺着我的面颊滴落，人民想念您——伟大领袖毛主席。

　　时光回溯，1927 年 8 月 1 日凌晨，南昌起义爆发，打响中国共产党独立领导武装斗争的第一枪，拉开了创建革命军队的序幕。但

毛公山

这支拯救旧中国的特殊军队，要如何创建，并没有模式可以复制，只能摸着石头过河。

9月29日至10月3日，毛泽东在江西永新县三湾村，对秋收起义失败后的剩余部队进行整编，史称"三湾改编"。"三湾改编"对旧式军队进行改革，开创性地确立"党指挥枪""支部建在连上""官兵平等"等一整套崭新的治军方略，标志毛泽东建设人民军队思想的起步，奠定了政治建军的基础。但旧式军队的影响短期内还依然存在。

1928年夏天，中国工农红军第四军在井冈山革命根据地成立。朱德任军长，毛泽东先是担任党代表，继而成为红四军前敌委员会书记。在毛泽东和朱德的指挥下，红四军以崭新昂扬的士气，一举击退国民党反动派对井冈山的围攻，开创了赣南、闽西革命根据地。商人、国民党俘虏士兵和大量农民纷纷加入面貌一新的红四军，革命队伍迅速壮大，但成分也变得复杂起来。非无产阶级思想的极端民主化、绝对平均主义、流寇主义、盲动主义等不良习气开始冒头，红四军发展又面临新的困难。

1929年6月，中国共产党红军第四军第七次代表大会在福建龙岩召开，毛泽东试图纠正各种错误思想，却收效甚微，还导致落选前委书记。

战争环境异常艰难，红四军前途未卜，中国人民处在水深火热之中，内外交困，忧国忧民，使毛泽东极度虚弱，卧床不起。红四军前委决定送毛泽东到地方上养病。漫长的夏天过去，毛泽东的病情越发严重，被担架抬着，从永定到上杭，住进临江楼。

临江楼凭立汀江之岸，是上杭城彼时条件最好的小楼。但毛泽东只住了十多天，就随中共闽西特委迁往苏家坡。特委机关设在苏家坡的"树槐堂"，毛主席紧守机关，住在"树槐堂"后厅左侧的小阁楼上。

毛泽东在阁楼里一边养病，一边指导特委工作，能起身的时候，便去"树槐堂"旁边的一处天然岩洞里读书、休息，思考中国革命的未来。而在毛泽东离开红四军的几个月里，红四军不但没能在思想上统一，在军事上也屡遭挫折，稚嫩的红四军经不起如此的挫折，很多人呼吁要将毛泽东请回来。

接替毛泽东担任红四军前敌委员会书记的陈毅，已经意识到了这个严重问题，早在 1929 年 8 月下旬，就亲自通过红色秘密交通线奔赴上海，向中共中央做了详细汇报。事情紧急，中共中央现场办公，指示陈老总起草，周恩来签字，下达了中共中央给红军第四军前委的指示信——"九月来信"。

信中指明"党的一切权力集中于前委指导机关这是正确的，决不能动摇，而毛泽东应仍为前委书记"。1929 年 10 月下旬，陈老总怀揣"九月来信"，快马加鞭回到闽西，立即派人将毛泽东从苏家坡接回红四军主持工作。按照"九月来信"指示，红四军移师连城县新泉，进行政治整顿和军事强化训练，同时，准备召开中国共产党红军第四军第九次代表大会。

11 月 28 日，红四军前委召开扩大会议研究决定：正式召开党的第九次代表大会，5 天之后，进行"新泉整训"。毛泽东、陈毅主持政治整训，朱德主持军事整训，为红四军"九大"召开奠定思想基础。

时值隆冬，银霜落满山野，数千号红军聚集新泉，神奇的溪畔高温泉水，洗去将士们的一身征尘。毛泽东在原有的"上门板，捆铺草，说话和气，买卖公平，借东西要还，损坏东西要赔"的"三条纪律六项注意"上，又新增两项注意："洗澡要避女人""大便找厕所"。自此形成载入军史的"三大纪律八项注意"初型，红四军队伍重新焕发出蓬勃的革命精神，彪炳史册的《中国共产党红四军第九次代表大会决议案》草案初稿，顺利出台。

12月中旬，国民党军队攻占长汀，逼近新泉。为确保代表大会顺利召开，红四军转移上杭古田。

古田地形颇具优势，鼎立上杭、连城、龙岩三地枢纽点上，神秘梅花山，群峰巍峨，地势险要，易守难攻，比较安全。红四军前委、政治部和司令部设在八甲村，周边赖坊、竹岭、溪背、荣屋4个村庄，布防4个纵队，形成烽火连台、犄角拱卫之势，随时拒敌于古田之外。

红四军到达的翌日清晨，古田丘里响起雄壮嘹亮的军号声，中国工农红军成长史上最关键的时刻到来了。

五龙村的百姓至今还在念叨："那时候，满村里住的都是咱红军，各家各户都有。红军纪律严明，地板铺个草席就睡，从来不拿群众一针一线。还帮着各家干农活、挑水，村头的那口水井，我们世世代代都叫它'红军井'。"我敬畏地走近八角形的红军井，一泓井水清澈地映着天空和云朵，旁边山坡上翠竹连绵，馨香氤氲。

毛泽东一到古田，就开始为会议忙碌，白天召开各种调查会和座谈会，与官兵一起揭露并分析红四军中的错误思想。晚上在前委机关驻地"松荫堂"里整理资料、起草决议，一盏油灯星光般闪烁至黎明。"松荫堂"静静地陪伴毛泽东度过了36岁生日，可毛泽东日理万机，早已忘却。

1929年12月28日至29日，铸魂红四军的"古田会议"在廖氏宗祠厅堂里召开，数九寒天，滴水成冰，屋外洁白雪花飘飘飞舞。厅堂里代表们衣着单薄，就地生起几堆炭火，两张八仙桌对拼为讲台，长条木板凳一排排当座席，廊柱上、墙壁上贴着大红标语，醒目而振奋人心。与会红四军党代表、士兵代表、地方干部代表和妇女代表100多人，个个精神焕发，群情激昂。按照会议议程，毛泽东、朱德、陈毅、罗荣桓分别做了大会报告，一次次雷鸣般的掌声，回响在这个古老的祠堂里。大会通过了毛泽东主持起草的《中国共产党红军第四军第九次代表大会决议案》，选举出以毛泽东为书记，毛泽东、朱德、陈毅、罗荣桓等 11 人为委员的新的中共红四军前敌委员会。

从"南昌起义"到"古田会议"，2 年 4 个月零 28 天，中国共产党对人民军队绝对领导的根本原则和制度终于圆满形成，工农武装彻底完成了凤凰涅槃。罗荣桓说："我们要建立一支什么样的军队就已经定型了。"

1930 年元旦，伴随梅花山岩顶的绚丽曙光降临古田。红四军在新太阳的照耀下，于廖氏祠堂门前坪坝上，举行了威武庄严的阅兵仪式和军民联欢会。周边群众纷纷赶来，人声鼎沸，欢歌笑语，红军队伍英姿勃发，士气高昂。人们相信，经历了浴火重生，红军的这支虽然弱小但理想高远、信念坚定的队伍，必将在中国革命的疆场上取得胜利。

5 天后，毛泽东在廖家祠堂的厢房里挥笔写就《星星之火，可以燎原》——"它是站在海岸遥望海中已经看得见桅杆尖头了的一只航船，它是立于高山之巅远看东方已见光芒四射、喷薄欲出的一轮朝日，它是躁动于母腹中的快要成熟了的一个婴儿"。

正是以毛泽东为代表的中国共产党人，坚持实事求是的思想路线，坚持把马克思主义同中国实际相结合，敢于直面和解决矛盾与问题，敢与有悖于党的性质和宗旨的种种旧军队习气彻底决裂，最终开创了一条符合中国国情、具有中国特色的建军之路。

中国工农红军从此有了自己的灵魂。朱德、陈毅率红四军第一、第三、第四纵队先期离开古田，出击外线，转战赣南。毛泽东亲自指挥红四军第二纵队，阻击龙岩方向的来犯之敌，而后快速挺进江西宁都，与朱德汇合。两路大军调动敌人狼奔豕突，国民党"三省会剿"阴谋被彻底粉碎。人员还是那些人员，武器还是那些武器，红四军却脱胎换骨，茁壮成长。

毛公山

廖家祠堂完成了天地赋予的巨大使命，静静地守望在那里，红军胜利了，人民解放了，一个崭新的中国在世界东方崛起。岁月走过半个世纪，廖氏宗祠、雄伟的梅花山，似乎又接回了那个伟人。

廖氏宗祠为当地名门望族廖家的祠堂。始建于1848年，建筑面积近千平方米，结构为单层歇山四合院，坐东朝西，后面远靠笔架山。屋后山坡植满绿树，祠堂大门口凿龙井，引水筑池栽莲，满池午时莲朝开暮合，摇曳生辉。

一份不起眼的小册子，珍藏在"古田会址"内，它就是《古田会议决议》的早期版本。封面上印着"中国共产党红军第四军第九次代表大会决议案"，一行小字标明决议翻印时间是1930年4月。

轻轻翻开小册子，可以看到《古田会议决议》，要解决的第一个问题就是"纠正党内非无产阶级意识的不正确倾向问题"。

"古田会议"是我国建党建军历史上的一个里程碑，古田会议精神同井冈山精神、长征精神、延安精神和西柏坡精神一样，是留给后人珍贵的精神财富。

醉花阴　夜游校园

流水无眠携晚风，
青青翠竹摇，
点点墨山淼。
古树藤绕，
小灯又晚照。

一季深秋醉流年，
丹桂染野渡，
蛙鸣山乡静。

月似婵娟，

偏向此夜明。

这首古田党校学员的诗作，将我的思绪带回到"星星之火，可以燎原"的过去。

古田党校，遥对着东方，遥对着梅花山脉的"毛公山"。旭日每天都从那里升起，照亮古田，照亮神州大地。

2014 年 10 月，全军政治工作会议在古田召开，研究解决新的历史条件下党从思想上、政治上建设军队的重大问题，确立新时代政治建军方略，引领全军重整行装，再出发。

毛公山

双髻山的千年传说

杨国栋

一

双髻山坐落于闽西上杭县境内，在上杭蛟洋镇贵竹村、溪口镇、龙岩市新罗大池镇大禾坑交界处，海拔 1441 米，系上杭县较高山峰。徒步攀登双髻山十分艰辛，蛇形路道弯来弯去，陡崖峭壁比比皆是，逶迤峰峦遍布山间。然而登临峰顶，却可以看见万里蓝天中蒸腾浪涌的浩瀚云海，如仙界一般美妙。我们站立的双髻山，形态各异的嶙峋怪石被浓浓的雾气笼罩着，仿佛含情脉脉的仙女，蒙着一层洁白明净的面纱，脸带羞涩地向游人微笑致意……

> 上天开光，下地洪荒。
> 山势峻伟，水浪汪洋……

古代乡民唱响的民谣，飘荡着拙朴又清新的古早气息，让今人读懂了汪洋泽国里被浸泡的生命的脆弱与顽强。这看似矛盾的词语组合，寓含着人与自然相互敬畏、相互和睦的故事，即便再过千年也不会完全消隐。

按说，大山养育了树林，树林储蓄了水源，生成了水脉，涓涓细泉或者漫漫浪涌，又回过头来灌溉大山和树林。这种良性的滋养互动与反哺，又总是通过人类和人类开辟的山道水路，进行创造性的连接，以此繁衍发展，生生不息。然而，双髻山山势地貌显得十分奇特。遍布的峰峦上耸立着高山，几乎看不见多少树木，更不用说苍翠蓊郁，冠盖云天，翠荫连绵，绿茵流泻了。灰蒙冷暗的山间，暗黑色、褐色、棕色、咖啡色的嶙峋怪石高高矗立，地势起伏，没有水源，唯见寺庙前一方百米不到的天然水池，盛装着一年四季不绝的清水，不论是盛夏酷暑，还是阴雨连绵，狂风暴雨，甚或寒秋冰冬，这方近百平方米的清清水池，从来波澜不惊，既无浪涛翻卷，也从不干涸无水。很多人探测过这池清水的源头何在，考究了百年，却没有一个人能够说出让人信服的答案。是水池地底下有泉眼，是天然降雨水，还是哪路神仙厚爱双髻山，天天半夜三更降临甘露到池中……都不是。故而后人将这口清水池叫作"神池"。

双髻山显然是一座险山。仙境和险境相伴，陡峭和奇峻连接；裂隙让路人止步，峭壁将险要托起。虽然没有落差百米的涧流缠绕峡谷，以及天界飘飞的瀑布，但是浑然天成的奇绝岩礁，高耸云端的怪石造型，呈现万千姿态，栩栩如生，如虎、如鹰、如猴、如马般生动灵巧。石群和岩洞，导引着万千游客探险。可谓一分仙境十分险，步步艰险步步景。毫不夸张，绝不吹嘘。险要吓到了胆小鬼，险景刺激了如同徐霞客那样的旅行家和探险家。只有不断攀爬高峰，才能领略无限风光。如果我们将认知延伸到比远古荒蛮时代更早的第四纪冰川爆裂的时代，或许可以解读出双髻山不同于其他周边山形地貌的特殊原因，在于地壳运动的超级强烈震荡作用，引起了山崩地裂，形成了双髻山千年不变，直至今天的奇特地形地貌，长出了成百上千的奇形怪状、造型各异的峭岩陡壁。据说，这座巍巍挺立的双髻山，因山顶有两座形似二八佳人的双髻的山峰而得名。可见，山名与山形关系密切，取个好的山名，可以相得益彰。如果能够加上不可忽视的厚重文化，或者故事传说，大山的知名度显然可以陡增。南宋曾经做过会稽令的诗人胡仲弓，来到奇崛俊伟的双髻山观赏后，留下了一首七绝古诗：

千古丫鬟高插天，淡妆浓抹傅雪烟。

眼前不见峨眉老，独有青山长少年。

从诗中我们可以看出，双髻山因为形似姑娘的发髻而得名的传说，并非虚构。双髻山早在明代就被列入"闽西胜景名山，杭川古刹音堂"。据《上杭县志》记载：双髻山高耸千丈，峻戛云日，晴霄烟霏，晨起披览，云雾周衣，夏亦可裘。檐楹流露，经晨不觉。前有小墩阜，游人多拾石叠累其间，刹后石顶危蟠，四望近山如海舶上望海中之波浪。夜半候日出，绚烂吐彩，洵属奇观。既然杭川县志提到了"古刹音堂"，就不能不再回到前面提及的那口神奇的清水池。在这口清水池塘的边上，建立了一座寺庙古刹，数百年来香火绵延不断。县志里面还提到：冬日苦寒，古刹住持僧入宿土仓中。可见，旧时代的僧人十分艰苦。

二

双髻山又名文笔峰，有"高在双髻山，梦在双髻山，登在双髻山"之称。所谓"梦在双髻山"指的就是双髻山因为梦灵而成名。据说，古代时许许多多的达官贵人希望升官发财，许许多多的寒门学子期盼科考高中，于是不远万里怀着虔诚之心，前往双髻山通宝寺朝拜。他们晚间沐浴更衣后，需要在寺院里住上一夜，次日起来进行抽签，由寺庙主持或者大师参照签词为其解梦析梦，然后欢天喜地地携着美好梦想走入官场，或者参加科考。如若日后升官，或者高中举人进士，还必须前来双髻山寺院还愿……

我们一行登临双髻山。庙宇大门上有一副对联吸引了我们的眼球：

有些诚意可来朝，无点善心难得到。

据说，这副门联系大名鼎鼎的清康熙年间李光地亲笔题写的。李光地曾经到过这里"梦考"，功成名就后前来还愿，于是留下了这副的门联。

曾经做过通宝寺住持的量海法师，给徒弟和老香客留下了一个说法：双髻山的老佛祖庙，相传是古汀州三座最早的寺院之一。然而在 20 世纪 70 年代末，寺院无人管理，破败不堪，荒草长得比寺院还高。1982 年，有一位法名释普进的大师跋山涉水，不辞辛劳，来到了双髻山，发现寺院陈旧破落，便组织人员对庙宇进行了修缮。老佛祖庙现占地面积千余米，包括大雄宝殿、观音洞、厨房、宿舍楼以及海金塔等配套设施。虽然说不上气势宏伟，倒也清新亮丽，吸引了天南地北各路香客游客。

接下来，我们还要回到刚才说到的那一口清清粼粼的天然水池。因为这口清水池坐落在双髻山顶峰，与上天相连接，故而当地老百姓又将它称之为"天池"。池水清澈如镜，在夜深人静的时候，可以看见圆圆月亮映照在清澈透底的池中，是那样的皎洁明亮。按说，这种清澈透亮的池水，是不适宜栽种荷莲的。道理很简单，"出淤泥而不染，濯清涟而不妖，中通外直，不蔓不枝，香远益清，亭亭净植，可远观而不可亵玩"的荷莲，必须获得足够的肥料养分，才能够生长顺畅，长出妍美娇贵的荷花，结出丰硕的果实。偏偏奇妙的是，双髻山这口独一无二的荷塘，没有沃土，没有淤泥，没有农家肥，也不需要化肥，就如同她天然清新的本质本性那般，在荷莲生长开花的季节里，蓦然间就亭亭玉立地展现出她华美亮丽的绰约身姿。这在千米高山之巅，与天接吻的地带，实为罕见。清水池中，遍植午时莲，故而后人将这口池塘命名为"午莲池"。每当夏日阳光普照的中午来临，午时莲挺直腰杆美丽绽放，绿色娇嫩的叶片轻浮于水面，鲜艳的花瓣流芳溢香，成为双髻山一道最美的风景。到了黄昏时候，午莲花又全都委婉地闭合，如同古代娇羞的女孩儿，在清静甜美的淡然净洁之梦乡里，为世人构筑起莲荷的清香雅韵。故而后人有诗赞曰：

> 夏秋满荷钱，观者醉入迷；
> 采摘即复生，实为花中奇。

传说，双髻山的"午时莲"源自天界飘来的珍品。有一天，王母娘娘在瑶池组织召开蟠桃盛会，宴请各路神仙。席间，王母娘娘十分宠爱的荷花仙子前来报告，说是娘娘召开天界盛会，总是不忘给凡间的黎民百姓播撒福音，此番盛会，凡间等了千年，可否也播散一些仙品下凡？王母娘娘高兴地说："我就知道你荷花仙子有了准备。"说罢又问，"这回需要老身播撒些什么？"荷花仙子递上了一颗睡莲种子，说道："就这个宝贝了。"王母娘娘说："一颗莲种也太少了。"转身呼啸一声，一把莲种顺着王母娘娘的玉掌打开，从天而降，几经飘荡，飞向了凡间，其中两颗飘进了双髻山的莲池。随后，睡莲开始发芽、开花、结果、繁衍。可以说，睡莲品种的天界品性与地界地质的高度融合，形成了千百年来双髻山的"午时莲"……

此外，千年以前的闽西客家乡民，还流传着这样一首民谣：

> 汀江十八滩，滩滩都是鬼门关；

行船要安全，求求天池双髻山。

那时，从汀江到潮汕的木排和船只，都得经过时而惊涛裂岸、波浪翻卷，时而水流湍急、犬牙交错的汀江十八滩，深深峡谷与曲里拐弯的不规则河道江水，时常引发船翻人亡的悲惨事件。为了祈求平安顺畅，来双髻山焚香拜佛，筑梦、求签、释梦，也就成为不少汀江两岸船民的功课。

因了那口神奇的天池和午时莲，当地民间还有一个传说。有一年通宝寺住持打算修建古寺，苦于没有上好的合格木料，某夜忽然梦见仙人助力：汀江有一大户人家，长长的木排被惊涛骇浪冲散，现遣散木到通宝寺前池塘，助你建寺。次日，果然一根接着一根实木从池塘泉眼冒出，住持用这些实木修建了寺院，柱、梁、桁、椽，包括斗拱、大门等，一根不多，一根不少。因此当地民间百姓就有了"双髻山天然池水就是汀江水的泉眼"的说法。颇显神奇。

古寺院落旁边有一块巨石，看不出特殊之处，但巨石下有一口"流米穴"，至今犹在。传说，很早以前，通宝寺僧人在寺院里筑梦，仙人指点他说，流米穴每天流落下来的大米可供僧人和香客食用。僧人梦醒之后，去到那块巨石寻找，果然见到了流米穴和流出的大米，正好够僧人与香客餐饮，并无多余。天长日久，僧人吃着吃着觉得很不过瘾，就起了歪心，拿了工具将流米穴凿宽开大，以为可以饱腹后留下部分大米卖出挣钱。可是，当这位贪心的僧人第二天一大早走到巨石边准备大把捞米时，却一粒大米也未能见到。从此，流米穴不再流米。应该说，这些传说为双髻山增添了许多神秘的色彩，成为让香客与游人、文化学者莞尔一笑的开心素材，却又可以从这开心一笑中悟出人世的神奇与人间的善恶，以及本分忠厚诚实做人的朴素道理。

双髻山的千年传说

三

登临双髻山，游人最大的看点，除了漫无边际的云海浓雾、"午时莲"与清水池、寺院古庙等，还有千奇百怪、造型奇伟的岩石岩礁。双髻山寺院的左边，有一座亭亭玉立、云雾缭绕、直刺苍穹的玉女峰，远远望去，山峰形如朦胧雾中的美女，给游人无限遐想。如果有时间，游人或者香客可以通过山峰上的观音洞攀上玉女峰，求得灵慧贤明的玉女给凡人开启智慧。故而有文人骚客留下了"玉女仰天观日月，梦灵成就在双山"的诗句。

站在山顶望去，群雕似的雄鹰石，以其威武强壮、刚硬坚韧的姿势，吸引着人们的眼球。据说，在这座天然的岩石雄鹰雕塑前拍照留影的游人最多。有时为了抢占最佳的拍照位置，几拨游人同时攀登上去。而昂首高歌的雄鹰石，往往会在世人"咔嚓"的那一瞬间，回眸一笑，用它威武雄壮的外在刚硬与内在柔情，给予天下人愉悦身心的快慰。

最为神奇的是高高岩礁上的那只山狗，在夕阳斜照下呈现出精神抖擞的姿态，少了许多自然的野性，多了不少温顺的情态。这不禁让笔者想起老子《道德经》中"天地不仁，以万物为刍狗"的经典名句，用到这里似乎别有一番韵味。在一面宽大绵长的陡峭石壁上，蜂窝煤似的上百个凹型洞穴，仿佛被放大了的无数倍的蜜蜂建造的蜂巢。

险峻的山间，还可见到猴子拜月、猛虎扑食、蟒蛇出洞、鹦鹉学舌等巨石组成的动物世界，也是惟妙惟肖，鬼斧神工，自然天成，神形兼备。一处只能允许一人走过的石板小桥，从天而落，仿佛是鹊桥相会的双髻山版本，也很引人入胜，让人浮想联翩。

山坡和山顶那些黄金般的草甸，也是一道亮丽的景观。春风荡漾时节，这里背风的一面可见绿茵铺盖，然而到了秋冬季节，山头寒风凛冽，云雾滚滚，草甸一扫少女般的风姿容颜，倏忽间用它成熟的智慧深藏进厚土与岩石之中，顽强地抗拒寒冬的骚扰侵袭，在来年的春光中再展新姿新颜……

双髻山神奇的传说故事中，有美好善良与邪恶歹毒的品性较量斗争。在很早以前，传说在平和安详的日子里，一群聪明却投机取巧的外乡人爬上了双髻山。他们自称力大无穷，可以凭借超强的武力征服这片声名远播的山头峰峦、陡岩峭壁，包括没有人能够解密的清水粼粼的天池与午时莲。原来，这些强盗发现了一个秘密，就是上杭县境内矿产丰富，尤其盛产金矿，因此动了歪心。这些人挖空心思，找到了一个击溃闽西大地客家人、闽南人的"法宝"，就是不择手段，将双髻山那口天池的自然之水，掀起翻江倒海的汹涌波涛，淹没双髻山下的连城、上杭、永定、龙岩诸县，然后不费吹灰之力霸占这片矿产丰饶的土地。

强悍的外乡人之所以想到这样的歪招毒计，也是源自双髻山的一个传说：山顶上那一口天池，必须永久地保持一定的水位，多了不行，少了更不行。如果双髻山的天池水干涸了，或者清水溢出天池而滚滚倾泻山下，那么就会导致周边的连城、上杭、永定、龙岩水患奔流，造成洪水淹没大地的可怕局面。

据说，那些外地流窜到此的强盗们，原来是一群占山为王、打家劫舍的土匪，在浙江北部受到官府的打击而逃逸，由浙入赣，再由赣入闽，进入了闽西大地。他们匪性不改，突然"急中生智"，从上面这个传说中找到了洪水大涝淹没诸县的"谋略"。果然，他们一不做二不休，操起刀枪剑戟，冲到了双髻山顶，大发淫威，将那口天池捣毁，挖出缺口，朝着山下人口密集的方向引去滚滚水流。

这一残暴的兽行，即刻就遭到了山上乡民的制止与反抗。凶神恶煞的强悍匪徒，早已失去理智，拔出刀剑向着善良的乡民砍去，血溅石壁……

这些残暴的匪徒眼看着天池的清水已经流干，自鸣得意，认为自己愚蠢的行为成功了，想象着双髻山下的老百姓及其房屋庄稼被彻底地摧毁了，就等着霸占山间各种金矿银矿煤矿了……

然而谁能想到，就在这批强盗歹人朝着下山的道路逍遥而去的瞬间，突然天空中雷声大作，闪电将他们打得晕头转向，继而就有源自天池的水浪与苍天瓢泼而下的暴雨，将这群土匪冲打得东倒西歪，随之被卷进了山坳或者谷底。他们高喊着："救命啊！救命啊！"回答他们的除了水浪和暴雨，没有其他声音。

双髻山下，听到震天动地响雷闪电的乡民们，看到汹涌的水浪不间断地涌来，并没有冲击街上的民房和田地里的庄稼菜蔬，而是顺着东南方向咆哮着流进了大小河溪，觉得十分奇特。他们担心双髻山顶的那口天池遭遇不测，纷纷穿上蓑衣，戴上斗笠，冒着倾盆暴雨，朝着弯弯山道向山头攀登。他们爬呀爬，足足爬了几个时辰，却依然看不见双髻山的顶层。但是，他们坚持不懈地继续攀爬。突然间暴雨停了，电闪雷鸣没了，东方曙光初现，一切如常。他们赶紧跑去探看那口上苍眷顾的天池如何了，却发现被土匪严重捣毁的天池，恢复了往常的可亲可爱的模样，丝毫没有留下被土匪破坏的痕迹。只是天池旁边两具被土匪杀害的乡民尸体，依然还在。乡亲们含着眼泪，将这两个曾经与土匪搏斗的乡民，安葬在双髻山上，然后返回山下，一路上看见多条命丧岩礁的土匪尸体，正在被生猛的老鹰啄食僵肉。乡民们不忍心看下去，也怀着悲悯之心，挖了深坑将这些土匪埋了……

彩眉岭上枫叶红

黄河清

　　已是深秋，虽然过了立冬节气，但这几天的阳光分外和煦，太阳暖暖地照着大地，没有一丝寒意，空气也是温柔的。我来到古田邓家坊采风，村里人告诉我说，彩眉岭的枫叶此时最美了，于是我在老乡的带领下，往彩眉岭而去。

　　彩眉岭是上杭、连城、长汀往龙岩的千年古道的一段，西起古田邓家坊，东至龙岩小池黄斜村，全长约15华里，全部都是弯弯曲曲由青石块砌成的山道。来到彩眉岭脚下，往小道进去，不一会儿两旁青山上出现了零星分布的枫树，越往上爬枫树的分布越密。

　　古道静得出奇，沙沙的脚步声清晰可闻，自己听着觉得有如在踩响一支隐秘的独奏。偶尔有几声鸟啼从林间传来，像是在如镜一样安宁的空间里划过了一个波痕，又余音缭绕地扩散着。消失的音符在枝叶间穿梭回荡，经久不息。枫树包围着我，近的在高处张开婆娑的树影，看去像一个遥远的情圣；远的以深深浅浅的绛红互相缠绵，无声无息地酝酿深沉的诗。满山的诗在铺展，铺展得很远，好像有很多的思念，一时都无法说出来。那些高大的古枫香树，散发着类似薄荷的清香，轻舔我的肌肤，弥漫进汗腺，沁入呼吸，霎时间火红的汁流糅合了血液，所有的凡尘愁肠都被清洗。

　　拾级而上，没有往日爬山的劳累，却有着品味的闲适。远望彩眉岭拗口两边岔开，似一把张开的剪刀。山顶两端共有 2000 多级台阶，在没有公路的时候是省道一样的角色。一块块、一条条不规则的青石紧密拼铺而成的古道，像一条酣睡的银蛇在山间蜿蜒了千年。千年来多少代人的足迹，把一块块石头都磨得光滑圆润，千年里风霜雨雪的雕琢，把一条条凿痕都侵蚀得荡然无存。这些大大小小的块石，多像一个个方块文字，书写着世事沧桑和风土人情。

和许多风景一样，向往与真正见到的感受是不一样的，就如现在，古道隐没在丛林深处，偶尔看见几块巨大的石头耸立在浓密丛林里，在被遮蔽掉阳光的大山深处给人森森的感觉。忽而一小片空阔处，秋阳肆无忌惮地直入丛林，反把一树树、一枝枝浓淡不一的红黄枫叶照射成养眼的景致，摇曳在深秋的微风里，生气也油然而生。

一座古老的石桥横跨溪间，灰褐色的石头上，长满了苔藓，遍布着藤萝。桥与路平，不注意很难发现，桥很短，几步就跨过去，桥下的水几近枯竭。不远处有一茶亭叫石缝亭，亭建在古道边，亭子里一位 80 多岁的老人正坐在那里休息。他的脚边有一捆杂木条，细细的直直的，每根都有 2 米多长，老人说这是从山里砍来的，准备拿回去做豆棚。我和老人聊起了天，老人很健谈，说起彩眉岭，老人打开了话匣子。他告诉我，他父亲是老赤卫队员，从小就听父亲说 1929 年初夏中国工农红军第四军军长朱德、党代表毛泽东、政治部主任陈毅率领英勇善战的红军战士三打三克龙岩城的故事，而三次攻打龙岩都是从彩眉岭出发的。老人一席话，让我对彩眉岭更加有了兴趣。老人吸了一口烟，两眼直视远方，仿佛在寻找什么，他断断续续的叙述把我们带回了战火纷飞的年代。那是 1929 年 5 月 22 日，红四军和当地赤卫队员浩浩荡荡从上杭古田向龙岩挺进，在小池地下党的带领下，翻越彩眉岭古道来到距龙岩城西 30 里地的小池村。当天晚上，毛泽东、朱德在小池"赞生店"楼上召开了军事会议。中共闽西临时特委派郭滴人在会上做了汇报，告知军阀陈国辉主力开往广东参加军阀混战，只留下不足 500 人驻守城内。会议分析了敌我双方的情况，具体拟定了攻打龙岩城的计划。23 日凌晨，一场小雨刚过，在小池北面田野里，召开了班长以上党员活动分子会议，毛泽东神采奕奕，站在一个石墩上，亲自做了攻打龙岩城、消灭陈国辉的战前动员。一听说要打陈国辉，战士们个个摩拳擦掌，战斗情绪十分高涨，恨不得马上缴支好枪使上。

拂晓前，红军兵分两路出发了。一、三纵队向龙门直进；二纵队在地方赤卫队的引导下，离开小池，插向岩城北山。7 时许，一、三纵队飞速迫近陈国辉的前哨阵地——离龙岩城只有七八里的龙门墟，以迅雷不及掩耳之势打掉了敌人的前哨营！残余敌人仓皇向龙岩城西门方向逃去。二纵队也按原定部署飞快占领了龙岩北门外的小山，控制了全城制高点，红军两路合围，势不可挡，敌军仓皇逃往漳平永福，龙岩城第一次回到工农的怀抱。为了把陈国辉主力从广东引回龙岩予以全歼，红四军于当天下午主动撤出龙岩城，向永定进发。

逃窜到漳平永福的陈国辉残部惊魂未定，忽又接到报告称：红军退出岩城，不知去向。于是敌残部又战战兢兢摸回龙岩城。

为引诱陈国辉主力尽早回闽，红四军前委决定：第三纵队从坎市出发再打龙岩。6 月 3 日，第三纵队从龙岩白土经彩眉岭直下龙岩，此役歼敌大半，残敌再次逃往漳平永福，红军二占龙岩。第三天，陈国辉率主力由粤急急忙忙窜回老巢。毛泽东、朱德立即制定了全歼陈国辉部的作战计划。在攻打白砂后，退往连城新泉，养精蓄锐，准备三打龙岩。

6 月 17 日，得知陈国辉主力已经返回龙岩城，毛泽东、朱德立即下达向龙岩进军，彻底消灭陈国辉的命令。红四军离开新泉，以急行军的速度翻越彩眉岭，于 18 日下午抵达龙岩小池。19 日拂晓，

彩眉岭上枫叶红

天空还闪烁着稀疏的星星，红四军人马已按原计划逼近龙岩，占据四周主要山头，陈国辉部成了瓮中之鳖。经过 2 个多小时的激战，陈国辉部全军覆没，在红四军三克龙岩的胜利消息鼓舞下，闽西各地农民暴动风起云涌。

告别老人，重新踏上彩眉岭，那漫山的红枫仿佛就是一面面迎风飘舞的军旗。这是一条红军踏过多次的岭，这是一条铸就军魂的岭，这是一条通往胜利的岭。因为有了这红色的故事，彩眉岭的枫叶让人一往情深。经过多少岁月的洗礼，它依然红透，无数人间故事尽收于红枫之下，人也在这样的信念里走着，一直走到今天。

我来到石缝亭，这是一个双拱门式茶亭，前后各有一个拱门，亭内两侧各有 4 对石柱，彩眉岭的石径从亭中贯穿而过，单脊双坡的屋顶长满了野草，在秋风中摇曳着。茶亭已显露出斑驳的老态，然而却让人充满敬畏和遐想。往不远处的山顶仰视，半山腰有一块巨石，像一只苍鹰蹲立，俯视着山下，眼里放射出敏锐的光，仿佛随时都要腾起飞翔。

再往上爬行约 2 里路，头顶的光线突然明亮起来，眼前出现了一个平坡，来到坡上我才发觉出了一身汗，人也有些气喘吁吁。这里有一群奇石布满山坡，有的像龟，有的似猪，有的如蛤蟆……老乡告诉我，这满坡的怪石中有一块石头叫"出米石"。关于出米石还有一个非常有意思的传说：在唐朝的时候，有一位高僧在"出米石"附近建造了一座寺庙广纳参佛之人。偶然间，一位僧人发现了寺庙附近有一块神奇的石头，从石头缝里每天都会流出白色的物质，走近一看才发现流出来的居然是大米，而且不多不少每天只流一碗米就不再流了！寺庙决定用这里流出的大米布施翻越彩眉岭的难民，不少难民都曾受此恩泽！一直到了近代，还有人每天都会到这里收取大米。有一天，一个贪心的人觉得大米出得实在是太慢了，想拥有更多的大米，恼怒之下，就把石缝凿开了一些，结果，自那以后大米就再也没有流出来过。据说出米石旁还有一个仙人脚印，如果你的脚踩上去大小正合适，那么你将长生不老。

走出百米远，前面有一个尖尖耸立的陡峭的小山，足有百米高，似一把直立的雨伞，老乡告诉我，这就是传说中的"仙人伞"。关于这个"伞"，也有一段神奇的传说：唐末黄巢起义军路过彩眉岭，正遇电闪雷鸣，乌天黑地，一场倾盆大雨眼看着就要狂泻下来。正在起义军无处躲避之时，突然，有一把巨伞悄悄地撑开了，黑压压的一片，遮住起义军大队人马。霎时人们仿佛走进了室内，里面有各种摆设，琳琅满目，目不暇接，起义军走走停停地过完了这段山岭，不知不觉间看到了岭下灯火通明的村庄。正当起义军诧异地仰望时，这把伞悄悄地收了起来，远远地看去，伞正矗立在彩眉岭的山顶上。于是人们把这个传说编成客家山歌流传下来：

> 路过山岭穿过雾，
> 倾盆大雨头顶过。
> 只见仙人撑开伞，
> 徒步进屋似室坐。

老乡指着不远处的 3 棵大香樟树说，那树下原来有一户人家。我定眼一看，果然有一道低矮的石墙几乎淹没在草木丛中，逐渐枯萎的藤萝布满了墙根。老乡接着说：那年红军长征出发时也是这样的秋日，一天下午，有二三十人的红军小队翻越彩眉岭去追赶大部队，他们来到古岭边这户人家的大香樟树下歇脚。这户人家只有爷爷和孙女两人，孙女叫阿英，战士们买了一只鸡和一些粮食，借阿英家煮饭吃，吃完饭太阳已经落山了，这时部队整装要出发。老人告诉指挥员，往龙岩方向的古道已有国民党重兵把守，只有走小路往温坊方向。指挥员犯愁了，这小路怎么走？有个向导就好了。阿

彩眉岭上枫叶红

英看出指挥员犯难了，就自告奋勇地说："我给你们带路吧！"

指挥员一看眼前的这个小姑娘，有些诧异，问："你多大了？"

"我 14 岁了。"阿英说的是虚岁，乡下人都是这样子说年龄。阿英说："这条路，我和阿公赶圩的时候走过，沿着彩眉岭走 5 里，改走小路，我记得。"

指挥员还是摇摇头，不答应。阿英的爷爷说，阿英这孩子，记得路的，可以带路。

天黑之前，阿英和队伍沿着彩眉岭古道走了。走了 5 里左右，改走小路，走了一晚，天亮前到距温坊有十多里路的地方。前面有探子来报，温坊已有国民党的部队把守，只能另找机会北上与主力红军会合。

这时，指挥员看天亮了，叫战士给阿英一块银圆，让她回去。

阿英说，我不回去了，我要跟你们走，顺便找我的妈妈。

指挥员说前面打仗很危险，你年纪太小还是回去。可任指挥员怎么劝说，阿英死活都不愿回去了，要跟着队伍走。指挥员心软，竟然答应了。阿英成了红军的一员，她跟着队伍走温坊、渡湘江、过贵州、进四川、翻雪山、过草地，一路风餐露宿，九死一生，来到了陕北窑洞。

后来她被编入了红军西路军，队伍开进河西走廊，夜宿黄河边，占高台，攻古浪。后来队伍被打散了，阿英被俘，受尽折磨，被卖到青海西宁当丫鬟，从此隐姓埋名，与组织失去联系……

光阴似箭，弹指一挥间，半个世纪过去了，当年红军西路军浴血奋战的悲壮历史最终得到了组织的正确认定。组织上派人找到了阿英，承认了她的红军身份。

少小离家老大回，乡音无改鬓毛衰。凭着对彩眉岭、石木房，以及 3 棵大香樟树的记忆，20 世纪 80 年代，阿英在组织的帮助下，沿着彩眉岭，终于回到了阔别半个多世纪的老家……

彩眉岭悠久的历史里隐藏着多少故事，人们永远无从知晓。如同这漫山的枫叶，到今天有多少年多少代，经过多少岁月的洗礼，它依然秋来叶红，红叶知秋，心有灵犀，好像爱的故事永远不会衰老。在春花里，枫叶沉默不语，在夏夜里，枫叶默默注视，在长久的飘荡和迷离中，枫叶坦荡着胸襟，当深沉的秋终于来临，默默爱了一生的枫叶终于以喷薄而出的红色诠释了信念，并代代传承下去。

　　站在峰顶的古道上，放眼望去，山谷衔着山谷，山峰簇着山峰，跌宕起伏，绵延不绝。朝山下看去，那一条条公路就像是一条条的带子，在山间蜿转、飘扬。山脚下的农田像棋盘里一格格小小的方块，空谷平地中的村庄农舍时尚而漂亮，整齐俨然，大山安详而宁静。依恋在山边的小溪流，毓秀而清娴，静静无声地流淌着。不时山风会呼啸而来，掠过林莽发出波涛般的响声，自然在这里悄悄传递着物语。这时，心旷神怡之感会涌上你的心头。也许你会发出感慨，真愿做一个这里的山里人家，与山为邻，与树为伴，与风吟唱。

　　彩眉岭古道，蜿蜒不绝地铺向大山的深处，那里林深云谲，不知它还要盘亘多少座大山。它像一条线串起多少山村人家，串起多少古往今来的故事，串起多少世事的沧桑与变迁。人生要走过无数的路，心中永远不能忘记历史，没有历史，能够有今天吗？今天的我们是昨天的人们的继承人，未来的明天，又将是今天的延续。

　　可喜的是，彩眉岭古道已被作为革命文物进行修复和保护。一条古道，蛰伏在大地，也蛰伏在无数人的心中。不久的将来会有更多的人探寻到这里，就着火红的枫叶和微弱的烛光，听它缓缓道来它的前世今生。

彩眉岭上枫叶红

华家凹背村的银杏树

李治莹

　　在蛟洋镇华家凹背自然村的村中央，屹立着一株历经 1200 多年风雨的银杏树，世人皆称其为"银杏王"。就因为这珍贵的银杏王，华家凹背自然村被誉为银杏之乡，名扬八方。

　　此株枝繁叶茂的银杏树，其实是雌雄异株粘连一起，盘根错节、根深蒂固。千年古银杏，秋来满地金黄之时，故事也就在树下厚厚地叠起来了。

　　先说说银杏树为何又被称为白果树的故事。传说遥远的数千年前，有一户贫寒的农家出生了一个女婴。家人见这个新生儿白白胖胖，好像乡村里过节时那糯米果，于是高高兴兴地叫了她一声"白果"。从此，这个女孩儿就名为白果，叫响了村里村外。但白果所在的乡村坐落于一片山岭围绕的山坳里，水冷田瘦，虽然发狠（努力）下力气，却打不出多少粮食。而东家的田租却是年年长、岁岁增，入不敷出。白果的父母双肩扛不起生活的重担，一年比一年体弱多病。在小白果 10 岁那年，父亲在春日、母亲于冬季，都先后病亡了。从此，小白果就成了孤儿。为了偿还父母欠下的债务，小白果拿起了牧牛羊的鞭子，不是为东家放牛就是放羊。从天蒙蒙亮到大地朦胧，小白果天天转山转水，日日辛劳。

　　一日，小白果又赶着牛羊群上山，在一座山峰下捡拾到一粒奇异的果子。那时，晨光普照大地，这粒果子洁白的外壳上那一层银白色粉末，在阳光下银光闪闪。小白果喜爱不已，握在手中把玩了数日后，心想如果能让这样的果子生根发芽，长成大树，再结果无数，那是多么好！于是，她真的把这粒果子种在自己常常放牛羊的山坳里。不久，这粒果子长出了嫩芽，又在阳光雨露下拔节长高。一年年一岁岁过去了，这棵树的枝枝蔓蔓上结满了果实，小白果以此树为伴，在树下看护着牛羊群。

有一段时日，小白果或许在山岭上受到山风劲吹，得了风寒，长咳不止。当她又一次在山坳里放羊时，小白果躺在那树下猛烈地咳嗽后，因精疲力竭而昏昏欲睡。似睡非睡中，仿佛有一位郎中在自己耳边重复着："地面上有这株树掉落的果子，吃了它病就好。"小白果听了因兴奋而苏醒了，于是就按照睡梦里郎中的话去做，捡拾起地上的果子剥去外壳，把果肉放在嘴里咀嚼，一粒又一粒……

第二天，小白果日日长咳的顽疾居然好转了。小白果振奋起精神，又赶着牛羊群进山继续捡拾果子咀嚼后吞下，不日，小白果的咳嗽病痊愈了。心地善良的小白果，想到村里村外有不少患有咳疾以至哮喘，且又请不起郎中的穷人。如果都能吃到这树上的果子、治好身上的病，那是多么好哇。于是，小白果摇下树上的果，捡了一布袋，下山分发给有咳嗽病的穷人们。后来，树上结的果子多了，所有的乡亲都有了这果子。乡亲们用这种果子有病的治病，无病的健身，皆大欢喜。

用这种果子既能治病又能健身的佳音一传十、十传百，一村传一村。但那时的人们并不晓得这种树叫什么名，这种果子称什么果。这时，有一位村中长者说道："是小白果栽的树，那就叫它白果树，是小白果给大家的果，那就叫小白果。"众乡亲听后，好一阵欢呼。许久许久之后，因为这小白果白色的外壳上闪烁着银白色之光，其形状似杏。由此，人们在称其为小白果的同时，又笑称其为银杏。

久而久之，结出累累银杏果的树就叫银杏树了。不少会医学的读书人，在明代问世的《本草纲目》中了解到，银杏"熟食温肺益气，定喘嗽，缩小便，止白浊；生食降痰消毒、杀虫"，又具通畅血管、延缓老者大脑衰老之功效，因而广受青睐。而有着大爱大善的小白果，以"白果"治乡亲之病，健乡亲之体而广受爱戴。

话说蛟洋华家凹背村那雌雄异株粘连一起的银杏树，又有谁敢否定它是当初那小白果姑娘种下的树？民间常说"春播一粒种，秋收万担粮"，那银杏树又何尝不是如此？

据传，在清乾隆年间，华家凹背村出了一位经商的人才。因村中那银杏树结下的果实年年收获丰盛，有一年，这位商人前往广东潮州做一笔大买卖，出发时，携带了不少的白果。到了潮州后，他把此果分送与多位生意场上的同行，并嘱其如何食用。翌年，他再次去潮州时，诸多同行盛赞此果在防病治病上的奇效。还有人把此果作为种子入土，让其成树结果，把华家凹背村的白果良种发扬光大。

又过去了许多年，华家凹背村那位商人再次来到潮州打点生意。有一位商行里的先生对他说，有一夜他梦见两个美丽机灵的小姑娘，各自挎着满满一竹篮子的白果，穿梭在一个大集市上，把篮子里的白果一一分发给赶集的人们。他很是感动地问她们说："两位小姑娘是哪里人呀？这白果是来自何方的白果树呀？"两位小姑娘回答说："我们是上杭华家凹背村人，这白果从我们村中那树上采摘而来。"回答这两句话后，又走向人群分发白果了。篮子里的白果发完了，又冒出了一篮子白果。就这样，两个美丽机灵的小姑娘一篮子又一篮子地向人们分发着白果。当人们手里都拿着白果时，两个小姑娘就不见了，怎么找也找不着。集市上的人们都说，这或许是来自上杭华家凹背村的白果小精灵呢……

山歌源自劳作美

杨国栋

一

世人都知道鲁迅先生关于诗歌起源的著名论断："大家抬木头，都觉得吃力，却想不到怎么表达。于是，其中一个叫道：'杭育杭育'，这便是创新。倘若用什么记号留下来，这就是文学，他自然就是作家、文学家，是'杭育杭育'派。"（见鲁迅《且介亭杂文·门外文谈》）然而，世人并不知道，鲁迅先生对远在闽西大地上的客家山歌，尤其是上杭乡土山歌情有独钟，十分偏爱。鲁迅先生曾经珍藏了1933年6月20日的《申报·自由谈》剪报，内容正是1927年到1933年在上杭人民中广为流传的上杭革命山歌4首。其中有一首山歌是这样唱的：

> 父母大人唔用愁，儿在外边大报酬。
> 每月工资两块半，将来一定有出头。

当时的教授月薪三四百，高官月薪七八百，而外出打工的乡民月薪只有两块半，这显然充满着讥讽、嘲笑和调侃，甚至有谴责的意味。

那时，歌颂底层妇女解放的红色山歌，更是唱得震天响：

> 桐子开花权打权，红军来了笑哇哇。
> 拥护红军打江山，自由结婚顶呱呱。

同上面这首山歌相媲美的，还有另外一首流行在闽西大地上的山歌：

> 韭菜开花一秆芯，剪掉髻子当红军；
> 保佑红军万万岁，妇女解放真欢心。

史料记载：1952 年，福建省文工团曾经派人到上杭县搜集山歌，他们在蛟洋、古田、步云乡镇及其所属地域就搜集了很多原汁原味的乡土气息十分浓郁的山歌。这些山歌大体有四类。一是民俗生活类，主要是反映上杭县民俗、民风、民情等生活方面的山歌，如建造房屋、乔迁新居、春耕生产、农事活动等；二是情歌类型的山歌，反映的是青年男女恋爱婚姻自由的情感歌曲；三是生老病死类型的山歌，从客家民系人们出生到成长、婚嫁、生育，乃至寿庆、终老丧葬等一生各个阶段，用山歌唱响；四是红色革命类型的山歌，这在 20 世纪 20 年代至 50 年代涌现出一大批，堪称一个时代歌谣、民歌、山歌的经典类型，也刺激了上杭县传统山歌的发展，赋予了山歌这种纯粹民间的自娱自乐活动极其深厚的政治意义和红色文化蕴涵，引领着乡野气息浓厚的山歌，走进了时代经典音乐的辉煌殿堂。

鲁迅先生关于生产劳动，特别是远古时代大家伙扛木头的劳动生活，可能会引发"杭育杭育"派文学家的说法，在上杭县步云的梨岭村，似乎也找到了真切的注脚。梨岭村66岁的歌手林光芃先生被誉为"闽西歌王"。他几十年如一日、风雨无阻、雷打不动，穿越寒暑、收获春秋，收集了近千首闽西客家山歌。其中，他收集整理的"木桐号子"闻名全国，从崇山峻岭的步云到国家大剧院的艺术殿堂，都有林光芃及其团队唱响的这首"木桐号子"的音符在飞飘激荡。浩大的木桐作为压迫人之生命力的象征，被宏大的号子声顽强坚韧地击穿。古老乡野劳作中散发的风味，随着高亢热烈的曲调，震撼心魂的呼喊，强烈地迸发出铿锵昂扬的旋律，和与生俱来的恶劣劳动环境抗争搏斗，却又在奋斗中用浪漫主义的、既高昂激越又深沉厚重的唱腔获得生命力的彰扬，完全征服了观众。从"歌王"林光芃演唱的山歌中，我们领略了劳动创造歌谣、山歌、民歌的真谛，也看见了经过民间艺术家提炼锻造的山歌，更有艺术的张力和传播力、震撼力。

根据林光芃先生的介绍，我们得知：早在300多年前，贴长乡一带客家人就以伐木为业，紧接着也就有了木桐号子。号声深切厚重、沉郁幽婉，由低向高、跌宕起伏、节奏明快、高亢铿锵，在前进中传递起步、平步、上坡、下坡、过桥、登阶、歇肩、停步各种信息，确保步调一致，同时提振精神。木桐沉重，山路崎岖，高亢嘹亮的号子一唱起来，也就没有那么累了。

20世纪五六十年代，闽西上杭古田、蛟洋、步云等乡镇被挖掘出来的山歌，一度受到国内外许多读者观众喜爱，尤其受到出版部门的青睐。福建人民出版社出版的《闽西情歌》《闽西老区革命歌谣》等，曾经引起轰动效应。上海文艺出版社出版的《民间文艺选集》，发表了十余首上杭山歌，让上杭山歌由闽西走向了全国。1960年，中国作协主编的《民间文学》，专门载文介绍了上杭蛟洋镇、才溪乡等地的民间山歌演唱活动，再次让上杭山歌走向全国，传播海外。1964年，在上杭县城关举办了万人赛歌会。福建省文学期刊

《热风》，刊发专稿介绍了此次大型歌会的空前盛况。1973 年由上杭县山歌编辑小组选编的《上杭民歌》，由福建人民出版社正式出版发行。1982 年，青海人民出版社在全国范围内征集民歌、民谣、山歌，上杭县入选民谣、山歌 300 首。其中古田、蛟洋、步云乡镇占有相当数量。如今，这些山歌或民谣，唱出了上杭"山歌之乡"的风采，成为上杭县非物质文化遗产的代表性名片。

二

从源流上看，上杭客家山歌继承了我国古代民俗风味十分浓郁的著名诗篇《诗经》的优良传统，具有源于生活、高于生活，书写民生，升华艺术等特征；同时吸纳了中原地区和南方各地民歌，尤其是当地畲族民歌的优秀成分，注重将偏平庸常的生活提炼出道义、忠勇、善美、大爱、孝悌、和睦和谐、文明礼貌等美德与品格。在艺术上，上杭客家山歌吸纳了我国古代民歌的诸多文学艺术元素，物中寓意，景中寄情，情景交融；表现手法以"赋、比、兴"为常，多用"重章叠句"，大量运用了直叙、对比、反复、烘托、反衬、双关、谐音、夸张、讥讽等手法，比喻中又有明比、暗比、正比、反比等技巧，尤以比喻中的"双关"见长，并兼有口语化、俗语化、谣语化的特征，便于传唱而朗朗上口，表意达情，抒发志向，富有浓郁的生活气息。

《诗经·伐檀》可说是影响深远的经典之作。"坎坎伐檀兮，置之河之干兮。河水清且涟猗。不稼不穑，胡取禾三百廛兮？不狩不猎，胡瞻尔庭有县貆兮？彼君子兮，不素餐兮？"诗中饱含深情地歌颂了远古时代伐檀劳动者的艰辛和伟大，同时用"不稼不穑""不狩不猎"之语，对不劳而获的剥削者进行毫不留情的讽刺与谴责。古步蛟客家山歌承续了这样的风格，在歌颂劳动者艰辛劳作的同时，

· 84 ·

痛恨土豪劣绅地主老财的高租税盘剥，也就有了"分田分地真忙"中，广大农民协会会员撕毁田契、火烧债券的激烈行动。流传在步云、蛟洋乡一带的山歌"终年劳苦受饥寒，子哭妻啼血泪干；定要翻身需革命，不然永世受苦难"就是那个时间段呼唤农民翻身求解放的时代强音。

上杭客家山歌，包括蛟洋、步云、古田山歌，句式多为七言四句，遣词造句生动明快、通俗易懂、精细凝练；力求平仄、方言押韵、注入民俗、朗朗上口；同时又反对粗俗、避免诅咒，讲求文学性、知识性与地域性、风俗性的融合统一。

古步蛟客家山歌题材范围十分广泛。生老病死、四时农作、乡间轶事、男女情爱，乃至家庭生活等，皆入素材。就山歌的体裁而言，大致可分为劳动歌、恋情歌、仪式歌、儿歌、红色山歌和新时政歌等类别。山歌的式样也有分类：最多的是独歌，也有对歌、盘歌、索歌、驳歌、合唱，等等。最为精彩的是男女对唱，一问一答，一锁一开，机智敏捷、风趣诙谐，攻防转合、尾驳相连。唇枪舌剑中暗藏着姑娘小伙的锋利俏皮语词，明亮的眸子与智慧的脑瓜在相互碰撞激赏的优美歌声中倾倒与被倾倒。

　　　　山歌唔用好声音，只要四句唱分明；
　　　　恋妹涯要人品好，更要两人得同心。

姑娘听得分明，知道大山对面的小伙子直奔主题，表露心迹，也不含糊，拉开鲜亮的嗓门就回应道：

　　　　高山高岭高台台，山岭陡峰有好柴；
　　　　歌要用柴就去砍，你要恋妹掏心来。

嘹亮的歌声中，有姑娘的泼辣与大胆。然而"山岭陡峰有好柴"显然是对小伙子克服困难的期待；而"你要恋妹掏心来"一句，更加展现出姑娘对于人间真情的渴望。

"汀江河水波连波，客家山歌萝打萝；这山唱来那山应，一人唱来万人和。"如果在宗族或者集体的节庆、农事活动中，有德高望重的老歌手唱起这首山歌，那么接下来进行山歌的合唱，也就显得顺理成章、自然天成。

古步蛟客家山歌有教化和娱乐功能。古代的古田、步云、蛟洋山区，教育水平尚处于相对落后的状态，山歌的流行传唱，对于提高人们的道德素养和传授有关技能知识颇具效用。另外，正如山歌所唱的"唱首山歌解忧愁""唱起山歌心花开"那样，山歌描写了善良与邪恶、正义与歪道、美好与丑陋、先进与落后等现象，人们可以直接通过演唱山歌而获得教育，达到弘扬正气、反对歪风的目的。同时，古步蛟客家山歌还有排忧解闷的功效，这对于在艰苦劳动和生活环境中振奋精神、提高劳动效率，无疑有着积极的助推作用。

> 光阴易逝人易老，难求百岁身健康；
> 莫与别人论长短，不要逞能比高强。

这首山歌显然在劝慰与告诫那些不自量力而好高骛远者，要脚踏实地好好过日子，做到谨言慎行、求真务实。

还有一首山歌更为精彩：

> 宽宏大量品优良，忍受一时天地宽；
> 后退一步路宽广，海纳百川阔无疆。

真可谓人世间的至理名言。

三

上杭县作为福建省最重要的革命老区之一，在那个风雨如晦又激情燃烧的岁月里，涌现了许许多多的英雄人物和感人故事，八闽开国将军合计 83 位，上杭县就占了 27 位。其中才溪乡出了 9 军 18 师，开国少将 7 名，这在八闽大地独一无二。上杭人民是一个用真情呼唤正义，热血浸染大地的有着大爱的客家民系族群。他们以博大的胸怀、悲悯的情怀、坚强的意志、坚定的信仰，谱写出许许多多惊天地泣鬼神的红色历史篇章，奉献牺牲的革命英烈超过千数，仅仅一个人口不多的泮境乡，在战争年代就涌现出革命英烈 145 名，真可谓"共和国的旗帜上有他们血染的风采"。与此相对应的，就是无处不在的红色山歌在古步蛟、杭川、闽西，乃至福建、全国大地上唱出了知名度、响亮度。一首《朱毛红军到古田》，唱出了当年贫苦人民闹翻身的气势和豪情：

> 朱毛红军到古田，工农当家掌政权；
> 穷人也有翻身日，半夜做梦笑连连。

1929 年 12 月底，毛泽东同志在上杭县古田会议召开期间，提出要搜集运用歌谣编写教材，作为宣传革命的工具，激发出军队和人民积极投身参加革命的热忱。上杭人民积极响应毛泽东的号召，用唱山歌的形式抒发出对革命的忠诚，用唱山歌的方法鼓舞军民的斗志、激励亲人当红军上前线，因而上杭客家山歌成为团结人民、打击敌人的锐利武器。革命山歌在宣传革命道理，推动革命工作和鼓动群众、打击敌人方面，发挥了极大的、特殊的作用。许多优秀的红色山歌流传下来，比如《坚持游击唔怕饥》《朱毛红军到古田》

《打猛虎》等，一时间形成了土地革命战争时期的主旋律。

> 要打猛虎敢上山，要擒蛟龙敢下潭。
> 要跟红军闹革命，不怕火烧滚油煎。

上面这首山歌，相当真实地表达了古田、蛟洋、步云等乡镇贫苦百姓参加红军闹革命的坚定信心信念。

> 风雪弥漫斗严寒，坚持游击唔怕难；
> 面对强敌勇打拼，双髻山下美名传。

这首反映三年游击战斗中上杭人民，以及闽西人民武装强力反抗国民党反动派的山歌，既真实地再现了那个年代天寒地冻、斗争残酷的现状，也表现了红军游击队在人民群众拥护下，敢于和善于打击敌人、消灭敌人的大无畏革命精神，成为流行在双髻山下蛟洋镇不可多得的红色歌谣的历史记忆。

《1929年斗争歌》以时间为顺序，以事件为轴心，用长歌的形式，完整地记录下1929年朱毛红军，以及闽西大地上发生的重大事件和战斗故事，成了那个时代描述革命斗争取得胜利的经典歌谣。"一月里来梅花香，四军全部出井冈；红旗飘飘扬大地，吓得白军大恐慌。……三月里来气象新，红军浩荡入长汀；郭逆凤鸣不量力，长岭寨下命归阴。……七月里来稻谷香，农家男女打稻忙。不交租谷不还债，贫苦农民谷满仓。……十二月来过新年，锣鼓叮当闹腾腾；古田会议开得好，苏区军民乐翻天。"如果在此类山歌、歌谣加入现代的音乐语言，将会是怎样的摄人心魂、震撼人心！

上杭县古田、蛟洋、步云等乡镇，在山歌、歌谣等方面，最为精彩并且富有传奇色彩的，便是机智勇敢地采用山歌形式，巧妙地为革命同志传送情报信息。在贴长乡（新中国成立后改为步云）一些边远的红色基点村，如梨岭村、大斜村、丘山村、龙龟角村，高声唱山歌十分流行，青年男女对唱山歌也很常见。有一位十四五岁的小姑娘，人们已经记不住她的真实姓名，只知道大家伙都喊她桂妹子。她长着一双圆圆的大眼睛，笑起来脸上还显出一个小酒窝，十分清纯可爱。龙龟角村世世代代都有唱山歌的优良传统习俗，这个桂妹子天生就有一副好嗓子，唱起山歌来又甜又亮，仿佛天界的歌仙下凡。

> 山高林密云雾飘，峡谷幽深涧水流；
> 虎奔鸟鸣群兽跳，绿荫连绵景色秀。

当时，桂妹子只要站在她家后院的山坡上，对着不远处的山寨唱出这首赞誉梅花山景色绚烂、水流潺潺，欢快愉悦的山歌，山寨里住着的红军游击队就能一下子听明白，这是姑娘用山歌传递出一个好的信息，山下的龙龟角村安然无事，山寨里的红军游击队叔叔们，可以放心地走出山寨，进到村子里，同大家伙一道吃饭，或者商谈一些军政大事要事。

如果桂妹子站在她家后院的山坡上，唱的是一些忧伤的悲凉的山歌，那么给山寨里的红军叔叔传递的，就是有敌情的信息，也就意味着红军应当提高警惕，注意山下的动向，不可贸然行动……

> 晴空霹雳声声响，瓢泼风雨莽苍苍；
> 牛郎织女被打散，何日方能共时光。

山寨里的红军游击队员们，如果听到了类似这样的山歌，很快就会作出反应，根据敌情或进或退或转移。

山歌源自劳作美

　　1935年春夏，根据组织安排，从江西省瑞金县前往闽西上杭参加红色革命斗争的罗步云和闽西人俞炳辉、温含珍、温生辉等领导同志，决定将龙龟角村确定为革命基点村后，龙龟角村人民的革命热情空前高涨。1936年，经过曾经在这一带战斗过的张鼎丞、谭震林等领导同志的考察，报经闽赣红色苏区中央局的批准，建立了连（城）、宁（洋）、龙（岩）中心县委。早年曾经担任过江西省瑞金县委书记的罗步云，被任命为连宁龙中心县委书记。温含珍、温生辉、吴家发、尹志永、马金保、老杨、黄子英、陈德金、张学炳、黄治平、范林标等人，都先后在中心县委工作过。中心县委的办公地点，也设在了上杭县贴长乡的龙龟角村下岗。如此一来，党和红军游击队在此地形成了统一领导，能够很好地上情下达，下情上报，渠道畅通，既有集体领导，又有首长个人负责，形成了欣欣向荣的上升态势。这样一来，渐渐取得红色革命斗争业绩的龙龟角村，也被国民党反动势力当成了眼中钉肉中刺。民团团总周焕文三番五次派出数百人的队伍，荷枪实弹，进入贴长乡进行骚扰。有一次，敌人进入了僻远的龙龟角村，企图袭击罗步云等红军游击队领导人。机智灵活的桂妹子发现后，以进山打柴的名义，走到她家后院，唱起了那首悲伤揪心的牛郎织女山歌。正在山寮里研究如何反击敌人的罗步云等人，听闻桂妹子传唱而来的山歌，知道有情况，当即迅速转移，避免了一次危险。

　　敌人也不是吃素的。他们在其他地方也遇到过乡民通过唱山歌给红军游击队通风报信的事情，联想到桂妹子的所作所为，似乎嗅到了什么气息。等到下一回，敌人再次进山时，发现在相同的地方，桂妹子拉开嗓子又唱起了忧伤悲情的山歌，便很快明白了她的用意。一个凶神恶煞的小头领当场跑到桂妹子的身边说，妹子你人长得漂亮，山歌也唱得特别好听。这样，你再唱一首欢欣愉快，喜庆盈门的山歌，我们给你三块大洋，也好让你去买几件新衣裳，这样唱起山歌来更加动人……

听了这话，桂妹子很快意识到自己所唱的山歌被狡猾的敌人看破。她一声不吭地站着，不予理睬。敌人威胁她说：你想清楚了，按照我们说的去做，你可以得到赏金，否则我们怀疑你有通共的嫌疑，当场杀了你……

桂妹子依然站着不动，也不说话。凶狠歹毒的敌人逼迫她说：识相点，配合我们唱吧，不然我们将割破你的喉管……

桂妹子灵机一动，说，我唱，现在就唱给你们听：

> 滚滚乌云布满天，梅花山间响雷声；
> 凶猛洪流冲堤坝，惊涛裂岸山峰崩……

歌声未落，残暴的敌人就将桂妹子推倒在一棵大树上，揪着她的头发，压住她的脑袋，用一块破布塞进她的嘴里。她眼冒金星，挣扎着使出浑身力气反抗，却被凶狠的敌人划破了喉咙，鲜血顺着脖子往下渗流，她顿时晕眩过去……就在这时，山腰上响起了枪声，神枪手罗步云举起手枪，顷刻间连续打死了三个敌人。其他"闻罗色变"的敌人，吓得丢下了桂妹子，大声喊叫"罗步云来了"，跑得比兔子还快。

原来，罗步云等红军游击队听到山歌声后，按原计划转移，恰巧从另外一面的山下走来了四五十位游击队员。他们得到情报，说是龙龟角村来了数十名敌人进村突然袭击，企图抓获游击队员。他们认为这次来的敌人人数不多，可以找好地形对敌人进行反击，得到罗步云的赞同。敌人慌不择路，最后被红军游击队打死打伤过半，被迫铩羽而归。罗步云下令让两位老游击赶紧抢救桂妹子。桂妹子被抢救过来以后，脖子上留下了敌人的刀痕。最为致命的是，不知道敌人在塞进她的喉咙里的那块破布中掺进了什么毒药，致使桂妹

山歌源自劳作美

子从此失去了一副与生俱来、天然美妙的好嗓子……

参考资料：

1. 《上杭民歌》，福建人民出版社 1973 年版。

2. 中共龙岩市委宣传部、中共龙岩市委党史研究室编印：《闽西红色故事 100 篇》，准印证号：（岩）新出内书第 2018040 号。

3. 福建省图书馆提供的 1933 年 6 月 20 日《申报·自由谈》报纸复印资料。

4. "闽西歌王"、上杭客家山歌传唱人、故事讲述人林光芃先生提供的部分资料。

茶 亭 寂 寂

黄河清

　　"长亭外，古道边，芳草碧连天，晚风拂柳笛声残……今宵别梦寒"，每次读到李叔同这首词的时候，脑海中自然而然浮现出许多温馨唯美的画面：长亭内，一张桌几，数斤家醅，衣衫长袖，巾带飘然，数位身影浅斟吟唱，惺惺惜别，他们以天为琴，以地为弦，抚琴而歌，折柳而别，在夕阳中挥手，从此天涯别离。好一幅凄婉缠绵的人生离恨图。然而，在闽西上杭采风的日子里，我见识了另一种亭，那就是茶亭。

　　客家人的茶亭，不是文人雅士表达朋友之间挥手相送的骊歌，它是山坳里古道上流动的一泓清泉。历史上客家人的祖先，为了躲避中原战乱，千里迢迢，跋山涉水，从祖地郡望向南迁徙。他们扶老携幼，肩挑手提，栉风沐雨，一路风尘，四处漂泊，来到瘴疠流行、疟疾高发的南方山区，寻找安身立命之所。在漫漫的征途中，经受千难万险，历尽千辛万苦。幸亏在迁徙的旅程中，可以遇到路上大大小小的驿亭。这些样式不一的长亭和短亭，虽然外观普通平凡，看上去不太起眼，一副质朴简陋的模样。但是，它却可以供过路的人们避风挡雨，遮阳歇脚，抵御高温的炙烤，遮挡风雨的肆虐，躲避冰雪的侵袭。在漫长的旅途中，有一个稍事休憩的地方，可以短暂地停留，使漂泊不定的心得到些许的慰藉。

怀着感恩之心的客家人在生活安稳后，便在族士乡贤的率领下，筹钱出物，捐工出力，在官道甚至偏僻山径上，请风水先生看好位置，修建起一座座给行人避风躲雨的客家茶亭。这些茶亭，林林总总，样式各有不同。归纳起来，基本可分为四大类：双拱门式、敞墙式、石结构式以及廊桥式。双拱门式在茶亭中最为常见，尤其在主官道及人流较多的古道上。其最明显的特征是前后各有一个拱门，通常亭内两侧各有四对立柱，道路从亭中贯穿而过，侧面开窗，上铺瓦，单脊双坡，四壁一般础座垒石、墙体叠砖，垒石往往较高，底宽厚，呈梯形向上收缩。敞墙式茶亭比较简陋，用料及工艺方面往往也比较粗糙，常建在一些相对荒僻的古道上。这种茶亭都是建在道旁而非骑跨，三面立墙，向路一面敞开，无门无窗。瓦顶一般双坡，也有更简易的单坡，亭内开阔，但空间一般都不大，立柱也不成对。石结构亭的顶部一般比较平缓，用条石对搭排列，有的甚至直接平铺。外观造型类似双拱门式，但规模一般会小一圈，墙面纯垒石不叠砖，亭内立柱横梁也全都是石料，整体敦实厚重。而廊桥式则横跨于溪流之上，兼具桥和亭的功能。一些离村庄较远，跨度较小的廊桥，其内部构造与双拱门式茶亭一样，也有标准的四对立柱，故也归为茶亭。当然，也有个别属于例外，如在人口密集的通衢大道，有些茶亭就豪华多了，由官府或者乡绅出钱捐建，但毕竟是极少数。茶亭的设施尽管简陋，但在山高路远的地方建一座茶亭，还是相当费功夫的。

这些大大小小的茶亭，是山间路途上的温暖，每一个行路人或多或少都有些许体会。在赶路的过程中，当远远地看到茶亭就在前方的时候，心就特别激动，尤其是临近茶亭之时，步子会迈得更快一些，嘴里还会不由自主地念叨：快了，快了，到茶亭了，可以休息一会儿了。此时，茶亭就成了你旅途中一个非同寻常的目标，是在你走得疲惫不堪后找到的一个温馨依靠，会让你感到很亲切。走累了，你可以在这里歇歇脚，在长凳上坐也好，躺也行，它能帮你恢复一些体力；口渴了，可以喝喝茶，这里茶桶里的茶水，永远都是温热的。在寒冷的冬日，你还可以暖暖身子，火塘里的火整天都是通红通红的，不会有熄灭的时候，至于风雨交加的时候，那茶亭当然就是最好的避风港了……

过去，茶亭多由村族捐建，也有个人行善积德、发愿建亭的。茶亭建好后除供路人遮风避雨外，还得施茶，即无偿为茶亭提供茶水。客地陡峭，村庄不大，多者几十户，小则十几户，甚至三两户。一座茶亭建好后，一年365天茶水皆由邻近村庄的村民供应，这事说来简单，要长此以往，非得有大慈悲心不可。所以旧时茶亭有专人管理，村中的茶亭传牌上书全村户主的姓名，按牌上的名字轮流为茶亭供茶。供茶的村民每天早早地烧好一锅开水，投下几两清热败火的山茶，这些山茶是用几种树叶制作而成的，包括野山茶、苦丁茶、石壁茶、九节茶（草珊瑚）等等，有时还会放鱼腥草、夏枯草之类的草药。沸煮后挑到茶亭，先清洗茶桶，然后倒入滚烫的新茶，浓郁的茶香顿时弥漫了整座茶亭。

听村里老一辈人说，为了保证有一个稳定的、长期维持茶亭运转的资金来源，过去绝大多数的茶亭都有一片独立的山林，有的列入宗族费用，更多的情况是另捐田地，以稳定的田租收入维持茶亭的长期运作，即"捐田养亭"。这是约定俗成的，即便是盗贼也不会打茶亭山林、田地的主意，因为如果让人知道了，是会指脊背的，那可不是一般的指，而是千夫所指了，谁受得了呢？"惠"人不倦，这种涓流般的淳朴善良，随行旅接踵传递而远播四方。可以说，茶亭凝结着客家人最朴实的乡土文化，承载了客家人急公好义的淳朴民风，这种普惠式的实践模式今天仍闪烁着温暖的光芒。

处于山间僻壤的茶亭是不寂寞的，经常有人经过茶亭，无论是陌生的还是熟悉的，大家拿起长把竹筒，舀起浓俨的茶水，"嘶哈嘶

茶亭寂寂

哈"着饮下,因此,"茶亭碗"便人人得以取用,从不计较它的不干净。客家人俗信茶亭之物自有神佑,百毒不敢侵袭。几碗茶水下肚,两腑顺通,舒适惬意,出山入谷、过沟越岭的艰辛顿时消散,大家有一句没一句地交流着,无拘无束,谈笑风生,说着生活中的家长里短,说着一些远古的、陈旧的故事,也谈着沿途新鲜的、有趣的事儿,在短暂的休整中打发着快乐的时光。爽朗的、揶揄的笑声,给寂静的山水增添了人气,让林中的鸟儿欢腾跳跃,山水也因之生动,自然与人和谐为一体了。这么聊着聊着,你原来有些灰暗的心境一下变得明朗起来,疲劳的感觉也在不知不觉中消失得无影无踪。再抬眼时,只见满目青翠,天开地阔,重新获得了神奇的力量,从这里再出发,朝着你要去的方向继续前行。

茶亭就是这样一个场所,聚集着来自四面的人流,交融着来自八方的信息,因此也就形成了茶亭独特的文化。茶亭的墙壁上总是留有用木炭书写的五花八门的文字,最为常见的是民间即兴创作的歌诀,其中大多为情歌,如"新做茶亭四四方,做起茶亭等情郎。月光还在西坑口,怎得一夜到天光"。有的路人还在情诗后写上诸如"送给某某"和"我爱某某"的字眼,却总是没有落款,含蓄地表达自己对意中人的爱慕。劝善惩恶的言论也占据了相当重要的地位,如一个供有菩萨的茶亭的对联"作事奸邪任你烧香无益,为人正直见我不拜何妨"。在客家民间流行着这样的小巫术:如果小孩哭夜,就在茶亭上写下这样的歌谣"天皇皇、地皇皇,我家有个夜哭郎,过往行人念一遍,夜夜安睡到天光"。于是,时至今日,大多数客家茶亭里仍能见到大同小异的字迹。茶亭的墙壁还起到传递信息的留言板作用,如"某某,我已挑米一担,到古田圩厨子店面见""某某老叔:我于某日将牛赶到南阳牛岗圩,请你牵回"。像这样留言每个茶亭皆有。有的茶亭还有山歌,通俗而耐人寻味,如"穿心茶亭自家坐,坐久爱防背莫驼。起来到处看一看,山歌未唱先莳禾"。在客家茶亭中还留有不少有趣的对联，如"通汀去武进亭歇歇，谈价问路入席坐坐""茶熟正宜留顾客，亭小何须问主人""松荫亦清心何寻世外桃源方为乐事，风凉堪却暑且饮桶中茶水好洗渴怀""四在皆空，坐片刻无分你我；两头是路，吃一盏各自东西""野鸟啼风，絮语劝君姑且息；山花媚月，点头笑客不须忙"。在客家茶亭文学中，最为著名的当属"客家才子"宋湘的长联。清嘉庆十年（1805年），宋湘从南粤重返京城，途经闽粤赣交界的南雄地界时，在一茶亭小憩，望着匆匆过客，文思泉涌，在茶亭壁上题写了一副150字的长联，上联是："今日之东，明日之西，青山叠叠，绿水悠悠，走不尽楚峡秦关，填不满心潭欲壑。力兮项羽，智兮曹操，乌江赤壁空烦恼；忙什么？请君静坐片时，把寸心想后思前，得安闲处且安闲，莫放春秋佳日过。"下联是："这条路来，那条路去，风尘扰扰，驿站迢迢，带不去白壁黄金，留不住朱颜皓齿。富若石崇，贵若杨素，绿珠江拂终成梦！恨怎的？劝汝解下数文，沽一壶猜三度四，遇畅饮时需畅饮，最难风雨故人来。"

关于茶亭，我还从一个客家老人那里听过这样一个故事：一只受伤的母山獐躲到了一间茶亭中，有村民见了，想抱回去卖肉，但当他弯下身子去抱时，山獐居然泪流满面，跪在他面前，他觉得很奇怪，凝神细看，才发现獐子腹中有孕。他出去采来一把青草作为獐食，然后离开了。一个年轻的猎人知道后，竟然向跪着的母獐扣响了猎铳的扳机。猎人的未婚妻得知此事后与他解除了婚约，附近也不再有人愿意将女儿嫁给他。数年后猎人离开了山村，不知所终。按照客家人的习俗，谁要是对那些到茶亭避难的动物萌出杀机，谁就要遭天罚。

给我讲故事的老人，说他父辈曾经是一个守亭人，从他的讲述中我了解到过去坚守在茶亭的人是很不容易的，他们有的年事已高，有的孤身一人。他们的家也许在远方，也许就是这个茶亭。他们是山中岁月真正的守望者。他们年年岁岁甚至一辈子守候在这人烟稀少的地方，迎来匆匆过客，又送走匆匆过客，独自煎熬着北风萧萧的寒夜和"天阴雨湿声啾啾"的日子，为过路者营造温情，把孤单和落寞留给自己。对于他们而言，风霜雨雪实在算不了什么，难耐的是有时候找不到一个能与之说话的人。但不论怎样，他们坚持着，凭着一副热心肠、一颗善良心，也凭着一种社会赋予的责任感，他们没有辜负广大乡民对他们的期望，日日夜夜履行着这特殊的使命。他们的坚守与付出，对于处在旅途中独行踽踽的人们显得无比珍贵，不可或缺，因而令人肃然起敬。

时至今日，道路交通变得快捷发达，散落在山间的古道早已失去原有的使用价值，其间多数的茶亭早已寂寥破落，并正在一步一步走向它的消亡。尚未消失的，都被冷落在山之一隅，如同天涯海角，几乎没有人想来理睬它们了，它们不得不承受真正意义上的孤单与寂寞。一切恍如春梦百年，乍醒时，当初光景已不在，难不叫人慨叹一声"沧海桑田"。

深秋时节，我到大源村采访，村支书告诉我，大源曾经唯一的通道——枫树凹古道靠近大源的牛鼻石山上还保留着一个茶亭，这个茶亭叫枫树亭。抬眼望去，茶亭孤零零地立在高高的山巅上，屋瓦零落，墙体斑驳，20世纪六七十年代残留的标语依稀可见，这里曾经的喧闹，也给人无比沧桑之感。我静静地注目良久，感觉是在面对一尊来自遥远年代的图腾。由于公路从古道旁侧身而过，去茶亭就得绕道，现在恐怕极少有人再去亭中光顾了，更少有人会在乎它的处境与内在的凄凉。茶亭仍在与风雨作着顽强的抗争，但到底能在这个世界上存在多久，就不得而知了，也许它还能有一些时日，也许它会在明天的风雨中坍塌。而客家更多的茶亭，却早已在时光的悄然流逝中渐行渐远了，我们已很难再看到它们留下的踪影，即便是幸存的茶亭，也因为地处偏僻，离我们越来越远了。

随着岁月的延伸和山区交通状况的改观，山间茶亭将会慢慢老去，直至完全消失。但人间风雨是不会消失的，跋涉者的步伐更不会轻易停顿。茶亭，已经成了客家人传递温情的驿站，承载着客家人延续千百年的朴素友好的固有基因，庇护着一代又一代客家人。期盼昔日的茶亭能以另外一种形式出现，将其精髓永远传承，以安慰我们多少有些疲惫的人生旅途。

我有些怀念，希望还能在茶亭里喝上一盏义茶，还能在茶亭里听到客家情人相互唱和的《茶亭相送》："送郎送到枫树亭，再送五里难舍情。再送五里情难舍，十分难舍有情人。"

"喊鹞婆" 与鸭子地的传说

张冬青

"喊鹞婆"是古蛟一带颇具特色的客家习俗。

鹞婆，即老鹰，客家话中将老鹰叫作鹞婆。"喊鹞婆"则有引初生儿甫见天地之意，祝愿孩子长大后像老鹰一般有胆有识，翱翔青云，前程高远。举办"喊鹞婆"的时间各地不一，或在孩子做三朝，或在十二朝，或在满月时。其时，家中设香案祭祀祖先，摆宴招待客人。通常在入席前，婴儿需洗浴净身，头戴狗头帽，足穿虎头鞋，其后由长辈抱着婴儿，撑着凉伞或头戴插茶花的斗笠来到院子或阳台上，将婴儿向上抛三下，以壮其胆量，然后大声对天空咏诵："鹞婆飞得高，大哩读书哥；鹞婆飞得远，大哩做知县；鹞婆飞得前，大哩中状元……"咏毕，簇拥的亲朋一迭声呼喊"鹞婆、鹞婆、鹞婆"，家人则一连应答"来哩、来哩、来哩"，一边向争先恐后围拢而来的半大小孩分发印有"福"字的"鹞婆饼"。

下面说一则因小鸭子被叼走而喊鹞婆引发的民间故事。

鸭子地是古田镇辖区内一个只有 20 多户人家的小山村。话说某年某个晴好天日，村里的几个孩子赶了一群鸭子到田间放养，不料，半空中飞下一只鹞婆，猛不丁叼走了一只小鸭子。孩子们急得大呼小叫，口中喊着"鹞婆、鹞婆"，并不断挥舞着小竹竿拼命追赶。鹞婆终于将猎物扔了下来，可鸭子扔下地就摔死了。

孩子们面对这一飞来横祸，心里都很是悲伤，领头的捡起鸭子，提议要给它举行个葬礼，大家表示赞成。于是孩子们分头去准备，有人找来一节老竹筒当"棺材"，将死鸭子装殓进去；有人从田埂边拔根芦苇秆做成一只苇哨当唢呐吹；没有锣鼓，就敲击路边拣来的破碗钵；又有人找来草纸撕了当作孝服，还有人扯了葛藤当孝带……一切准备停当，机灵的抢在前头当了吹鼓手，动作稍慢的就扮作"八仙"抬"棺材"，剩最后一个老实巴交的孩子，就只好充当身披重孝、抚棺恸哭的孝子。

一帮孩子学大人煞有介事地吹吹打打，哭哭啼啼如丧考妣般将死鸭子入土为安，埋在田埂边一块荒丘上，并且认真地拣石扒土将其修造成一小座像模像样的坟地。

翌日，这群被家长训斥过一番的孩子又来此地放鸭，他们看到昨日刚为死鸭子修的坟墓，不禁触景伤情，有人俯身侧耳倾听坟中有无动静，那个扮"孝子"哭灵的竟不顾大家劝阻，动手扒开了坟地。待打开"棺材"一看，大家都惊得目瞪口呆，只见原先那只死小鸭竟扑棱棱从"棺材"里跳将出来，并且"呷呷呷"叫唤着，撒开小脚丫到田间寻找鸭伙伴去了。

晚间，孩子们都将死鸭子复活的奇迹告诉家人，这下可了不得，村子里很快传开了，说这地是块难得的风水宝地，埋鸭子的荒丘是风水宝地的"生龙口"，谁若能得此地，家族往后必定大富大贵，升官发财，人丁兴旺，光宗耀祖。于是，各家孩子的家长都不约而同打起自家的小算盘，想方设法将鸭子地这处"生龙口"好风水占为己有，大家你争我夺，互不相让，最后将官司打到县府衙门。

县太爷听了众人的申诉，觉得公说公有理，婆说婆有理，也是一时难以了断；后经过一番冥思苦想，终于眉头一皱计上心来。只见县太爷端坐大堂，使劲将惊堂木拍响："尔等听好，统统给我回去，把你们各家看鸭子的孩子都带到公堂上来，老爷自有明断。"

隔天，几个放鸭小孩都被带到公堂，县太爷对其一一细细询问：当日埋鸭子时，是谁当的吹鼓手，谁作八仙抬棺，又是谁披麻戴孝作为孝子扶棺哭丧？孩子们全都作了交代。

于是，县太爷复召齐一众人等到堂，惊堂木一拍："尔等听着，经本县明察判决如下：本次事中作为吹鼓手和抬棺的八仙等都不算近亲而是外人，一概无权获得此地；这块鸭子地理当归属那个当孝子的孩子家所有！"

听罢县太爷的宣判，获得鸭子地的家长欣喜不已，而输了官司的家长们个个呆若木鸡，但也有口难辩，悻悻而回。

荒野上复燃的一炷香

李治莹

　　原贴长乡（今步云）"桂竹"与"桂和"，是一上一下两个自然村，村中田地厚实，年年都有好收成。先祖信奉神话中的田伯公，认为田伯公能保佑村中年年天时地利，岁岁风调雨顺。护佑村中的亩亩良田、块块耕地，五谷丰登于春夏秋冬。于是村中自古就虔诚供奉着田伯公庙，每至年节，总有村民前往为丰收祝愿，为百姓祈福，在香火袅袅中感谢田伯公的恩典。

　　传说有一位林姓村民不仅自己长年累月、矢志不渝地供奉着田伯公，且还把这种习俗代代流传。他回回都祈愿子孝孙贤，珍爱大地，勤耕不辍，求请田伯公有求必应，无论大事小情，事事关切，顺心顺意，暗中助力。或许由于虔诚，又勤于耕种，俭于嗜欲，这位村民家中老少吉祥安康，子孙孝道，年年岁岁都有好收成。即便是细微小事，也都顺风顺水，左右逢源。

　　于是，就发生了一件虽然微小却让他十分开心的"奇情怪事"……

　　这位村民不仅在春耕夏收时于田地劳作，且还在农闲时登山入林，砍枯枝、采野果。当他看到邻近古田圩场山粉畅销，价格诱人，于是就在村后白眉山挖山粉，还专门在白眉山搭建起一座竹寮，一住就是五天六日。待到成批量了，就用木板车拉到古田圩场售卖。

一天，这位村民又上白眉山挖山粉，再创丰收。靠近晌午，他已经翻越了几座山岭，虽然一头汗水，却是劲头十足。此时烟瘾难耐，就取出水烟袋想"咕噜咕噜"几口。但摸遍口袋，却找不出火柴，让他急得抓耳挠腮。细细一想，是把火柴忘在竹寮了，但那时已与竹寮距离甚远，此时再去竹寮，就费劲了。正彷徨无奈之时，扭头一看，见身后一块山石地上插有三炷香。但定睛一看，香头已无烟雾，这位村民喜中有憾，喊一声："田伯公帮帮我！"话音刚落，一小阵山风吹来，风吹草低之时，喜见那三炷香中有一炷冒起了袅袅之烟。这位村民喜出望外，乐颠颠地走上前去，躬身拔出那根复燃的香火点着了烟，又把那根香插回原处。之后，他坐在一块石头上吸了个心满意足。吸烟了，歇息了，再回头看看那根香，燃得正旺的香火又熄灭了。他真是又喜又惊，怔怔地伫立在原地想了想，认定是田伯公助他点的烟。这田伯公真是细腻周全，连桂和村人抽袋烟都照顾得如此及时。

后来，此位村民荒郊野岭抽烟点火的事不胫而走，乡亲们为之津津乐道。其实，那根香原本还有火星，经山风吹拂后复燃了，燃到潮湿处又熄灭了。尽管是一种巧合，但那些淳厚的山民，仍然认定是他们信奉的田伯公事事助力才有可能发生。由此，桂和村人晴耕雨读、崇尚贤孝的传统美德，在这个村愈加发扬光大。村里的田伯公庙每逢年节吉庆日，也就更加香火鼎盛了……

蛟洋民俗"犁春牛"

杨国栋

一

河岸杨柳出嫩芽，河溪水暖浮春鸭。

旧年衰草冒新绿，飞燕衔泥筑良家。

袅袅炊烟雾缠绕，条条山路径穿插。

圈棚牛躁蓄耕力，田亩开犁飞浪花。

这是流传在上杭县蛟洋镇和古田镇一带的古时候歌谣，吟唱的是春暖花开的时候，田地间开犁耕耘的喜庆景象，当地客家乡民将此称之为"犁牛节"，俗名"犁春牛"。那是一种极其热闹的场景。当组织者宣布"犁春牛"的隆重仪式开始后，喜庆的锣鼓敲打得震天响，钹、琴瑟、唢呐、长箫、二胡、秦琴等乐器阵阵齐鸣。随后身背犁耙的队伍在农舍门前和街市两边巡游，走在队伍前面的人高举松明火把，后面紧跟的是举着吉祥语灯箱的青年；随后是化了妆的农夫（妇）牵着披红挂彩的耕牛；耕牛后面跟着戴斗笠、打赤脚的耕耘老把式。跟在犁手后面的是挑牛草、送饭的村姑，以及一群荷锄、挑谷、扛铁器的农妇，再后面就是表现历史典故的人物化装造型扮演者。此外，还有反映农村社会风貌的渔翁、樵夫、商人、读书人以及装饰华丽的"古事"，等等。乡民们通过这项仪式感很强的民间活动，一是传达冬闲已过，春耕来临的信息，告诉家家户户作田乡民，引起高度重视；二是表达以农耕为主的闽西客家乡民，祈祷上苍开眼，在新的一年里福临大地，农事顺畅，风调雨顺，秋后获得丰收；三是祝福乡村里从事农田耕耘的老把式、老犁手、新青年，包括家养的耕牛，能够在新的一年里硕健安康，平安顺畅。

《蛟洋镇志》记载：古时候蛟洋乡民在举行古老的"犁春牛"活动中，比较注重人与牛的要素。老把式、老犁手常常披红戴彩，将此看成是一种声望和实力的表现，也是对他们崇敬的表达。与此同时，不能亏待了老耕牛，也要在牛头角上挂着喜庆的红布条。盛装打扮的"犁春牛"巡游队伍走街串巷，告诉家家户户：在新一年的农事生产中振作精神，辛勤耕耘，不误农时。而百姓们则打开家门，点燃最响亮的鞭炮迎接春牛的经过，顺带着互相祝贺……

"犁春牛"活动是用头戴硕大红花的健壮耕牛表演犁田、耙田等各种动作编排而成的。全村耕牛齐出动，头戴大红花，脖系书有"风调雨顺""五谷丰登"等字样的牌匾，由牧童提着象征着吉祥福气的灯笼在前，背后跟着化装成扶犁人、樵夫、钓鱼翁、秀才等各色人物的乡民，边走边舞。观众多时还伴唱耳熟能详的山歌，掀起一浪又一浪的高潮。由于举行"犁春牛"盛大活动的日子，往往选在每一年的元宵节期间，故而提灯、看灯、猜灯谜的老人孩子不少，显得更加喜庆，加之"犁春牛"民俗活动，如同平安岁月里画就的一幅幅热闹非凡的春耕图，恰到好处地为当年的元宵佳节营造出馥郁芬芳的节日气息。

说起闽西客家人的"犁春牛"民俗活动，还有典故。

原来，"犁春牛"习俗历史悠久。《礼记·月令》记载说："出土牛以送寒气。"意思是送走了"土牛"，也就送走了寒气，春天即将来临。古时候的上杭县、连城县一带，在立春前一日，郡县官员为了保护一方百姓的祥和稳定的生产生活，都会率领手下官吏专门走入乡村，到郊外或者农业生产比较好的地域，举行一种仪式："迎土牛入郡县门"，敲锣打鼓欢庆，继而又行祭拜芒神，接着执彩杖鞭牛。这里说的"土牛"，指的是用泥土做成的牛；芒神是木神之名；彩杖鞭牛，指的是用彩绸装饰的木杖鞭打春牛，又称鞭土牛。而鞭牛则是农田耕耘者春耕生产时少不了的基本动作。应该说，"犁春牛"这种民俗活动，从起源就带着极其浓烈的泥土芳香气息。

民俗活动中，鞭牛者站立的方位也有讲究。如果立春在春节前就站在春牛前；如果在春节后则站在春牛后。鞭打时口中念念有词地说道："一打风调雨顺，二打地肥土暄，三打三阳开泰，四打四季平安，五打五谷丰登，六打六合同春。"鞭打春牛完毕后，人们还要进行象征性的耕地耙田表演，表示新一年农事活动由此拉开序幕。

二

闽西地区诸多的乡野村落，特别重视迎春、接春习俗。据调查，汉族远古"犁春牛"风俗，最广为流传在福建省，包括福州、闽北等地。而闽西大地上上杭县与连城县进行的活动最有特色，风味最浓，尤其是同元宵佳节融合在一块，不但增添了喜庆色彩，而且添加了内容看点。福州与闽北的"迎春牛"活动产生于五代十国年间，由纪念闽王王审知演变而来。闽西客家的"犁春牛"活动，据说古时由中原传入，至今已有500多年历史。"立春"乃一年二十四节气之首，又名立春节、正月节、岁节、改岁、岁旦等。立，是"开始"之意；春，代表着温暖、生机与生长。二十四节气最初是依据"斗转星移"制定，当北斗七星的斗柄指向寅位时为立春，不像现在的二十四节气是依据"太阳黄经"划分，当太阳到达黄经315°时为立春。故而古时候立春要晚些日子。所谓"正月节",指的就是旧历年正月期间,蛟洋、古田一带将"犁春牛"民俗活动与元宵节结合在一块,古时候在时间上几乎接近。活动一般在每年的立春前后三天举行。春天来了,万物复苏,气象更新,整整蛰伏了一个冬天的农田要翻土、融田、灌水,接下来还要播种、插秧、耕耘,这样才能保证一年的好收成。古时候举行"犁春牛"活动的当晚,众人会在松明火把的引领下,浩浩荡荡向村里进发。闽西客家族群的做法基本相同,有些地方热闹点的,队伍后面还会跟着锣鼓队、十番队,把客家人辛勤劳作、不畏艰难的生活情状和热爱生活、苦中作乐的人生态度表现得淋漓尽致。

残雪消融溪水潺,漫山渐绿鸟呢喃。
草生花绽丝绦曳,莺唱燕飞蜂雀缠。
人欢牛鸣泥水油,青苗排排茵连片。
竞潮涌动浪澎湃,祈冀丰年忙耕田。

在广袤的田地间鞭打春牛,莳弄秧稼,唱响山歌表达对春种春牛的感激感怀,显然也是一种劳作快慰的情感倾诉。

尤其值得一说的是,蛟洋镇再兴村进入21世纪后还经常在正月十五元宵节燃放鞭炮,高挂孔明灯,隆重地举办迎春游行,即"犁春牛"活动,为健壮的耕牛披红戴彩,特别制作了大型花车,用绚烂多彩的民俗活动展示欢天喜地、红红火火的节日韵味。

三

上杭县蛟洋镇、古田镇,包括步云、梨岭村等,在"犁春牛"的民俗活动中,除了突出人的主体性外,对于"牛"的主体意识也非常强烈。首先要选择身强力壮、牛力十足、无灾无病的犍牛，也叫牛牯，祈望这头犍牛能够起到领头作用，将坚硬的土地耕翻出大片大片的泥块，保证农业生产，尤其是稻谷生产等农事活动能够打开一个良好的局面，依仗耕牛劳作的农民也就丰收有望了。

"犁春牛"民俗活动，最重要的是农民们的祷告祈福。比如上苍降福，风调雨顺，无旱无涝，无虫无害，牛健人康，四季平安，五谷丰登，六畜兴旺……都是每一年节庆的主要祝词。

随着岁月的流逝，古时候"犁春牛"的民俗活动，到了现今已经变成了民间群众组织的一种民俗娱乐活动。"犁春牛"活动的组织比较简单，一般是以宗族宗亲为主组织，只需具备三个基本条件：一是有一头或者数头健壮的耕牛；二是有一副锣鼓（主要是锣、鼓、钹、铜钟等）器乐；三是有一个牵头的组织者。组织过程是由发起人（一般是宗族中比较喜欢娱乐的中年人），先找宗族中的几位中青年进行协商，选谁家的牛，由哪些人组成锣鼓队，由什么人扮装犁田的农民、牵"春牛"的"勾芒神"（当地人称迎春者）、送饭送草的农妇、书生、渔夫和挑柴的妇女等。如前所述，一定要挑选体魄健壮的牛牯即犍牛。扮迎春者要选表演丑角艺术的中青年人；持木犁者也要有一定的表演才能；扮演书生者则选长得英俊的少年；扮农妇者，旧时一般男扮女装，因封建社会客家闺女不许公开参加社会活动。新中国成立后，实行男女平等，多数选未出嫁的闺女扮装。扮渔夫者，老中青均可。若本宗族能参加演出的人数较多，还可选一些扮演郎中、商人和古装戏中的主要人物，如关云长、岳飞、文天祥等世人崇拜的英雄豪杰。人员确定后，由发起人和协商者分头互相通知扮演者。出游前，到发起人家中或者本宗族祠堂集中化妆。此外，还要安排若干人准备松明火把或火笼，用铁线织成网状，用于点亮松明火把。出游前，被安排扮演角色的，要事先借到合适服装，集中在指定地点化妆。化妆比较简单，不像古装戏上台演出的

蛟洋民俗『犁春牛』

演员那么认真细致。此时，锣鼓队则由一名打松明火把的人引路，先敲锣打鼓到牛寮将选定出游的耕牛"请"到化装地点。出游的耕牛要用三尺红布缠在牛角上，牛角之间要扎成一朵红花。传说，被选出游的牛，一年都不会生病，所以谁家都愿意让养的牛被选来出游。出游时的队伍除了手持松明火把者拉开一定距离走以外，其余人员排列比较紧凑：锣鼓队吹吹打打；放鞭炮由宗族长者掌控；扮演牵牛迎春者，其动作类似于民间跳大神；耕牛有人牵着，还要套上犁田时用的锁链等；犁田的农夫则身穿棕衣，头戴斗笠，手扶一把木犁，把铁铸的犁头、犁劈拆除，适时表演犁田的动作；送饭、送草的农妇必须身穿客家妹子服装，用红布扎头或头戴凉笠，用一根又薄又软的竹扁担挑着；男女锄田手则荷着锄头，表演锄田姿势；挑谷箩者走路不能轻浮；看书的书生则要身穿长衫，手拿书本；钓鱼的渔夫也要身穿蓑衣，头戴斗笠；"挑柴"的妇女则头戴凉笠，挑着一担杂木柴；还有乡间郎中，需要身穿长衫，手提四包中草药，外面写"四季平安"四个字；商人也是身穿长衫，但手里拿着算盘账簿……游行时，领队者带游行队伍先到开基祖祠堂点烛、焚香、烧纸、放鞭炮，先敬老祖宗，然后按照事先商定线路周游全村。蛟洋一带游行路线是按村民居住区的大街小巷走大中小三圈，其他小村子一般按商定线路游两圈。有的还游到邻近村子，互相往来。游完后，整支队伍要回到出发前的集中点，还要敲锣打鼓将耕牛送回牛棚或者牛寮。大家卸妆后，发起人一般都必须请参与者、表演者吃点心。点心比较简单，有面条和下酒的几盘炒菜即可。家境好的，少不了要请大家喝酒。席间，有人商讨新年生产计划，有的互相祝福，常常一闹就到三更半夜才舍得散场。从某种意义上说，牵头人、组织者、参与者，包括各类角色的扮演者，与其说是为了图个热闹，毋宁说为的是赢得一种希冀，以此获得心理上的安宁与心灵的慰藉。

悠悠时光进入新世纪，因为海峡两岸关系日渐走暖，于 2000 年初，在蛟洋、古田等一些乡镇进行过前所未见的"海峡两岸客家人共同欢度'犁春牛'民俗节日"。来自台湾新竹、苗栗的一批客家人，参观了上杭县族谱馆，寻根谒祖拜过先贤之后，主动地融入了蛟洋、古田等地的"犁春牛"民俗活动之中。他们穿着鲜艳的服装，与蛟洋当地村民共同进行"犁春牛"和"牛犁阵"的民俗交流活动。村民们表演了"犁春牛"，台湾乡亲紧接着也表演了"牛犁阵""车鼓阵"等舞蹈节目。双方互相切磋，彼此取长补短，交流获得圆满成功。显然，"犁春牛"民俗活动，使得海峡两岸客家乡民人更亲、心更齐、情更浓。

当"犁春牛"民俗活动进入尾声时，突然有一位年轻的姑娘唱起了美妙动听的客家山歌：

> 春回大地秀神州，明媚阳光照境幽。
> 大树萌芽绿荫盎，莺蜂唱曲婉声啾。
> 居家创业勤筹运，在外从商善计谋。
> 撸起袖衫灵巧干，不负今朝好年头。

随着欢快音乐的响起，参加晚间活动的海峡两岸同胞，不分彼此，融到一块，也都敞开了嗓门，跟着专业歌唱表演者，再次唱响了与"犁春牛"农事生产和两岸祖脉亲情相关的歌曲：

> 海峡客家赏月光，春分镜满遇呈祥。
> 昼阴平色起居顺，村野绿青农事忙。
> 离合悲欢世常态，缺圆异聚梦幽香。
> 嫦娥玉树绽辉亮，天上人间尽辉煌。

顷刻间，歌曲把"犁春牛"活动推向了高潮，也将同根同源同祖先的闽台客家乡亲的欢聚时光，浸满了柔柔绵绵的情感……

参考资料：

1. 上杭县蛟洋镇人民政府编：《蛟洋镇志》，2016 年。

2. 民俗故事讲述人傅湖心提供的资料。

南 国 活 佛

张 茜

序一

　　闽杭马头名山，至道禅师者，罗汉后身。出家即具作佛之志，历年三百余。珠眉金眼，宝相庄严，福庇乡邻，叠昭灵异。即远方人士来名山顶礼者，亦灵若著绝。浔神通广大，不愧为万家生佛也。考其生平，朝南海，谒无暇，叩颛愚，得参妙谛。而成正果者，皆由心坚志卓，几经修炼而成。故道光间，友石老人特为作序，推为释氏正宗。而文人题咏，亦多附录，迄今代远年湮，其本多散佚，间存一二，简残笈编。若不从事翻刻，恐百数十年后，将禅师志行，所谓至道者亦殁而不彰矣。瑞鉴及此，因募资再付梓人，公诸同好，用以昭垂永久云。是为序。

　　中华民国十七年岁次戊辰中秋后二日，辑轩张瑞廷谨叙，于凹上慕沼草庐之西轩。

序二

　　四方人士来朝山者，未有不叩生佛之本末。于僧遽言之不详，详言之不暇，无以餍门者心。僧若焉，因谋梓其傅而求篡于予，予素不妄佛，且无暇，辄辞焉。僧再三敦请，鉴其诚意，旋许之。爰徵事宝，则出其所藏，零纸残笺，如散钱无贯，未有成帖。无已，乃于数日工力编之，俾有伦次，用传奇时体，期俗雅共晓也。编讫因有感焉，吾儒读圣贤书，所学何事，上不以圣贤成期，下不以名扬自励。阅出家不做佛二语得无愧乎，若浸淫于其教，则感而不可为矣。

道光己酉秋季同里上源友石老人题

恭赞　至道禅师玉像

赞曰

睹神之貌	释迦后身	佛观之形
罗汉前因	功修悟炼	素向为珍
心如明镜	胸不点尘	灵昭觉路
筏渡迷津	马头著迹	鹫岭通神
四方崇信	三百遐龄	性空清静
得其道真	庄严宝相	香气扑人

辑轩张瑞廷

《汀州府志》方外编

至道禅师，名性戒，本吴中人，明崇祯间至上杭，结茅庵于小吴地马头山。顺治三年示寂，遗命僧众，六年后，依教焚化。至期启视，肉色不坏，骨节珊然，里人惊异，即遗蜕漆之以金。

按师本小吴地张姓之子，张氏家寒载之甚碻，故老傅说甚详。而府志云吴中人者何也，或曰中字当是地字，然于下文又不相承接，窃以为师既为神，何必拘为某地之人哉。释氏之前生既出家，父母且不得以为子，地方又安得私其人？况师当飞锡吴中，朝南海，谒无暇，叩歇愚，得参密谛，而道遂入化。则即以为吴中之人也，亦无不可。

有诗曰：中华佛教起何世，东汉明桓两个帝。嗣后至宋反齐梁，事佛之法甚荒唐。不求全佛求一发，一爪一牙一片骨。据此区区认释迦，受人欺罔将奈何。纵云所得非欺罔，亦失圆通泥迹象。人生理贵得其真，何必如来始有身。能修圣谛第一义，宝相庄严殊骨赟。君不见马头山上古禅师，形骸不朽永如斯。诸君若问生平事，请把此篇阅其词。

第一回　为孩即验前身果

佛理说天地之性，人为贵。但芸芸众生，为人难，要成为一家更是难上加难。因此仅儒一家，托其业者可谓万众，能不愧于儒者有几人？释一家，托其途者也是万众，能不愧于释者又几人？释不与儒相同。而非生有佛性，非素有佛志，非有不忘亲之心，非有不忘友之助，非多阅名胜以广佛识，非博取师资经透佛圣旨，非得净地以永佛终，则其为释，也终于无成而已。惟本里马头山，至道禅师，为能于释氏一家，克成正果，而千古不朽。

至道禅师，出生于明万历十七年（1589 年）己丑十一月二十二日寅时，名清朗。又叫海经、性戒，则是为僧之名，也是他道成之后，人们对他的尊称之号。他本古田小吴地村张姓之子，父亲盛田，

南国活佛

母亲黄氏。

明万历十七年（1589年），也就是至道禅师降生的那一年。广东白莲教起义失败，两个教主被斩，上海松江溢出发大水，洪涛百里，漂没庐舍数千家、人口万余、六畜无计其数，但一个奇异之象，却降临闽地上杭古田小吴地村。

古田深匿于梅花山腹地。梅花山蕴含奇异磁场，是地球北回归线荒漠带上的一颗瑰丽的"绿翡翠"，方圆20公里，千峰万壑，森林密布，名贵树木，奇花异草，兽虫鸟鱼，地下矿藏，济济一堂。是年岁末十一月二十二日，小吴地村尾张家的高龄怀孕妇人，终于临盆，产时辉光满室，令这小户人家初为人父的户主张盛田，惊诧之余，欣喜万分，他不加思索地脱口唤儿——清朗。如此清净明亮的名字，在这层层叠叠的山沟沟里可是少见。

张盛田已是老年男人，世代居住小吴地村，青年娶妻黄氏，但久久未有生育。在临近40岁那年，夫妻二人经过慎重商量后，从庙里请回一尊送子观世音菩萨，敬奉家中。初一十五点香祭拜，日日清水鲜花供养，十分虔诚。光阴荏苒，经年过去。一天晚上，观音大士托梦给黄氏，说："你夫妇命该无子，吾念你们守分安贫，素存好心，所行之事，又往往暗合佛家宗旨，与佛有缘。今吾于佛班中，选一应生于世者，降生汝家。汝其识之，己而妻果得孕，孕十月而产一男，产时香气扑人，辉光满室，故名之曰清朗。"黄氏从梦中醒来，赶紧将此喜讯传给丈夫，夫妻二人欢喜不已，并暗暗思忖：这个孩子为观音菩萨庇佑而生，日后自然易养易长，必无意外之虞。

但似乎事与愿违。清朗落地，光环渐失，乌云飘来遮盖头顶。一个襁褓婴孩，极少安静，常常哭啼不止，黄氏喂他母乳，却是吃一口吐一口。这对晚年得子夫妇，见此情景，焦虑异常，惶惶不可终日。四处求神问卜，巫禳医诊，食疗医疗，万般调理，毫不见效。就在彷徨无计，度日如年，濒临绝望之时，家里突然来了一个僧人，进门就问："你家生了一个儿子，是吗？"张盛田回答："是呀。""你的儿子是不是日夜哭闹不停？"盛田惊讶地说："是是是，师父您怎么知道的？""你的儿子是不是一喝母乳就吐？""是呀是呀。"盛田忙不迭地回答，面露惊骇："您能医治孩子吗？"僧人说："我不能医治，为何上门来你家中？"盛田听说师父能医治孩子，喜不自胜，赶紧将师父迎到厅堂。僧人坐下后说："请把孩子抱出来给我看看。"盛田回屋将正在哭啼的孩子抱出来，僧人微笑着走上前，一边抚摸清朗头，一边附在他耳边说出四句偈语："来原无碍，往又何妨；人间天上，一个坛场。"

偈毕，清朗当下停止啼哭，睁开一双清亮的小眼睛，定定地看着僧人，咧嘴露出笑容，好像原本就认识一样。僧人伸出双手要抱清朗，清朗也伸出小手投入僧人怀中。僧人对盛田说："这孩子以后不会再啼哭，只是呕乳之事，尚有难处。"盛田问："难在何处？"师父说："此事我无能为力，力在令夫人。因为这个小孩最忌腥膻，给他喂奶的母亲一定不能吃肉才行。往后只能长期吃斋度日，恐怕令夫人不能做到。"盛田说："这有何难？田家本来生活贫俭，很少食肉。好不容易得到这个孩子，如果能够免其疾病，我们付出生命都愿意，岂在乎食素？只要吩咐内人从命就是。只是师父飘然而至，向儿耳语，即止其啼，又示止呕之方，恳请师父留下尊姓大名，以供我们夫妇朝夕顶礼。"僧人说："我名敬心，云游无定，今偶然在赖坊吉当山，暂时栖址。因与你儿有夙缘，故特地到你家来为他治病。"盛田不解地问："夙缘何在？请师父明示。"敬心和尚说："日后自见，不必预言。"盛田说："师父医治小儿已见奇效，而言语却又吞吞吐吐，叫我忧心惶惑，请明示，免去我烦恼。"在张盛田的再三敦迫下，敬心和尚不得已才说："此事以后必定应验，说了也无妨，你的儿子非凡间之儿，乃佛门弟子，前世曾与我为道友，修行颇力，而功尚未成。今世应当做我徒弟，借予指示，以续其前世之

南国活佛

117

修，日后当成正果。他难做你的儿子，应该随我而去，这些话你自然不爱听罢。"盛田听完，心里大惊，连忙说："敬心师父，我晚年得子，而且也仅有这么一个儿子，要继承祖宗香火，怎么能让他出家去呀。"敬心和尚说："数理所定，不容你肯不肯。"说罢，将清朗还给盛田，作别辞行，说："我们日后再见。"盛田再三诚心挽留，要尽一饭之敬，可敬心和尚头也不回，飘然而去。正是：生无佛骨休言佛，佛骨都从前世休。若果生来真佛骨，妄思规避也无由。

第二回　落发群钦夙志坚

盛田留不住敬心和尚，抱着孩子快步追到门外，只见僧人早已远去。见此光景，盛田恍然感觉如梦如幻，颇为蹊跷。不由仔细回想僧人的一番话语，将信将疑。低头看看儿子，仍在怀中，安然无恙，笑容可爱，啼哭病果真好了，但不知呕乳怎样，是不是真如那僧人所言。想到这里，他赶忙回身进屋，对妻子黄氏说："我们儿子听僧人说了几句话，立即就止住了啼哭，很是神奇。僧人说要想让儿子不呕乳，也不是难事，只要你不食肉腥，长年吃斋，孩子吃你的奶水，就不会再呕。你能长期吃斋吗?"黄氏说："只要儿子能够安康，长斋又何妨，你家除了逢年过节之外，有几顿肉食？妾只要稍稍忍耐，就是长斋了。但不明白，儿子这么小竟能听懂僧人说话，为什么要长斋，他才可以不呕乳？这里面一定有缘故，僧人有没有说明白?"盛田说："说来特别可笑，僧人说我们儿子应当给他做徒弟，才能成正果。"黄氏话没听完就勃然大怒道："我们这么老了，才生下一个儿子，岂有让他做和尚之理！肯定是这个僧人没地方寻徒弟，才来骗我们的儿子。他以为他的邪说可以蛊惑我们，我们才不会落入他的圈套，我偏偏要破他的所谓法术。"盛田听了妻子这番话，不知该如何是好，狐狐疑疑，颇为不安。过了几日，时值他舅家办喜事，黄氏抱着儿子前去祝贺。席间照旧吃肉，并撕了一点肉丝喂给清朗。她可不能让儿子去做和尚，一定要改变这种瞎说。谁知，婴孩清朗看见母亲撕肉喂他，竟摇头拒绝。黄氏便强行将肉丝塞进儿子口中，清朗随即吐出，咳嗽不止，直到把肥腥唾沫，吐得干干净净才停下来。当晚回家，清朗旧病复发，不停地呕吐。黄氏平素在家很强势，这时心里虽然感到诧异，口上还是不以为然。茌苒数月，偶遇有肉，黄氏又试，而儿子又呕吐起来，而且比前次吐得更厉害。黄氏终于信服，再也不敢食肉。于是母子二人开始素食，直道清朗断奶之后，黄氏才敢吃肉。

　　清朗四岁断奶，五岁被盛田和黄氏送去本村私塾破蒙。清朗聪明过人，读书不过一二遍就琅琅背诵，不必温习，常常得到先生称赞。黄氏见状自然心里无限欢喜，但她近忧儿子长期吃斋，营养不够，远虑他将来是否真的要去出家做和尚。她常静静端详清朗，相貌英俊，身形敦实，心想儿子将来未必就做和尚，便萌生给儿娶妻之意。黄氏仔细思考，若是等儿子长大成人再给他娶妻，花费太大，不是她们贫家所能办到的。不如学世人养媳之举，从小抱来为便。于是就托媒人，寻找和清朗年纪相仿的小女孩。怎奈乡邻凡是有女人家，一半嫌弃张家清贫，不嫌其清贫者又听说她的儿子将来长大，可能要做和尚，便人人不肯。兼之清朗这边又极力推脱，不愿做人家女婿，童养媳之事便不了了之，没有结果。翌年清朗六岁，仍在蒙馆读书。

　　盛田是个以种田为生的农人。一日去田里劳动，半路上突然迎面走来一个僧人，近前一看，竟是敬心和尚。盛田惊讶地问："师父好久不见，今天从何而来？要去何方？"敬心和尚说："我一向云游四方，今天仍住在吉当山，此来就为了和你商量清朗出家之事。"盛田一听火从心中起，但又不敢怒形于色，就压下愤怒说："你这话我不爱听，再说我的内人也是绝对不允许儿子去当和尚的。小儿已被

南国活佛

119

亲戚接去他家，要一年半载才能回来，眼见数日内不能成出家之事了。师父要收徒弟，还是去别处寻，不要指着小儿，靠小儿没用了。"敬心和尚说："我岂能没处可寻徒弟，而苦苦要等令郎出家呀。只为佛缘载定，不得推移，所以才来。我今日求你你不肯，等过一两日，你必来求我，那时你就知道我不是谬言了。"说完就要离去，盛田假意留他去家里吃饭，敬心和尚说："我还不饿，此地离吉当山不远，回山去吃并不迟。"言毕一拱而去。盛田听此一番言语，心中很是烦恼，也无心再去田里，便转身回家。黄氏前来开门，疑惑地问他为什么这么快就回来了，盛田就将半路遇到敬心和尚的事，一五一十全盘告诉她。黄氏听罢气得跳脚，大叫大嚷："这个和尚，阴魂不散，为什么偏偏盯着我的宝贝儿子不放？他做和尚，难道就是这样逼迫人家孩子做和尚、做徒弟的吗？"正嚷着，忽见蒙馆先生抱着清朗冲进来！黄氏大吃一惊，连忙上前接过儿子，询问缘由。原来清晨清朗入馆，坐下读书不久就大叫一声，倒地不省人事。先生和众学生，救了好久，方才清醒，先生连忙将他送回来。先生说明情况，就转身回馆去了。黄氏将儿子紧紧抱在怀里，哭泣不止，泪如雨下，伤心欲绝。盛田作为男人，还算冷静，他俯下身仔细查看儿子。只见清朗肤色青赤，浑身滚烫，气喘不已。迷糊当中，间或叫声师父，间或呢呢喃喃似和尚念经，问之不答。就赶紧出门去请素日信赖的郎中来家诊治。郎中来了，一边望闻问切，一边摇头，大有诧异之意。盛田惊问："是死症吗？"郎中说："死于不死，还不敢说，但此症，我是医治不了，赶紧另请高明吧。"言罢遂去。黄氏听医危言，看儿危症，大声哭说："早知今日如此，不如当初送他为僧。"盛田说："你我舍不得他去当和尚，如果舍得，病虽危险，或许有救。"黄氏哭着说："你怎么知道去当和尚就或许有救？""早晨僧说他求我不肯，我反过来必求他，若救不得，求他如何？"黄氏停下哭泣，想了想，叹气说："本不愿儿子为僧，今日事已至此，也没办法了。与其看着儿子死去，倒不如让他活着为僧，你明日早早进山去求他。"盛田说也只能如此了。夫妻二人轮番守着清朗，一宿没有合眼。天没亮盛田就出门而去，到了吉当山，敬心和尚才刚刚打开门。他看见盛田就问："你送令郎来做和尚啦?"盛田说："是啊，但病得很重，不知道能否活过来。"敬心和尚说："你不必担忧。"便将盛田领进方丈室，拿出斋饭招待他，商量择日。两人择定次日，正是释迦牟尼佛生日，大吉。盛田说："小儿病得不轻，明日恐怕来不了。"敬心和尚接话说："佛缘所定，儿必能来。"说完将一顶僧帽、一双僧鞋、一件僧衣交于盛田，说："回家给儿穿上，病就好了。"

盛田赶紧离庵返回家。按照敬心和尚吩咐，将僧衣僧帽僧鞋给儿子穿戴在身上，奇迹霎时出现，清朗一穿戴好，就安静下来，沉沉睡去。睡到半夜，喊叫饿了渴了，给他吃能吃，给他喝能喝，至次日早，啥病都没了。盛田不禁叹气道："儿啊，你果真是和尚命啊!"就开口告诉清朗为僧之事，没承想清朗竟欣然乐从。唯有黄氏依依不舍，她抚摸着儿子的僧衣僧帽说："儿子虽然前去为僧，但空暇时记得回家看母亲。"清朗仰起稚气小脸说："这不用母亲吩咐，儿自知的。"一家三口，不知滋味地吃过最后一顿团圆饭。饭后，盛田领着儿子，去了吉当山。黄氏站在门前，望着父子二人渐行渐远，没了身影，便身子一软，瘫坐在地。这一坐，整整坐了一夜，直至丈夫返回扶她回屋。这对年过半百的白发老夫妻，紧紧相拥，没有言语。

那边敬心和尚接过清朗，教他礼佛，为他剃发，改名为性戒，字海经。他的父亲看他病愈，宽心回家。从此清朗便叫海经了。

海经由此开始了他的佛门生涯。平日空暇，师父敬心叫他跟着工人入山砍柴。上了山，工人们多砍生柴，海经只捡枯枝，工人便教他说："有刀斧在手，为何不用?"海经说："出家之人，不忍伤

南国活佛

生。"工人说："草木有何生性？如此迂腐，你想做佛也。"海经徐徐回答两句话："出家不做佛，心中思何物？"工人听了大笑，揶揄不已，回到庵里还说给敬心和尚听，想让敬心将海经打一顿，以免他下次再偷懒不砍柴。谁知敬心听了，反而豁然乐笑说："不负老僧接引苦心矣，日后必成正果。"正所谓：世上无难事，都由心不坚。专心求作佛，毕竟上西天。

第三回　只为省亲移驻锡

海经自入庵以来，年纪虽然幼小，一个六七岁的娃娃，心志却异常坚定。他摈弃尘俗之累，与其他成年僧人行为举止一致。敬心和尚看在眼里，喜在心头，知其前生之性不减，后必成就不小，所以一心传授他。凡是佛家当读之书，无不教他读；佛家当习之礼，无不教他习；佛家当存之心，无不教他存；佛家当见之解，无不教他见。小海经悟性过人，思维十分敏捷，闻一知十，闻十知百。海经于敬心，乐前有所授，敬心于海经，乐后之有传人。师徒二人相得之欢，不可言喻，如此这般，四五年过去。一日敬心和尚对海经说："我本是云水无定之僧，为了你的缘故，在此数年。虽然在这几年中，偶然也有出游，但游时少，不游时多，而且游得也不远。今天很庆幸你道术初成，不用我再一一具体指教，所以为师将别你而去，仍然像之前一样去云游，以快我心。"海经此时已是12岁的小小少年，但还是心里一惊，继而恋恋不舍地问："师父何时返回来？"敬心和尚说："返回不返回，我自己也不知道。"海经说："师父如果不回来，日后谁来教我？"敬心和尚说："你以为道，必师授乎，夫背师无道，泥师亦无道。儒家之书有说，夫子焉不学，而亦何尝师之有。唐诗也写道，转益多师是我师。况且有佛在，有心在，无非道也，无非师也。"海经说："师父，您为何一直没有传授我文字？"

敬心和尚说："道不离文字，亦不执文字，当求之于语言文字之外，勤快修行，久而久之，你自悟之。"

无论少年海经怎样苦苦挽留师父，师父也没有答应，但海经以为师父仍会因为他而留下不游了。几日后的一天，海经像往常一样，早早起来做晨课。燃香点灯，随即诵经。诵完了经，还不见师父来。而此课日日常有，每到诵经环节，师父就会来与他同诵，共和梵呗，音律铿锵。而那天诵经都结束了，还不见师父来到殿堂，海经颇感诧异。急忙一路小跑去师父住所，只见房门大开，喊叫无人应答，寻找也不知去向。他环视师父房间，发现桌子上留有一张纸，拿起一看，上有师父手书，是偈语五言一首："云何来此地，接引一禅宗。三易旃檀土，成香分外浓。"七言一首："披着袈裟谢吉当，从今天水雨茫茫。他年或有相逢处，归结灵山一道场。"海经手持偈语反复恭念，五言诗一知半解，七言诗似乎说明师父不再返回了。

很多天过去，敬心和尚当真没有再回来，海经只能独自住在吉当山。但他想念师父的心思，从来没有放下，而且与日俱增。他告诫自己，师父在与不在，都要恪守佛心。每日功课，一一遵守旧规，不敢改易。因为实在想念师父，就在佛像旁边竖起一尊师父木雕像，与诸佛一同顶礼，以报师恩。这个海经不但知报师恩，而且还知道要报亲恩。他常想，没有师父，谁给他传道？没有心怎么悟道？没有父母就没有身体，没有身体哪有心？所以报父母生养之恩，自始至终，都不能亏缺。

相传海经初为僧时，年纪幼小，不敢独行，就托人捎信给父亲来庵中，领他回家省母。省母之后，又求父领他回庵，一年不过一两次，未满其心。到了稍大些，能独往独来了，可上有师父在，事当禀命，不便多次回家，亦未满其心。直到师父云游远去不再回来，无人拘管，可以随意往来。便每月一次，或两三次地回家，看望年事越来越高的老父母。庵里有了羡余，也带回家敬奉父母，他心里

南国活佛

才有些安慰。但有话说，得此就失彼。他回家自然必留下住宿，不住宿父母不开心，一旦住下，则晚夕打坐功夫又废。在这矛盾里，海经暗自思忖，如果能在家的近处觅得一处庵庙，就一举两得了。一日，海经回家将这个想法讲给父母，父亲说："村庄近处庵庙只有杨家畲元帝宫，现在无人住持，冷冷落落，怎么居住？再说没有香火钱粮，难以度日，而且还不知道乡里人意下如何。为父在乡里又素无声望，无力提倡捐施，只是想想罢了。"父子二人相对叹息，这时间只见一个英俊后生，气质儒雅，踱进门来，父子二人忙起身让座，奉茶。后生问盛田："这是令郎吗？"盛田答："是的。"海经起身行礼道："请问先生尊姓大名？"后生回答："我是本乡泰峰公的孙子汝节，你们不认识我吧？""素未见面，也难怪不知。"盛田笑着说。"今日遇到一阵大风，吹我到了你们村。"汝节说，"听说令郎回来了，就想与他谈禅。"盛田说："一个小小和尚，晓得什么，倒是老哥知识渊博，烦指教他一二。"汝节说："素闻令郎以禅参禅，实在精通，慕名而来。但谈禅之事，不终日静坐达不到快意，暂且放下，改日再来请教。只是我刚进门时，听到你们二人叹息发愁，可是遇到了什么难事？"盛田说："有什么难事，只因生个儿子，是和尚命。要做和尚，便做他的和尚，深山修持罢了。又苦苦念着我们老夫妻，屡屡回家省亲。便想着在附近，寻个安身处。海经还年小，老夫想着，近处只有元帝宫可以住宿。只是苦无钱粮，且无人提携，只能想想罢了。"汝节停了一会儿说道："元帝宫原有钱粮，因为长久无人居住，各捐户便收回去了。现在令郎肯来居住，弟敢一力应承，也不仅弟一力应承，家祖颇得乡人所尊信，他若出来倡首，不但旧捐者如旧捐出，还可以倡导一些新捐，作为修葺之资，此属美事。待我回家禀知家祖，肯定无不乐为，数日之内，就可以停妥。到时候，我过来报知你们就行了。"盛田父子听罢齐声道谢："全仗鼎力，静候佳音。"

汝节回到家里，禀知祖父。祖孙二人，出力劝捐，没过数日，就有了头绪。汝节便前往盛田家，叫他领儿子去承理。次日，盛田就领着儿子，先去谢了汝节祖孙二人，再谢过诸位乐捐善信。乡人见海经像个有道行的和尚，人人欢喜，以为元帝宫得人了。自此加茅补壁，添瓦修檐，把个旧元帝宫，整修得焕然一新。海经随即搬去住持，晨钟暮鼓，经文梵音，香灯祀奉，朝夕惟虔，自不必说。而汝节尤觉畅意，虽然近日以来，百方帮扶，未暇与海经深谈元理，但细观其言语动静，皆是有道气象。他自幸荐举不差，神人有赖，自己也得一禅友，因念曰：耳闻不如一见，目见胜过耳闻。分明一尊活佛，世上得荫慈云。

第四回　远欣得友快谈禅

上回只讲汝节敬海经之事，而海经敬汝节还没提到。其实海经更是敬重汝节，或者说杨家畲元帝宫一事，令海经衣食于斯，居住于斯，修行于斯，孝事父母也于斯，都来自汝节之赐，怎能不敬。此说法似乎不尽其然，或者又说汝节祖上，世世代代崇信佛教，待僧有加礼，所以海经特别敬重他，这好像也不对。倘若汝节逢僧即敬，不辩其等，则不肖之缁流，污贱之比丘，无不待之以礼，而加之以恩，如此则海经绝交都来不及，还谈什么敬重。假设说有害汝节的人，那必定是一些行为不正的富家弟子，少年精于儒术，得道周孔之名教，而旁及于禅。其于禅，无非只是世俗之香花供养，礼佛念经，为的是邀福免祸之权宜。事实上窥之其理，故于西域等传，释老等志，般若金刚楞严等经，传灯等录，无不寻而究之。而荟萃其精华，平居常怏怏然恨无一人可与谈。这世上佛场多，僧徒众，没有一人可与谈，更别说通论了。

而不知世上所谓僧者，大多有僧之名，而无僧之实。譬如念几

南国活佛

句俗经，习几个小忏，谈几口粗禅，就诩诩然自以为无遮无碍大和尚。更有甚者，为行脚，为常住，说能于人肖灾避难增福寿，声动十方。化缘则说，做好事、布施，有功德，或者以拳帮夸人，地理惑人，谄媚富翁，钻谋肥寺，总是唯利计耳。其下者，则酗酒食肉，赌钱宿娼，无所不为，哪有一个能对话的？汝节如果在这样的环境中，岂不闷死？幸好有道行高洁，见解分明，如海经一样的人，闻之怎能不慕？见之怎能不敬？慕之敬之，怎能不交往密切，谈禅论禅呀？海经与汝节成了莫逆之交。他们之间不以禅师，不以上人，不以先生，不以相公而称呼，则以同庚生，而称为兄弟。正是：势利之交蜜样甜，甜无一瞬变旧冤。惟兹道德真相舆，终始心禅口也禅。

海经汝节二人之交，由禅而起。唯其起于禅，而交益深，亦唯其深于禅，而谈益精。凡六根、六尘、六识、六趣，三涂、五明，白学、黑学，天食、法食，五宗派、八解脱，诸般道理，二人剖而晰之，高到及青天，深到入黄泉。一转一妙，一拨一醒，如剥蕉而愈出，如螺旋而愈入，精妙绝伦，精彩纷呈。不过可惜的是，二人从不记录，而旁人又没办法在场记录。以致后面传说的，仅有千百分之一二，还是遗其精妙，存其浅显。今且随记几条，以见一斑。

话说一日，年关将至，序人新春。乡中爆竹桃符，辛盘宜春，赛会迎神，朋来眷往，白戏俱陈，庆贺新岁。汝节在家，随缘应酬，忙得毫无闲暇。直到初七，才稍有空闲，心中惦记谈禅，要找海经，便抽身前去杨家畲元帝宫。到了庵门外，先不敲门，止步轻声问海经："你听到我来了吗？"海经正在殿堂中打坐默经，隔着一个院子，隔着一道厚厚木门，应声道："我当然知道你来了。"汝节推门进庵，穿过院子，来到殿堂。两人相视一笑，对面席地而坐。海经说："耳听声，声有耳没听见又如何？"汝节说，是的，隔着门隔着院，能不能听见由神决定。他边说边拨着手里的一串念珠，问海经："这串佛珠 108 个，人说合天罡地煞之数，可是真有天罡地煞？"海经说："不需要持着念珠，且请放下。"汝节马上将念珠放下。很久没人说话，汝节说，你怎么不讲话了？海经讲，不消说了，请自己看手。汝节连连说："善，善，善，盖言无也，空也。"海经又说："身是菩提树，心如明镜台，时时勤拂拭，莫使有尘埃。慧能师转说，菩提本非树，心镜亦非台，本来无一物，何假拂尘埃。又进了，兄能更作一转否？"汝节接过来说："菩提非树，到底有菩提，心镜非台，到底有心镜，怎能说本来无一物？"海经说："请先一偈。"汝节说："本无菩提何论树，原非心镜莫言台，无物之中无无物，人间不识有尘埃。"海经叹道："善知识哉。"汝节说："学佛做徒从何而起？"海经说："我师父讲饿则食饭，困则去睡，无他道也。"汝节说："如果这样，天下人人能成佛。"海经说："天下谁人会食会睡？彼其食也，食不下，食外觅食。彼其睡也，睡不去，睡外寻睡。计较营求，千般百样，叫不得食，叫不得睡。"汝节说："善盖言人心多欲也。"两人你来我往，起承转合，谈论至第二天太阳西沉之时。光阴已过两天一夜，汝节才起身离庵回家去。

海经晚饭后，依旧打坐。没过多久，忽然看见师父敬心回来了，说偈语："极力攀登百尺竿，竿头进步莫辞难。异中不异求同异，昼夜双跳日月丸。"海经不能理解，恳求师父明示，只见师父一棒打来，大喝说："何不学我云游！"竖二指，提棒而去。海经惊醒过来，原来是做了一个梦。起来提灯四照，不见师父踪影，再将偈语细细琢磨，还是不能全部理解。这时天已大亮，就洗脸烹茶，做早课，并将偈语书写到纸上，以便再详细阅读。正是：维沐师恩频指点，依然隐约起疑团。

第五回　谒武当兼参妙道

海经拿着师父的偈语，猜猜疑疑，不能洞晓。就想与汝节一起研究，但不知他今天来不来庵。就在心里念着盼着，汝节就忽然来到了，真是喜不自胜。海经说："来得正好。"汝节回应道："要谈禅吗?"海经说："谈禅是常事，昨晚做了一个梦，不得其解，希望兄帮我解解。"海经拿出偈语给汝节看，并叙述了梦里棒喝、云游、竖指等情节。汝节看完偈语，听完讲梦，说："由此看来，敬心师父已经成佛了。"海经说："师父成佛我早已知道，但这偈语不明不白，让人烦闷。"汝节说："师父指示云游，就云游去，有啥好烦闷的。"海经说："云游去哪里?""若问去哪里，我给你指一个方向。"汝节说，"我母亲最信神祇，前年祖父弃世，也请你去念经了，母亲说还要念道经。贤弟试想，咱们附近道士最少，即使有，也有哪个识得经典? 所以我以为要去求武当，那里道士最多，肯定有好的。我已经和几位香友约好，过几天就要起身前去，还没告诉你。正好师父托梦让你云游，我们就结伴同行，岂不更好?"海经说："同伴当然最好，但武当山是道场，我为和尚，教门不同，还是兄去，我去别处。"汝节说："你今天讲出不同二字，那就更应该去了。偈语里不是有异中不异之句? 你师父教你百尺竿头要进步，应当在异教中参其不异之理，你说是不是?"海经听罢恍然大悟，"是、是、是，去、去、去，但不知何日启程?"汝节说："你把通书取出来，我们看一看。"海经取出通书，是年万历巳酉年，两人看来看去，正月十二日出行最吉，随即二人定下十二日动身。汝节去传知香友，海经回家告知父母，委托香灯之事。

年关跟前到正月十二，日子不是很长，很快就到了。这期间海经回家，对父母说清出门缘由，得到父母支持，并把父母请到了元帝宫。一是为了照顾燃香和灯火，二是新春正月前后，香客众多，也需要迎接招待。一切安排妥当，正月十二也就到来。海经和汝节及几位香友一起登程，高兴而行。

元宵将至，路上行人熙熙攘攘，颇为热闹。大家沿途欣赏野外新春景色，柳枝萌芽，紫色木笔，有的含苞，有的绽放，肥肥硕硕，雍容华贵。一伙人走着看着说着笑着，兴致盎然，脚下生风。突然汝节停下脚步，拍掌顿足说："罢、罢、罢，去不成了！"众人惊问怎么回事？汝节着急地说："路程书忘记带了。"大家不免埋怨他："你家素有此书，告诉你一定要带上，为什么就忘记了？"汝节歉意道："不好意思，为了此行，我这就一个人回家去取。你们就近找个旅店住下，缓五七日，等我来了再走。"几个人正七嘴八舌地商量着，忽见一个老人来到近前，拱手作揖说："列位是去武当山吗？"众人诧异地说，您怎么知道？老人笑着说："我不但知道诸位是去朝圣武当，还知道你们忘了带路程书。"几个人面面相觑，十分惊讶，询问其故。老人说："小老姓王，名宗良，一直在均州（今湖北丹江口市）经商，孩子、亲戚朋友常去探望。我怕他们忘记路线，就详细记了一本路书放在家中。昨夜梦见一个僧人，对我说你所记路程，应当赠给朝山客人，大有阴德。所以我就在此等候。现在天色已晚，请到寒舍一宿为便。"海经汝节几人，渐渐回过神来，也觉得老人是诚意邀请，就借宿在他家。翌日取得路程书，外加香信，求代奉神，一行人取路继续前行。

　　一路上千里迢迢，不容细说。大抵是由汀州至赣州，进入江西境内；再从赣州到吉安、临江，抵达南昌；再从南康，而九江，仍江西境内，至黄州，则是湖广了。由黄州而汉阳武昌，到湖北承天，仍是湖北境。到得均州，入得过真宫，已是三月初三了。宫内道士见过海经，笑问道："佛门弟子，也涉道门，不以教门各异为嫌？"海经答："三代以上，总是一源，不异。"海经见这道士没什么道气，随意应酬。原来武当不止一个宫殿，还有紫霄宫、天柱宫、南岩宫、玉虚宫、过乐宫，宫宫距离不上半里，都有香火神像、道士法官，有人求拜，无不喜乐。众香友虔诚，宫宫无不建醮。海经随缘，宫宫瞻仰，宫宫礼拜，但见景致虽佳，而道士却无不村俗。正是：两

南国活佛

字欺人惟祸福，一生昧己是钱财。

方才说道士无不村俗，未免言之过甚，其实人数众多，茫茫中自有出类拔萃者在。今且表一奇特之道士。这个道士与众不同，仙风道骨，飘飘然有凌云之气，说是姓李。一日众香友到其宫建醮，海经感到这个道士很特别，那个道士也注意到了海经。临到及醮举退时，李道士握着海经的手说："若有幸，明日再言。"海经知道他已经修炼得道，尊敬地允诺。次日海经如约再去，来到他的宫门前，只见一个道童，在阶石上磨一块砖头，便问作何用，答："做镜子。"海经怀疑那个道童头脑有问题，便不再做问，就进宫见李，坐定后再问："磨砖可以作镜呀？"李说："不是，磨砖可以作镜，则坐禅也可以成佛了。"海经正是坐禅成佛之人，一听此话，几乎失魄。又感到他借此指点自己迷津，随又尊敬地问："禅不当坐？"李说："不是不当坐，得看如何坐。我且问你，禅是何物？"海经回答："无物。"又问："佛是何物？"海经回答："人。"问："在吗？"答："不在，神耳。"李又问："坐是何物？"海经说："身耳。"李说："一是无物，一是不在之人，一是己身，涣涣散散，要合为一，这不是磨砖作镜吗？"海经连忙稽首请教，李说："我怎么教你？还是你自己教自己，问谁使你慕禅，问谁使你学佛，问谁使你将身坐禅以学佛。岂非是心？你今后，坐心便可以。能坐心，则非磨砖作镜，而是磨铜作镜。"听完这番话，海经恍若梦醒，口中念念有词："是的，是的，坐心，则即心即佛，即佛即禅，岂不有凭有据吗？"想了很久又说："敢问道？"李说："至道之精，杳杳冥冥。至道之极，昏昏默默。然杳冥昏默，终究从不杳不冥，不昏不默而来。"海经接话说："无不离有，空不离实。教门虽异，理不异，谨谢教诲。"李说："我不敢越俎代庖，因你诚笃，不可辜负。"语毕就说游侣待你久了，是不是要回去了？海经随即起身辞别而去，来到河边返程集中地，诸香友早已雇船在等候了。大家一起上船，解缆起航。

船上无事，大家争相夸赞武当景色。有的说他看到了张仙的拐杖、金剑和金印，有的说他看到了天池中的红鱼、白鱼，有的说有块大石正面看像千僧锅，侧面看则像石鱼或石鼓，还有的说看到了南天门上的金顶……叽叽喳喳，七嘴八舌，颇为兴奋。唯有海经静静端坐，默然无语，大家就问他："前天你见那道士，有物送你吗？"海经说："也有，也没有。"大家说，此话怎讲？海经说："说无，则至贵至重。若说有，则无影无形。"大家都不解，只有海经能意会。由是迤逦而回，至四月二十一日，各自回家。汝节叹息说："这次之行，往返三个来月，每人都买有武当土物，只有海经什么都没买。但若论所得之大，则众人不及他万万分之一。"正是：土物多摘漫自雄，还须妙理把心融。请看一粒微芒芥，纳尽须弥不露风。

第六回　朝南海独接佛光

海经自武当回来，得了坐心之说。虽还是谈禅，却不是虚谈；虽还是坐禅，而不是死坐。自觉禅学有进步，日日修持不辍，不知岁月如流水。如是者，十一二年中，汝节家里没事时，必到庵中坐谈。海经习惯了，也愿其来之密，不愿其来之疏。

那年，岁暮之际，汝节很久没有来庵中，海经又不便去请。后来偶然间，两人在途中相遇，海经就问："为何疏远我？"汝节说："要去求南海，日日邀请香友没有得闲，这不，正要来跟你说一声。"于是就随着海经来到庵中，两人谈了许久，海经以便饭相待。饭后，海经突然说："南海我也去。"汝节说："你一向都没说去，现在忽然要去，为什么？"海经说："我此刻悟出先年偈语，异中不异四个字，你解得好，不消说了。同求异三字，尚无着落。我想僧人，是我同流，我认识僧人不下百数，从未见过一个异僧。南海是观音菩萨化身之所，岂不异乎？再说，浙江省名山众多，或许能遇见一两个异

南国活佛

僧呢。"汝节说："昼夜双跳日月丸，又做何解释?"海经说："也以此游解之，昼夜日月，不过阴阳之意。海与山分阴阳，我朝山并朝海；释与道也分阴阳，我访道而又访释；女佛男佛，也分阴阳，我师从男佛，更拜女佛；至于双跳二字，还有竖起的二指，是命我两次云游啊。"汝节说："解得好，一定是这样，我也劝你去。"海经说："去就去，可有一件事情很挂心。"汝节问什么事，海经说："我的父亲虽然已故，但老母亲尚健在，恳求为兄嘱咐家人帮我照应一下。"汝节说："此事理所当然，不要多虑。出行日子已择定，是明年正月十二日起身。"海经应诺，汝节随回家去。正是：无心感触先年偈，成佛机关在此间。

第二年正月十二日起身。又是一个正月十二日，与第一次远行拜谒武巧合了同月同日，只是间隔了十一二年。那第二年，又是哪一年? 是天启辛酉元年。到了正月十二日，汝节和众香友又集中在一起，海经也到了，大家便一同启程。这次改变线路，不从汀州走。由小淘上船，顺水而下，沿途风光又好，没几日就到延平。从延平换船上水，至建宁，过仙霞岭，仍在本省境内。再至江山，进入浙江界内。从江山到衢州、澜溪、西兴关、曾娥江渡，直至宁波府定海县。原来定海县，是最滨海之地。众人至此，抬眼四望，天连海水，海水连天，汪洋浩瀚，茫茫无际。极目眺望，似有似无之间，有三四点如芝麻大，当地人说，一个是白华山，一个是小普陀山，还有一个是大普陀山。山有远近不同，而同为观音大士修行化身显圣之所，皆有灵验。于是，从白华山到普陀山，雇海船一只前去。途中波涛不起，风色甚顺，一行人于船中住宿两夜，就到了。登山一看，才知还没真正到，怎么说呢? 若见其小，既到，若见其大，峙立海中央，约有八九亩宽。眼前近处有一湖中建造一寺，叫海湖寺。这天恰是二月十九观音诞日，夜晚，即建醮。此次建醮，与武当不同。武当道流，海经不得入其阵。此处为僧流，海经能与诸僧一同念经，次日醮毕，大家相约登海崖观海。

众人游兴很浓，纷纷登上凭海的一处高崖，过了好久，海经才来。海经站定崖顶，凝神望海，大声赞道："好莲花！好香气！好佛寺！"众人不解地问："这怎么说来？"海经说："满海都是莲花，香气馥郁，中间一座佛寺，灯烛辉煌，你们难道看不见？我这就拜佛去了！"话音未落，纵身一跳，跃入海中。众人没有提防，拉都来不及，惊得一起大哭起来。汝节大声叫喊："救人啊！救人啊！"近处几只渔船闻声赶来，但要讲定赏钱，才肯救人，汝节立即答应他们要求。然后船上六七个人，解衣入水，拉网式搜索。搜救了约三顿饭工夫，方才出水，向汝节报告说海里没有人。众人个个急得大声叫嚷："明明一个师父落水了！怎么能说没有人？"渔人们说："没人，没人，此处水流平缓，不可能被冲走。又没百千丈之深，我等都能潜到底，寻了这么久，并不见有人影。"众人央求再去找找，渔人说既无溺人，何必再寻。正在争论着，忽然后面有人叫道："列位何事？如此喧闹。"众人听声急忙回头，个个吓得目瞪口呆，说话之人正是海经。众人异口同声嚷嚷道："何事，何事，为你溺海，在此救你！"海经不解地说："这话从何处说起？我这不才来，什么时候溺了海？海边风大，太阳光照强烈，你们肯定是头昏眼花了。"众人纷纷说："我们都共同看见，哪是眼花了。"海经说："那你们现在看看我的衣服，是湿还是干，不就知道了。"汝节上前摸摸海经的僧衣，心里思索：真是奇怪，莫非是他师父敬心领他去拜观音回来，天机不可泄露，才托词隐瞒？随向众人说："人没事就行，大家不要再争论了。难得来一次，何不四处再去游览？"众人这才转身而行，恰遇着一人手捧白瓷观音像而来。于是有人便问："此像哪里来的？"那人抬手一指说："那边买的。"众人顺着手指方向看去，果然有人在那里售卖观音像。众人一起近前，或买一尊，或买两尊。海经跟汝节说："我要多买几尊，但带的盘缠不够。"话音未了，早被卖像

南国活佛

人听见。卖像人说："师父若要，只管多请几尊去，我不敢收钱。"海经说："为什么?"卖像人说："前面看见师父入水不溺，必是个神僧。佛像不给神僧供奉，给谁供奉?"海经说："入水不溺，是众人眼花之故，没有其事。"卖像人说："不管他眼花不眼花，我情愿把佛像相送师父几尊，师父只管选就是。"让了再三，海经才前去选了四尊，卖像人又亲手添上两尊，共六尊，交给海经。海经欢喜不已，卖像人忽然不见了。海经猜测是神，马上将佛像拿到寺庙中，用洁净箱笼装好，以待带回。

诗曰：

> 人人共见海澜狂，独见莲花绕寺香。
> 此是禅开相汲引，休同阛市漫猜详。
> 龙腾大壑龙偏幻，月浸洪涛月盈花。

第七回　大和尚宣传妙谛

海经汝节一行从普陀山返回还是走水路。之前坐来的船，包了来回，还在岸下泊着。到了返回那日，大家各自搬行李，安置舱中。人数到齐，船家张篷摆棹，开船而行。或许是回程大家都疲惫了，或许是风大浪起，行了不到半日光景，众人个个头晕眼花，胸腹烦闷，呕吐不已，晕船了。但海经和汝节却相安无事，汝节问："一样坐船，来时好好的，回时为什么会晕起来?"海经说："来时风顺船正，如履平地。今日风不正，上面转帆也不定。船身摇晃颠簸，一会儿侧转左边，一会儿侧转右边，不习惯就会往往如此。"汝节问："那这对身体有害吗?""习惯了就无害，但会犯困病。"海经说。汝节见众人都睡着了，便低声问海经："你昨日端的是为何?"海经不作回答。汝节接着说："我猜到了，你叫完满海莲花，佛寺灯光，就跃入海中，回来浑身衣服却无半点沾湿。这应该是你师父敬心领你去见菩萨，菩萨点化了你，你不肯明言，就含含糊糊，是不是？"海经说："兄长既然都知道了，何必要弟再言，但求您保守这个秘密。"汝节说："不劳弟吩咐，我自是知道。"过了一会儿，汝节又说："菩萨难得见，你今天得以见到，定是因为你平日坐心功深。我看修佛门径，最难的莫过于坐心。"海经说："也是，但我此时又感觉变动了。"汝节说："为何变动？"海经说："自昨日那时心里一噤，归来做旧功夫，做不得了。"汝节说："你原是坐心。"海经说："不是心了。"汝节说："或者是坐佛？"海经说："又不是佛了。"汝节说："那又是何物？"海经说："我也不知是何物，那只可意会，不可言传。"汝节欣喜地说："你今功夫成就了。你师父当初给你取法号为海经，今日来朝南海，在海湖寺念经，又引你去见菩萨，得菩萨点化，悟性大进，不是功夫圆满了吗？"海经说："何日能圆满，我问心，杳杳毫无所得。归途若得遇异僧，我愿意向他们学习。"汝节说："百尺竿头进步了，又求进步，志行高远啊。"两人正说着，见有人醒来，就暂停对话。

在船中住了三夜，才到定海县，众人提议由旧路回家。海经说："我尚且没空回家，我要寻个异僧讲解讲解。听说天下只有杭州僧侣最多，前去一游，必有所遇。此处离杭州不远，机会难得，一定要去。"汝节说："杭州乃南宋建都之所，人杰地灵，风景秀美，城市街景繁华。大家顺路到那里，开开眼界也很好。"于是众人一同前去。先到钱塘江，赶上潮水刚刚落去。众人惊叫，天未下雨，为什么两岸都是淤泥？汝节则微笑着说："这钱塘江，据说是远古吴越王射潮处。至今潮水涨时，尚如雪山，漫天盖地而来，湖退则泥淤满地。今天幸运遇到退潮，无须等候，可以直接过渡了。"于是唤船过渡，过去便是江头。

翌日众人早早起来，相携去杭州城。进入城市，但见街街巷巷皆有和尚。汝节感叹道："为什么僧人这么多啊！"。海经说："此地最兴佛教，最肯布施。富的人舍田捐宅，银则论千论百，贫者也竭力捐输，所以僧人最多，只可惜无一真僧呀。"汝节说："如今世上，削了头发，披了袈裟，便是僧。问经不知，问戒不知，问修行更不知。而一切下贱之事则都知道，都为之，哪有真僧？"海经说："穿街游巷之中，自然没有。"

一日游到鹫岭。鹫岭灵隐寺是唐代骆宾王出家之地，楼观沧海日，门对浙江潮，非常壮观。然而百年过去，此寺虽仍然壮观，诸僧却无一足观者。海经说："我等且去别处。"于是他们一行人先后到了天竺寺、昭庆寺、法相寺，所见僧徒，不下数百个，却没有一个僧人能让海经驻足留步。晚上回到旅店，不由感叹那么多僧人却没发现一个出类拔萃者。忽然一个人应声说："要见异僧，只池州有两个。"众人循声望去，都不相识，就问贵客来自何处。那人说："在下是沧州人，来杭贸易，同住此店，听到列位讲及异僧，忍不住就应话了。"海经便问："贵客所言异僧，叫什么名字？住哪个寺庙？请详细说来。"那人说："一是杯渡庵，僧名无瑕上人，今年 120 岁了，能知过去未来之事。但不轻易见人。一是礼慧庵，僧名颛愚和尚，戒律精严，众所信服。我们近处数府州县中，除了这二人之外，没有一个算得上是僧。"海经听了，牢记于心，便动了游池州之意。

翌日海经就与众人离了杭州而去，于三月十八日抵达池州。雇船上九华山，至杯渡庵拜谒无瑕上人。那上人果然奇怪。先一日即吩咐打扫厅堂，说明日有远客来。海经一到，就立即求其见面。无瑕上人欣然出厅相见，说："不远千里而来，深感厚情。"海经说："前来求大教，岂敢说远呀。"无瑕上人说："我没有你跑得路途远啊，我要求教于你，而你却反过来求教我。"海经说："上人为何这般谦虚？"无瑕上人说："不是老衲谦虚，我自己掂量，不及你后天，也不及你先天。你有先天之因果，又有后天之工夫，何人所能及？30年后，有人为你证明。那时候就知道我这不是谦语。"言毕，海经和香友们离庵而出。后又特意到礼慧庵求见颛愚和尚。那和尚道行固高，有点自作身份处。初在便厅相见，海经求教不已。颛愚说："以你诚心谦德，我实在不忍心亏负，但不免妄身尊大了。"海经说："愿居弟子之列。"颛愚和尚才命人设法座于方丈室，自己合掌升座，大声召海经见。海经见其排场不同，将行膜拜之礼。颛愚忙说："这却不敢当，请坐下。"一沙弥递上一个蒲团，海经合十而坐。颛愚问道："你生平用功，是心不是？"海经回答："不是心。"颛愚说："是佛不是？"海经答："不是佛。"颛愚说："不是心，不是佛，究竟是什么？"海经起身站立厅中，举手向天一挥，似乎画了一个圈。颛愚连连点头。又引海经近坐，海经坐到了颛愚身边。颛愚说："不得作口头禅，不得作野孤禅，要亲切道一句。"海经正要开口客气，颛愚摇了摇头，一只脚踏在了另一只脚背上。海经端坐良久，缓缓开口："不是一番辛苦意，怎得安家乐业时。"颛愚即赠偈语：最胜之心宜决定，经寒历暑自坚牢。脚跟下事君今了，不负从前立地高。

次日，颛愚授海经一锡杖，又一偈语：了道归山得自由，正开独步乱峰头。铃铃一锡亲吩咐，卓立恁君振祖犹。

佛家之祖，释迦也，以振释迦之道望海经，则其推重海经亦至矣。而海经心犹歉然，自是与众香友，由江西南康一路而回。正是：人生自满最甚忧，满了谁人进一等。何以虚怀若大海，长川小涧并收留。

第八回　梵王宫初辟名山

海经怀着十二分的虔诚之心，朝南海游池州，收获了为僧的里程碑。他回到家乡依旧住持杨家畲元帝宫，后来招收了一个徒弟，名字叫自明。

那自明天生禀性恬静，出入老成，只是不十分聪明，悟性未免迟钝。海经并不嫌弃，殷勤教授，希望他能和自己一般。可自明虽然努力学习，虽然明白师父一片苦心，但总是不得要领，长进迟缓。海经回想自己当日受师之教，不至于如此，又想我能够领会师父之教，是师父教导有方。两次云游，重叠得益，也是受师父偈语所启示。一日海经忽然想起三易旃檀土，到今尚无见验，为何悟性如此。正在那里苦思冥想着，汝节忽然来了。汝节见他怔怔坐着，忙问："心有何事，如此沉吟？"海经见是汝节，一面让座，一面道出自己所想之事。汝节说："有什么不理解，不过是叫你迁徙一庵居住，这里和吉当山都不是三易土。"海经说："我也曾这样想过，只是自量迁徙不成，所以怀疑不是这样解释。"汝节说："何以见得迁徙不成？"海经说："这里嘈杂，其实我早有迁徙之意，但看看各处庵庙，俱近人村，都是嘈杂，迁与不迁都一样。如果新辟一处清静之地，可不是我一介贫僧所能办到的。"汝节说："我去试试看，不妨先求得土地，再谋划筹建，或者设法凑合将就，也未必不可。"

于是汝节有空时，海经就邀他去相地基，相了几处都不满意。一日两人登上乡之东城寨，四面环顾良久，海经伸手指向东面，说："那座山形似马头，云遮雾盖，古木参天无人径，我又爱又担忧。"汝节问为何担忧。海经说："担忧它是否已被别人占据，而得不到了。"汝节说："如果是别处，我不敢说，但是你所指的地方，我敢说则唾手可得。"海经说何言之易？汝节笑着说："巧了，此山之主，正急欲出售，昨天曾送到我家，我嫌那山土地贫瘠没要。你觉得合适，今晚我领他来谈谈如何？"海经欣喜地说那是最好，于是二人各自回去。

当晚汝节领着卖主来到元帝宫，话无几句，已成交易。海经得到心仪之地，特别欢喜。第二天就带着徒弟前往马头山。师徒二人，日日除草垦土，过了两三个月，盖起三间茅屋，便搬了进去，境地僻静，毫无嘈杂，胜过杨家畲不知多少。唯有每日送饭给老母亲，不如杨家畲近。两年过后，海经母亲仙逝，不需要再下山送饭。师徒两个便将庵庙补缀坚牢，没了上雨旁风之虞。山下荒坡，日垦日辟，渐渐形成两亩田地，耕于斯，食于斯，优游乐哉。

民间相传海经开垦土地时，雇一个人则得两个人之效，雇两个人则得四个人之效，事半功倍。这个现象，连垦地的工人也无法说清，人们都讲有神助。田里种下庄稼，年年丰收，衣食之外，颇有盈余，积攒起来构建庙堂。海经对自明讲："三易土说，诚不诬，成香之浓不浓，则听老天安排。"正是：人修静业将成佛，天辟灵基默予僧。

海经与徒弟，住在马头山，一边焚修，一边耕种。山清水秀，云雾飘拂，万籁俱寂，晨钟暮鼓。寺庙距离山下村庄较远，汝节也不便常来。一日师徒正在打坐，忽见一人，似乎官家装扮，骑在马上，由一土人引路而来。海经以为空谷足音，出外观看，但见土人指着他说："这里就是马头山寺，这人就是海经师父。"那人赶忙下马，上前向海经作揖。海经将来人迎进门内入座，自明奉上茶水，正要叩问，客人自我介绍道："弟子乃龙岩州人，名叫王命浚，原来在京城做官，现谢事回家。将奉家祖父母香火入家庙，需求高僧超度。四方胜访，没人能超过师父您，所以今日特地前来拜访、邀请。"说着就呈出书帖。海经双手接过书帖，仔细阅过，明白了来人意图。海经谦虚地说："我一山野愚僧，功修浅薄，不足以当此重任。"王命浚说："请师父务必答应我，不然弟子回去，还得再来。"王命浚再三恳求，海经被其诚意打动，应承下来。王命浚这才起身，牵马告辞。海经问："客家为何要走？"王命浚说："我们在这里，会妨碍师父清课，这就下山去住客店，在那里等候师父。"海经说："也罢，也罢，小庙简陋，也不便贵客留宿，小僧明日赴约就可。"

南国活佛

说罢一拱而去。

次日海经吩咐好徒弟，便起身与王命浚会合。一路同行，走了两天，才到王家。王命浚安顿海经在自己书房中歇息，稍做整理，便出来相见。原来王命浚由科甲出身，做到大理寺正卿。因为人正直，得罪一个大臣，被搜集整理了很多过失，失去官职，回到家乡。交谈时，王命浚坦诚地将自己的情况告诉了海经。海经说："先生正直不阿，不做官，是这世道的不幸，对先生无损也。"王命浚听了，不禁自言自语道："一个山僧，能讲出这番大学问话……"随即就怀疑海经是不是精于势力的假和尚，便命蔡姓仆人对海经进行试探。仆人按照王命浚的吩咐，在书房中摆出酒肉饭菜、香茶，安排家中美色婢女陪客。海经面对此番境况，客随主便，不喜不怒，正襟危坐。举筷只夹芹蔬，滴酒不沾，视女人如同男子。真可谓频笑不苟，燕私不形，令蔡姓仆人心服口服，肃然起敬。蔡姓仆人将自己对海经的所见，说给平素相好的妓女，妓女不信，说："和尚也是人，岂能无情欲。一定是你家那几个婢女，眼无秋波之媚，面无芙蓉之姿，眉无柳叶之细，唇无樱桃之红，身无兰麝之香，声无春莺之啭，还又无勾魂摄魄之术的缘故。若是叫我去，则如琥珀拾芥，磁石引针，他哪有不动心之理。"蔡说："那安排你去试试，和尚若是动心了，我输你一桌酒席。"于是那妓女将自己装扮成王家婢女样子，来到海经下榻的书房中，百般体贴，千样温存，而海经依然没有动心。妓女无奈，出来只好对蔡说："此僧非人，乃铁石也。"妓女也心服口服了。蔡又想动海经一气，便暗自指使一人，无故辱骂海经。只见那人冲进书房，破口大骂，不骂他人，就骂和尚。骂来骂去，喊着海经名字长骂。蔡以为海经这下一定会发怒，便走进书房查看。只见海经伏案办理文书，神色不异。他只好假意安慰海经道："让师父无故遭受醉汉狂骂，是小人疏于防范。我马上禀告主人用棍杖揍他，师父没有责任哈。"海经头也不抬地说："我什么也没有听见，你不要冤枉揍人。"蔡轻轻摇头，彻底信服。王命浚听说实情后，对蔡仆人说："这海经和尚，是难得一见的真高僧啊。"

到了启场那天，王命浚亲自迎海经登坛一看，已有本地僧十余人，在场伺候。那些本地僧人，故意拿生僻佛经为难海经。谁知本地僧人以为生僻的经文，海经执手诵念，滚瓜烂熟，令诸僧无不惊服。做完道场，王命浚以五十两金子酬谢海经，海经接过金子，喜形于色。王命浚说："以为师父心中清净，无物能动，谁知却这么贪利。"海经说："小僧现住茅棚，未有栋宇。今先生颁仁者之粟，为有名之赐，我计算着可购不少木料，心中甚是欢喜，让先生见笑了。"王命浚说："原来是这样，师父是为义喜，而不是为利喜，我再加五十两金子以酬谢。兼囊美举，请师父不要推辞。他日有空，我将专门到访名山，以观美景。"说罢，便将一百两金子交给海经，派两名家丁护送海经返程。

海经得到这些金子，加上经年积蓄和汝节的资助，开始筹备修建庙宇。设计、雇工买料，竖柱夯墙，建成了一座后有堂，前有廊，左有厢，右有房，可以奉佛，可以居人颇具规模的寺院。诗曰：马头千古结形真，佳境还须待异人，不是神僧羁旅巧，谁教骐骥首全伸。

这首诗歌最后一句的"骐骥首全伸"，说的是马头山的"马头"长长地伸出来，伸向山麓的一片湖泊。

第九回　无间广交交并萃

马头山寺院落成。海经以得道之身，朝夕游于其间。一日散步至寺前案山上，望见远处有一乘轿，跟着两个人，向寺院走来，心想应该是王命浚到了山门。近前了，果然是王命浚，连忙上去迎接，入寺落座。王命浚拂尘净手，焚香礼佛，而后谈话。一个说去年有劳法驾,一个说去年蒙赠厚仪,彼此客气一番之后,海经说:"先生真是有信用之人,去年说得空会来,小僧不敢相信,这里地僻路遥,怎敢劳您辛苦前来。今日果然来到,佛面有光,不只是小僧有幸。"王命浚说:"我一闲散之身,平日里常常登山临壑,寻幽览胜,却没有一个地方能让我感到惬意,便寻思着师父所在之处,一定有着奇异景色。今日到此,果真别有一番天地。就是海上三山,恐怕也没这般意境。"两人意气相投,越谈话越多,越谈越亲密,谈禅,谈世事,也谈一些家常事理。王命浚在马头山几天里,除了和海经谈话,就是外出游览。山前山后,条条小径,道道溪流,奇石异草,无处不到。每到一处,都是蹀躞徜徉,流连忘返,赞叹不绝。王命浚出游,海经安排自明当向导作陪伴,一天下来,他便和自明熟络起来,谈话相处,无拘无束,随后自然而然地就问自明海经之行藏。自明就把师父自幼以来,如何出家,如何省亲,如何游武当、朝南海,如何拜无瑕、颛愚两个和尚,一一详细叙述。王命浚听罢感慨地说:"我就觉得海经不是一般世俗之僧,果然来历不凡。"于是越发敬服,想要按照僧人式,为海经上一道号,作表彰之意。海经不好虚名,听说后极力推辞。王命浚力争说:"此举是我表达钦佩敬仰之心,同时也在释教中树立一个好榜样,使诸僧知所崇仰,并不是徒弟给师父作虚名那种。"随后吩咐随从仆人,准备素席,亲笔书写请柬,邀请寺院近乡绅士十余人。汝节在邀请名单之内,至期他和众客人一起来到。乡绅们对王命浚说:"按礼数,晚生等未尽地主之谊,而反蒙老先生先施,不知有何见教?"王命浚说:"弟深仰海经师父之纯修,意欲上一道号,但弟一人之言,恐涉私意。今天诚邀各位先生前来,共同商议,以鉴公平。想必各位先生也有此意,大家相商,选用什么字面为妥?"汝节和乡绅们齐说:"老先生博才,自有字面,晚生等听命就行。"王命浚说:"师父所修者佛道,道字自少不得,而其修道,自少至老,日进日高,已极其至,上面加一至字,称为至道禅师何如?"众乡绅连连点头称赞,以为最妙。王命浚遂打开一张红笺,亲手写上:至道禅师。当场贴于厅壁上。大家这才入席,席间话题自然绕不开海经和禅学,席散众人谢过王命浚道别,一再称赞他之品题不差。从此凡是称呼海经师父的人,都改口称——至道禅师。

后王命浚又赠一联,贯至道二字云:至敬至诚,五蕴皆空空色相。道高道厚,六根尽净净身心。又书"马头名山"四字匾,又书"方丈"二字匾。

王命浚在马头山待了将近半个月,临别又赠香火钱才离开。正是:人生有麝囊中贮,不必当风也自香。

至道自送王命浚去后,过了几日,汝节到来,自然和他谈起王命浚。至道说:"我当初以为他是科举之学,仕宦中人熟通诗文与经济,未必通于内典。就试着与他谈元理,才知道他见解宏通,能窥圣帝第一义,真异人也。"汝节说:"如此说来,也是天下稀有之人啊。"至道说:"是的,当然仔细想来,天下之大,也不敢说斯人之稀有。回想当初与兄相交时,多少人嫌我寡交,说我心中只有一个汝节。我应人们说不是我寡交,只恨天生汝节太少了,假使天生百千万亿个汝节,而我不将百千万亿个汝节交遍,责怪我寡交,我心才服。现在看来,汝节之外,更有命浚,命浚之外说不定还有谁,怎敢说天下稀有呢?"汝节笑着说:"是呀,如果命浚之外,再没有许多命浚,那就是老天的过了,于我无关。"两人正说笑着,忽见两个人,儒儒雅雅,身后跟随两个仆人,进山门了。连忙起身询问。那两人先到佛堂拜了佛,然后入客座坐定。至道问:"两位先生高姓大名?贵乡何处?"一个人回答说:"小生连城芷溪人,姓黄,名开道。这位是贵县塘下乡人叫德懋。我们两个是同庚兄弟,少时同馆读书,共相知爱。早年听闻宝山胜境,及尊师高行,就一直想着前来拜谒。有幸今日缘法凑巧,得遂瞻仰之心。果然地是仙山,师真佛骨。"至道回应了几句谦虚话,便吩咐自明准备餐具,招待客人。开道连忙说:"不消师父费心,我带了酒菜来,能否借用厨房,让婢小司烹,我们四人坐谈。"于是汝节、开道、德懋用酒,至道用茶,边饮边谈,谈得禅情入微,名理迭出。至道不由笑着对汝节说:"有幸今日汝节之外,又得两个汝节呀。"开道、德懋听了不知怎么回事,汝节说了前面经过,四人欢喜不已。开道说:"师父与张君同庚,弟二人也同庚,我们四人何不共拜为同庚兄弟?"大家异口同声地说:"好呀!"遂四人同拜,结为兄弟。

开道、德懋在寺院住了三日,厚赠了香火钱,才离开。临走时,至道将南海带回的观音像,赠给两人各一尊。两人甚喜,各带回家以祀。从这以后,每隔一段时间,不是开道来,就是德懋来,一如汝节之来。而至道也会时不时地去开道、德懋家,一如其往法师处。虽然四人来往频繁,但集中在一起却很少。一日偶然间,四人集中在了寺院里。自明趁师父离座间隙对三人说:"自明有一下情,师父年岁已高,夕阳无限好,只是近黄昏。恐怕时间不多了,要给他建造一座禅塔,以备后用。但这事不便直接禀告师父,恳请三位帮我代言。"三人听了连连点头。一会儿,至道回来,三人说:"外边地势甚佳,我们认为可以建座塔。"至道说:"塔势如涌出,孤高耸天宫,非惟公所不敢,而且力所也不能。"三人说:"非七层摩苍穹之塔,乃僧家身后之塔也。"至道说:"这个事情一定出自顽徒之意,要免其他日周章耳,当然意图未尝不好,这事既然由三位代言,落成后也请三位前来。"三人说:"一定来,一定来。"塔建成那天,三人果然一起到来,赠名——定慧塔,可以想见他们的交情该有多好。诗曰:儒士谈儒聚友朋,谈禅往往觅禅僧。将心透出重天外,翻笑如来得未曾。

第十回　有心作佛佛观成

上言至道与诸友交以禅理相往来。时光如梭，不知不觉十余年过去，几个人彼此渐渐变老，来往也就慢慢稀疏起来。至道本是清净之身，生生灭灭之理，涵养早熟，任烦恼而不乱，居禅室而不寂。门外之事，一无所闻。清顺治三年，小吴地开乡，将建普度会于福崇寺。乡民都说以道行没人高过至道，应当请其主持醮事，时年至道已五十八岁。因念生长之乡，很久想回而没回，至契之交，很久想见而没见，正好借此醮事，返乡会见至交好友。所以不顾年事已高，慨然允诺。及醮事完毕，众人散去，至道独宿寺中，跏趺坐地，忽然听见师父敬心喊他："随我来。"就站起身来，师父在前，他在后。所行之路，非土非石，霭霭云雾中，到了一个地方，宫阙巍峨。至道仰头巡视，只见上榜"忉利天"三个字。他不由暗自思忖说："这是到了西天吗？"师父并不言语，教其金则而入门，至庭又教其礼两廊诸佛而进，进至阶下，教其暂立。不一会儿香气氤氲，乐声细奏，听到有人说："佛祖御殿矣。"继而有人传旨："召性戒升殿。"师父就领他升到殿堂，教他行礼膜拜完毕。佛祖宣言说："你性戒前世修行，因果不昧，今世又加修持，始终不辍，功行圆满，理应成佛。兹封你为佛，限你三日来此供职，供职六载完满。仍命你回地司其消灾增福之事，以原身受香火可也，尔其敬哉毋忘。"旨毕师父又教他谢恩，仍领他出来。到了门外，至道正要详问，敬心说："你不日就来这里供职，六年之后，再回去受香火，何必多问。"说完一棒打来，至道惊醒过来，定定神，才知又是一场梦。见自己仍坐在蒲团上，便憬然道："此所谓归结灵山一道场乎。这个梦并非是虚的，待日后自有灵验。不必预言，以惊世骇俗。"又念念说："佛旨许我以原身受香火，原身能不腐吗？我有主意，且命封塔之后，必

南国活佛

145

待至六年。当受香火之期，方许开看，腐与不腐，后人自能布置。"至道想到这里，天大亮了，诸缘首将清算醮数，都陆续而来。至道一见遂言道："将要与诸公道别了。"众人说："还没用早饭，等吃过再回庵。"至道说："不是归庵之别，是永别了。"众皆哂笑，只有汝节感到有异，赶紧将至道拉到一边僻静处私问之。至道便将梦中之事一一详述，并嘱咐汝节为他保密。汝节为至道高兴，说："贤弟得所矣，我尚不知如何结局。"至道说："兄阴德甚多，本身食报未尽，当远及子孙，弟只此一身而已，由此饭毕，回马头山去。"

至道一回到马头山，就吩咐自明说："初九日，是我圆寂之期。我寂后，封我于定慧塔中，不可妄开，待六年之后，方可开看。若腐则漂之于水，不腐则焚之于火。不依吾言，汝必有咎。"到了初九那天，至道跌坐而逝。其时九月初九日。自明遵照师父叮嘱，将其封于塔中，不复开看。正是：当年不尽艰辛处，此日终归极乐天。

自明承师吩咐，封师于塔中，计算着六年之期尚远，遂想云游。因为他师父和师父的师父，都是以云游得道。他也要步前人之武，而不肯与俗僧同湮没。于是将山中香火田业，托付给工人。遂打包而行。此行也鞋喧楚地，笠映吴天，所历大小庵寺，不能悉数。但总的说来，在杭州静慈寺时间最长。因寺中长老，也是汀州人的缘故。一夕，自明忽在梦中遇见师父，醒了大惊，屈指算来，已经六年过去。翌日急忙起身而回，路途遥远，一个月后才回到马头山。

一进山门，先拜谒定慧塔，四面省亲，封志宛然。到了寺里，即找工人，去请别寺僧数人，念经启塔。塔门开起，香气扑人。再视师身，上下前后左右，丝毫不坏，如圆寂时一般。自明谨遵师父遗命，积薪以焚。焚之火烈如炬，总未见有腥秽之气。至火熄而观，浑身上下，前后左右，依然丝毫不坏，仅旧衣则成灰，随风飘去。自明骇异，不知如何是好，赶紧取来新衣为师父披上。找人去请乡邻知事者来商议，自此传播开去。

四方来观者，百数十人。人既多，或有议论师父之头颈微侧者。恰好有一陕西客人，因贸易到此，也同人来观。遂宣言于众说："此罗汉身也。"听到此话的人问道："你怎么知道？"陕西客人说："我们陕西宏福寺，为唐太宗皇帝所建。寺中罗汉，是西天取经的陈元奘所塑。十八尊罗汉，或抱膝，或伸足，或斜倚，或欠伸，或侧卧，无一相同。其中一尊，盘足跌坐，手垂搭股，头颈微倾，与此师身形一模一样。我看得很仔细，大家不必怀疑，想来是贵处地方有福，得罗汉来此庇佑，诸君何不以香火祀之，当获吉祥。"众人以为然，遂安置师身，于寺左厢内之方丈，居之以龛，即师平日所坐处。于是四面八方前来祈祷的人，川流不息，络绎不绝，香火极盛。

清顺治十二年，众姓捐资，饰其身以金，易其衣以袍。二百多年过去，远方近地，赴山祈祷者，比从前更多，而无不各如其所求之愿，所以人人都说灵验。夫释教，以清净为正宗，以神通为外道。至道禅师平日专向正宗，而绝不为外道。乃自为神以来，往往愈人疾病，弥人灾患，全人名利寿嗣。人们纷纷传说至道禅师神通广大，无所不能。其实不然，神通有本于清净者则其为神通也。否则忽而咒人立死，忽而咒人暴病，忽而平地上幻为水灾，忽而阴雨中幻为火患，即使不惊奇，也为害多。实则不为害而为利。只有为神之光，力修清净，以裕神之本，才能在为神之后，屡显神通，以远清净之用。是神通一本于清净，故施之者虽奇，而受之者不惊。亦如儒者之道，处则寂然不动，出则兴利除害。行其所无事，之意乎，洵乎，释教中，自成一家，体用兼备，其身之不朽，宜哉。

诗曰：

马头山上构禅堂，修得禅身回异常。
千载跏跌留法相，四边苍翠闪豪光。
骊骊自驾谈经座，罗汉闲垂伏缰绳。

南国活佛

· 147 ·

不恳鞭驱他处去，为留胜境便徜徉。

附录

暑日登山拜佛看诗消夏咏七绝四首

禅扉静掩尽沉沉，绿影花围满院阴。
轻吟诗词清韵远，高枝时德众蝉吟。

游倦依僧步小池，马头清沼瞰鱼儿。
焚香礼毕浑无事，闲坐瞿昙酌一卮。

一座珠宫竹四围，乘凉人尽叩禅扉。
欲求佛骨三生愿，我来于斯悟化极。

小僧留客话烹茶，树影婆娑鹫岭遮。
引得南来风几阵，钟声听罢夕阳斜。

竹间横冈居士谨议

张汝节裔诗序

　　是诗何为而集？集是何为而标吾祖？盖我祖汝节府居，曾与至道禅师游南海，谒武当。其时，马头山已作虎溪矣，迫成佛兹山，益为生色。我族之来游者，每有吟咏，兹故于其传后。附录诸篇，非惟见此山之灵异，亦足见我祖裕后之长耳。

钓鳌居士谨引

弯纤翠岫白云蒙，势如饮马奔溪中。

· 148 ·

平地突起摩青空，半山曲折路相逢。

后有孤峰千尺千穹窿，前有松风卷水云茂茂。晚日旁射赤珑玲，深林欲留将残钟。吁嗟东屏山在南，倒钩峰在东，茫茫窟宅渺何处？至道禅师何为于此巢云松？中有禅门深且崇，恍惚似与紫烟通。钢钵锡杖今尘封，藏身幻里入无穷。南海观音曾拜谒，武当仙景亦当从。两地云游运化工，昔日胜地草茸茸。禅师谈禅坐客浓，就中有客气如虹。睥睨直上排溟蒙，手扪佛顶光溶溶。上人陈迹空豪雄，胡为乎，万事如转逢。风尘世界徒匆匆，谁人悲解未？面壁忆心胸。安得马头竟与虎溪合，手把赤珠骑白龙。

诗曰：

禅榻名山上，肩与路几程。
空门今古月，暮鸟两三声。
云向山腰起，人从树顶行。
老僧如有约。两两路旁迎。

白云不下山，泉水到平地。
空门三两间，以山为进退。
松竹在屋旁，重影托幽翳。
我怀古先生，若自安其醉。

百折崔嵬峰外峰，马头望冥霞连霞。
千山翠色林中刹，万壑寒声梵里钟。
有客当年修妙悟，大千此处显真灵。
空空世界知悬解，指点萧疏伴老松。

南国活佛

万壑涛生白画寒，马头拥翠倚林端。
山迎秋色门迎满，寺外钟声雨外残。
即事参禅成顿悟，谈禅论事足清欢，
从僧少借蒲团坐，遥看云飞落雪湍。

贡生梦宏

我常寻佳境，直上马头山。
古佛端然坐，形骸总不开。

监生梦吉

佛成我未生，我老佛犹妙。
问佛何不老，拈花微失笑。

生员梧冈梦麟

不入风尘里，端然尚有身。
世多吾丧我，禅也幻为人。
迹苦终成怪，名佳总是宝。
大千开世界，独恃是精神。

生员钟岳梦松

清幽方丈里，古佛现如来。
总启群峰入，天空霁月开。
残钟依古木，静梵冷苍苔。
欲寄无生偈，松海俨喷雷。

生员斌

禅堂高结白云岑，脉脉谁能悟佛心。

有色皆空神入化，吟风弄月费多吟。
但教方丈如来在，可识真谛上乘深。
襟袖恍疑凌泰岱，莫夸清净似山阴。

高　焰

此境尘封不计年，三千一辟现诸天。
空门翠入重云画，绝径幽通一榻禅。
地下龙蛇虚宿莽，人间村落隔清烟。
一声长啸兹山顶，拂石应锦觉古篇。

监生卓峰文学

曲径深深去复回，峥嵘相倚禅门开。
天生只隔红尘路，不碍浮云自往来。

监生谨庵振云

我来马头峰，缥缈立天表。
白云满衣裳，一览群山小。

监生洪学

马头山顶入云峰，隐隐泉声咽断钟。
日晚僧归溪畔语，此中时有白云封。

道士云峰振翩

一曲禅房带翠微，扣苔攀葛玩芳辉。
而今欲觅山中景，处处归云向我留。

监生兰州锦堂

南国活佛

· 151 ·

马头山上路，参错见迂回。
人入烟宜合，重封自古苔。

监生联甲

人杰逞能得地灵，马头峰畔仰前型。
一泓烟水澄禅窟，四面青山护梵屏。
境畔如来呈幻相，岩深自在现真形。
色空参透空原色，赢得全身万古馨。

麟坡治安

志首当年事事幽，于今想见白云悠。
禅心应共佳山水，消受炎炎敲几段。

贡生敦崖仁安

草木深沉满道旁，上方由此路偏长。
空尘碧砌尘无点，曲沼青莲品有常。
涧水含音终古响，昙花留客到今旁。
于斯大快徘徊处，日落黄昏钟梵扬。

生员篁村殿安

为访古先生，昙花夹路迎。
薜萝心已解，擎笛耳远清。
去住云招客，高低树影晴。
徘徊天已暮，梵唱带钟声。

监生南坡元安

独步名山上，穿林惹翠云。

· 152 ·

去来多野趣，殊觉少尘纷。

古佛花迎笑，空门鸟唤群。

真机皆自得，此道与谁闻。

监生成斋德安

曲径延新爽，登临恰似秋。

乾坤双眼净，风月上方妆。

出入云招客，高低树接楼。

清溪斜照里，漫漫古今流。

监生国安

欲究南华事，兹山密真谛。

禅参空是色，佛老骨通神。

粒粟藏元气，金身作古人。

想来云卧晚，独酌醉花茵。

监生和安

翠岩丹峰在目前，攀登拾级为寻禅。

何缘得藉派云屋，静坐浦团悟性天。

生员登俊

行行直上马头山，秋到白云只等闲。

地僻寻常来客少，昙花发处共谁攀。

监生永安

马头山下溪水流，马头山上云悠悠。

行云流水自今古，几点青螺佛顶头。

监生涧溪建安

南国活佛

名山盘旋倚赞坑，行径幽深赤日寒。
指点如来灵现处，烟霞独自绕蒲团。
监生维潘

伏极争鸣翼有骅，何如禅道奇南华。
前身结社陶元亮，风月恁渠擅大家。
监生维纶

翠献凌空暮影含，此中真境可常探。
烟霞锁断红尘路，一径浓阴入佛龛。
监生维纶

白云缥缈入僧房，树影斑驳近夕阳。
欲锁山门无玉带，也应花监紫薇郎。
晴溪廷生

时寻佳境破云巅，爱与名山结静缘。
溪水南流闻觉岸，方池上界印诸天。
山风扫出层云翠，唤鹤吹残下界烟。
客到蒲团依佛火，心香却沁乱珠泉。
监生来云

层峦耸翠气萧森，风展梯云曲径深。
峭壁远供方丈案，平山高傍梵房林。
松开古刹无人书，竹里新泉何处琴。
欲结幽机还未得，清溪争似虎溪吟。
静言老人止斋步安

兹册缥缈碧虚齐，远树苍茫逐望低。
小落静涵天上下，空门遥接日东西。
三千世界情偏豁，四面禅室鸟乱啼。
更上危峰恁俯视，青霄惟有白云迷。

监生杏村廷宝

策杖开游曲径清，云山隐现认纵横。
林深佛老空空色，天净门开处处明。
莫笑衣冠头似杵，却能煮炙世藏锁。
恁高聊语雕鹤辈，莫任风尘过一生。

监生竹下廷宾

声声缥缈散空林，想见当年静者心。
一自普陀归去后，谁能重访旧知音。

贡树廷琏

性每爱逃禅，马头山有然。
门犹空色相，佛不记何年。

云怡立经

望穷山上疑无路，行到山头别有天。
花落春岩朝带雨，月涵秋水夜谈禅。

贡生显华

马头高与碧云平，风驭冷然落大清。
禅云画卷红日色，空门秋度紫箫声。

南国活佛

题诗此日鸿蒙破，至道当年密谛生。
况有同心堪坐啸，风流谁与谢宣城。

廷　俊

经转清溪望独尊，异人曾此问云根。
蒲团秋向云霄缈，风度昙花静掩门。

监生廷琳

马头山里雨初收，景物清嘉拟十州。
山色时分春色好，无边诗兴豁双眸。

监生晴川

古佛当年沐香落，空空此钵有何思。
一丘一壑寻常事，如此山川栖息宜。

监生芳浩

青山遥接白云边，问僧踌躇恰爱禅。
莫嫌此老浑无事，二百余年别有天。

监生希渠

山蹬行盘一径深，山坳削处隐重林。
三千世界何人近，古佛依稀认淡心。

监生东冈中

马头壁立自天开，一境中通往复回。
几度山空秋月白，猿声时逐暮钟来。

贡生也南雍

156

山色苍苍倚寂寥，群声高拥万云朝。
相逢已有西天客，何用猴山问子乔。

监生元中

此老原来是佛身，上天降下暂为人。
出家便欲修成果，选胜终能保养纯。
积火焚烧钦宝相，潜心要妙护生民。
从兹静在山中坐，允矣千秋不染尘。

张杏岩老人题

非凡本是凡，非佛端然佛。
振奋后来人，修得修不得。
名官称其至，谦居从此志。
两期不朽身，将来极可志。
不落俗尘雾，禅堂坐一房。
功能艰巨显，荣冠自流芳。
何竟安清净，寻山果是名。
悟传大士笺，为济我民生。

张菊苑居士题

寂寞空山夏亦秋，中藏坞窟绿阴稠。
禅房自有清风扫，卧榻惟余宿雾留。
述偈看时花竞发，谈经罢处鸟相酬。
尘心断尽浑思静，一柱名香万象幽。
长松翠竹阴浮屠，解脱如公世断无。
有志竟成心归佛，无坚不破释通儒。
果然说法通三要，到底收功总一途。

南国活佛

· 157 ·

若使昌黎知此意，当年炼表复何须。

张淡而居士

从来有志事应成，三教无非重力行。
试谈禅师南海传，果然造道极真诚。
天佑壮志辟名山，地势崇隆清且闲。
自是真修能不朽，非开形迹在人间。
马头深邃倚山河，梵宇幽沉景若河。
磬定孤云留石壁，钟残片月挂松枝。
望来地僻昙花坠，坐入天空法雨多。
何处白莲堪结社，此中殊似虎溪过。
当年曾向碧岩居，得就真修几岁余。
一是鹤归空色相，随将蝉蜕寄邱墟。
由来幻里身仍在，坐到人间世渐疏。
视我形骸原土木，半生灰劫未尝除。
高山盘结画云阴，流水花开自古今。
几发青螺撑佛顶，半岩秋月印禅心。
满天风雨龙归洞，入座笙歌鸟隔林。
骏马神鹰无觅处，一声鸡犬在云深。

张钓鳌居士题

为孩即验前身果

圣域贤开造就成，那如佛骨本天生。
麟书喜兆入闽瑞，狮吼遥传上界声。
说偈头陀频证果，长斋老母莫尝荤。
入山修道前身定，到底工夫指点明。

· 158 ·

落发群钦夙志坚

吉当山上古禅扉，穿著袈裟拜殿帷。
六岁从师将密领，一心作佛料知希。
慈云法雨通三界，暮鼓晨钟彻四国。
合音梵音犹未了，飘然云水老僧归。

只为省亲移驻锡

出家何必又思家，莫谓禅师此念差。
难向萱堂供薪水，思徒茅屋隐烟霞。
僧悉远负前途米，客为移栽满院花。
元帝宫前移驻锡，旃檀再易语非夸。

欢欣得友快谈禅

菩提明镜佛尘埃，香火因缘客往来。
白老漫崇禅伯号，李公合是谪仙才。
头能点石真奇也，舌到生莲亦快哉。
借问梦中谁说偈，双跳日月细寻猜。

谒武当兼参妙道

千里迢迢谒武当，武当金阙果非常。
儒家兼可参妙谛，释子何嫌入道场。
面壁昔年频领教，传灯此日别增光。
仙风吹得天花散，水复山重满路香。

南国活佛

朝南海独接佛光

男属阳兮女属阴，奚为南海拜观音。
是空是色空原色，非佛非心佛即心。
贝叶潘经谈五夜，莲花涌座认千寻。
海宫料想传衣钵，直入龙水不浸身。

大和尚宣传妙谛

问津更上九华山，得过高僧豁笑颜。
禅本一家宗旨悟，理参三昧俗情删。
阅人漫识先生古，虚己犹居弟子现。
锡杖铃铃亲指点，归来深隐白云间。

梵王宫初辟名山

天辟灵基在马头，买山何必筑层楼。
白云一坞深深住，茅屋三间草草留。
满洞烟霞供梵味，半龛灯火饱禅肴。
输金幸有贤名宦，方丈垂成历几秋。

无间广交交并萃

一个蒲团一静龛，禅师稳坐契瞿云。
佛根此日能全九，益友当年喜得三。
磬定空山交趣永，钟残半岭梵情酣。
塔成定慧嘉名锡，万古馨香小竹庵。

有心作佛佛观成

是真是幻幻成真，梦入西天数百春。
六载火焚余色相，三生蝉脱谢嚣尘。
莫云凡骨难修佛，如此名山洵有神。
屈指劫灰今已冷，请将罗汉认前身。

张东屏氏题

马 头 山

骏马昂头岫作成，琳宫建处势峥嵘。
休夸鹫岭云霞古，漫说祇园草木荣。
秣具生刍千顷绿，饮流弱水一溪清。
应缘西竺驮经返，贴耳皈依不滥鸣。

佛 骨

体魄何人不掩坟，身存历劫世希闻。
才离襁褓能参偈，甫出胞胎不茹荤。
子夜每将三藏检，丁年惟爱五香焚。
辟支夙证前生果，选佛场中早选君。

移 刹

六岁从师住吉当，剧嫌杂踏境非良。
空门岂必求佳景，禅意终须觅静乡。
偶遇龙华撩慧眼，因移锡杖住高岗。

马头山里云深锁，修得真如契上方。

云　游

思超四大发祥轮，访道何难屡问津。
曾到武当承指授，更朝南海得陶钧。
通微赖有拈花手，悟彻嗤他面壁人。
一路归来空色相，深山非妄亦非真。

成　佛

上乘参透九重天，瞥尔逍遥似蜕蝉。
几度焚烧何害也，千秋色相总依然。
金花作面真成佛，珠火为眉果是禅。
多少檀那来供养，齐心齐上马头巅。

邹古溪题

西天佛骨异群流，试问僧家孰于传。
屡易旃檀将钵托，因飞锡杖纪云游。
名山悟道通三昧，益友谈禅进一等。
入火不焚遗蜕古，蒲团坐破几春秋

张简而氏题

古佛真身宛若生，珊珊秀骨表坚贞。
蒲团禅板依然在，坐到人间劫运更。
岗形险峭势纵横，古佛真身宛若生。
想是马头同鹫岭，当年栖此结成精。

云游飞锡还南国，圆寂曾闻无改色。

古佛真身宛若生，大千世界诚难得。

有志何忧事不成，禅师端的引真诚。

世人莫漫难凡骨，古佛真身宛若生。

那春谷氏敬题

游马头山七古

出家不作佛，心中思何物。

每朔禅师自律言，信知素志原无屈。

当年曾谒普陀山，洋渡莲花筏往还。

从此红尘都脱尽，真身不坏白云开。

马头岗畔径深奥，鹫岭禅林同建造。

我向山门景仰余，灵禽宛听迦陵噪。

即今殿宇又重新，地布黄金别有春。

倘得前修参半偈，拈花合付会中人。

傅瀛柯题

行行直上马头山，叠岭重岗弯复弯。

忽见红墙露一角，分明佳景是禅关。

中有佛骨端然坐，传来南海一灯火。

蒲团禅板老乾坤，尽道前身罗汉果。

池塘半亩石巍起，筑得岗头清浅水。

汲水老僧常冒云，白云飞入僧庵里。

我到此间疑是仙，头陀诵了静参禅。

一声清磬半山响，回首夕阳流暮天。

张东屏题

七　　绝

骨格嶙峋瘦亦奇，观游两袖任风吹。
何期儒释成三友，一笑场然倚竹篱。

黄仰山氏题

路转峰回弯复弯，白云深处有禅关。
佳哉俯视诸山小，仰看青天一步间。

马杨言题

尘埃半点涤心胸，永坐空山保玉容。
鹫岭曾传修法主，马头喜见悟禅宗。
若非五诚都清净，那得六根尽折衡。
籁起风来方丈里，微闻疑是挚震钟。

两寨居士敬题

果然全性更全形，应识功深般若经。
此日拜瞻心顿悟，浑如长夜梦初醒。

宗清闲识

灵山说法证金仙，法衍南宗接远传。
相历春秋三百载，神融冰雪一千年。
莲花洋畔参真谛，竹业岩前契正诠。
选佛场开联众佛，香云宝雨满堂前。

延齐嵩识

入定云龛几百秋，来参宝相悟真修。
当年若得躬聆教，参石虽顽亦点头。

吉山昌训识

佛骨虽云性分成，也恁修炼自明成。
焚香伏读南游传，历见工夫进有程。

隐宣谨识

窃暮先师道妙深，吾徒殊愧老禅林。
于今真秘何当远，锡钵分明示我寻。

隐安谨识

踪迹浮萍到此间，引人心地入安闲。
居然马向云头踏，上界三千任往还。
须知此地是南天，象拜真容定有缘。
笑我未曾修片善，如何亦得遇神仙。

王佐臣题

马头秀处结禅林，佛祖曾坚面壁心。
静夜一声清磬乐，深山空谷尽传音。

张利器题

宣统己酉恭祝禅师三百二十一龄荣寿

七律二首

钟毓吴都秘应禅，结成佛骨出天然。

胎怀素向朝南契，道法元探镇北传。

千古如生姿倍爽，历朝不朽体弥坚。

期颐三渡添三七，寿福馨香俎豆绵。

马头山有马鸣因，隔断红尘悟炼真。

敢是释迦益转世，莫非罗汉证前身。

摩阿谛揭捐凡未，般若台登庆诞辰。

于万斯年全正果，诚求显应保蒸民。

张西坦题明经进士

恭颂禅师七律

大雄老炼佛精神，正果长留至道名。

鹿野如来参妙谛，马头自在悟禅真。

群黎仰暮珠眉眼，古貌庄严玉像身。

挚磬焚香除五浊，名山深处隔红尘。

张绎轩题

不灭不生百炼精，庄严宝相永如生。

一尘勿染心清净，万法皆空道悟成。

鹫岭菩提参妙谛，云山罗汉证同盟。

先后二天因果到，旃坛三易马头名。

张辑轩题

马头此立势轩昂，中有禅翁果异常。

六岁从师参妙谛，三移驻锡省亲娘。

方生已具释迦念，圆寂居然罗汉装。

• 166 •

景仰金容称不朽，云山千载表明扬。

张月槎题

马头山里一禅翁，志在蒲团法妙通。
性炼空门扶世济，道修真处救时穷。
心如明镜尘何染，身若菩提体自丰。
遐迩咸钦瞻斗极，像经千古得尊崇。

廖子干题

至道禅师善早彰，出家作佛保民良。
一尘不染永心净，千载留芳玉体香。
山辟马头成正果，踪追鹿苑著修藏。
万家生佛民间颂，三百余年泽沛长。

黄绍虞题

行行直上马头山，路转峰回水一湾。
竹院逢僧无俗语，香烟引我到禅关。
手撞镗塔悬钟响，点头嶙峋怪石顽。
古佛长栖方丈里，昙花拥坐古今闲。

罗元榜题

妙道修成不朽身，马头山上享明湮。
斋餐母腹微前果，座谒莲花见凤因。
宝相遗留三百载，炉烟缭绕万千春。
众生祈祷如归市，德泽汪洋沐四邻。

王经卿题

南国活佛

167

岗峦排达翠屏图，恍入蓬莱日月辉。
身净六尘登佛地，云裁五色补僧衣。
庄严古貌威灵显，亿兆生民疾厄稀。
莫道无神神自有，只言心敬与心非。

赖德甫题

降佛何须转世修，武当南海两云游。
即令山下潺湲水，应在曹溪一带流。

梅花女士题

其 一

云掩禅关静未开，我因问佛此间来。
群生扰扰恁心觉，俾免钢驼胜劫灰。

其 二

消除万虑欲谈禅，借住僧房避俗缘。
棘地荆关无限感，声随钟磬散云烟。

张岁天题

志向修行愿欲坚，道心道性静参禅。
生来俗愿浑忘却，佛骨生成自在天。

张启文题

三百余年一老翁，修成佛骨蕴皆空。
问渠那得长如此，惟有生前悟炼功。

张辑杆题

白云洞里古先生，佛骨生成道德宏。
三百余年容不改，蒲团静坐觉神清。

张文选题

马坡仿佛障层峦，头上云生众妙观。
名利夙除尘十丈，山深林密亦身安。
至诚长御白牛车，道果修成法不差。
禅定涅槃观自在，长传衣钵到谁家。

知一子谢锡廷题

远耳疏钟响翠峦，禅关翘首映霞丹。
登临绝境林深密，为爱凉阴扫石磬。

赖德甫再题

五　　古

枕辖百二里，坐北一禅关。上方大世界，物色非人明。海经开洞府，福地纪乡环。山隈空古利，山下一溪湾。近接梅花洞，遥迎双髻山。烟村六七里，空门隔世园。林深竹偏密，峰回路转弯。四方多胜概，少人任往还。绿阴消暑气，清静避尘寰。钟鸣山谷应，磬响水声潺。谈经入妙处，能点石头顽。天花纷坠地，兜罗树仰攀。生佛跏趺坐，公来罗汉班。身栖方丈里，居然菩萨蛮。凝神长隐卧，今古身安闲。

锄云别墅主人题

明末生吴地，削发吉当寺。
营刹马头山，修成罗汉头。

南国活佛

169

金刚不坏身，般若无遮智。

灵应万方民，我饮作诗志。

谢锡廷再题

大千世界里，仙佛自牛毛。

谁知此老者，道法冠群曹。

愚谷居士题

为孩即验前身果

从来佛骨未天成，且看当年诞厥生。

室满异香微异兆，名呼清朗证清明。

六根皆净安为胃，万法俱空莫染性。

后果前因原有数，垂留千载著灵声。

落发群饮夙志坚

揖别慈颜礼佛航，心坚志果洵非常。

伤生不忍情无矫，作佛由来本已张。

习礼明心真颖悟，参禅打坐更精祥。

云游释氏欢相得，合讽声音微梵堂。

只为省亲移驻锡

亲恩广大实难酬，释子年经志莫传。

省亲有常心固泰，工夫又废欲何由。

含愁桥梓方兴叹，乐助绅者为解忧。

170

元帝宫前堪驻锡，倘符夙愿好深修。

欢欣得友快谈禅

生乎攻错藉他山，义理深谈不等闲。
俗客喧哗无耳听，高朋讨论有心关。
远公佛印当如是，玉局香山即此间。
悟到高深元妙处，拈花笑俗情删口。

谒武当兼参妙道

群道分门漫自嫌，异同理一可相兼。
初闻磨镜言虚谬，悟到禅参意密甜。
杳杳冥冥言妙善，昏昏默默道沉潜。
禅师从此精参透，理会心融正养恬。

朝南海独接佛光

异中不异悟真诠，异处同求未了便。
前览名山经解释，谒朝南海现机缘。
红莲满眼人谁见，白朋传心秘莫宣。
此日禅师成果热，更求进步志何坚。

大和尚宣传妙谛

精益求精立志高，岂辞千里惮形劳。
漫言僧侣无奇异，果访华山得遇遭。
虚己愿心居弟子，振犹拭目望贤豪。

南国活佛

归来忽悟当年偈，欲易旄坛厌杂嘈。

梵王宫初鉴中山

名地当应得伟人，马头垦辟仰灵神。
众嫌土瘠抛荒境，师爱山幽僻俗尘。
事少功多微措异，花香鸟语证方新。
他年更得贤豪助，寺院落成万古春。

无间广交交并萃

广交高朋曷所由，同声相应气相求。
品题贤宦方称许，厚契同庚复往游。
香微九天同旨趣，理残三昧悟真修。
往来频视无拘态，夹路昙花景自幽。

有心作佛佛观成

佛因成果佛心田，计历春秋数百年。
昔日功成蝉脱化，当场火举色依然。
磬声远播众瞻拜，香火纷披结凤愿。
不朽先生垂万古，好将罗汉事修编。

张星五题

　　本文之所以辛辛苦苦地收录如此之多的关于至道禅师和马头山的诗作，是因为这些作品距今已 431 年，字字珠玑，弥足珍贵。
　　我于 2020 年冬月，从省城福州抵达上杭古田，慕名前去拜谒马头山活佛——至道禅师。

先是寻到禅师的出生地小吴地村。村主任小张得知我的来意后，热情地领我到村尾的至道禅师祖居。禅师祖居依然，乡人将其保护得很是完好，仿佛主人还居住在里面，其实主人已经永生在4个世纪前。我心头一震，对这万山丛中的小小村庄和世世代代的村人，产生了无限的敬意。

拜别至道禅师的家，我们乘车上马头山，路程六七公里。司机师傅很年轻，约莫20岁，听说我要撰写至道禅师的故事，非常激动。他是附近村庄的人，六七岁起就跟着奶奶，在每年过年前徒步十余里山路，到马头山寺烧香祭拜。

那天是个普通的日子，非周末，非初一、十五，更非菩萨的什么日子，但寺院里信众很多，男女老少皆有。佛龛前红烛火苗摇曳，香烟缭绕，整个殿堂里香雾氤氲。村主任小张说，你要了解"三佛太太"，可去他家问他母亲，她很虔诚的，也知道很多。

"三佛太太"是当地人对至道禅师的爱称。小张的母亲，年逾耄耋，看去却只有70岁的样子。我问老人家"三佛太太"的事情，老人眼睛一亮，马上从沙发上站了起来。她走到我们坐着的客厅中间，边讲述边比画起来，形象又生动。

临别时，小张母亲从楼上自己的卧室里，取出一个红布包裹。我们看着她一层一层地打开，里面是两本油印手工装订的本子，一本是"三佛太太"的药签书，一本是"三佛太太"的生平记录。

资料记载，20世纪70年代起，港澳及东南亚等地高僧，曾多次组团到马头山朝圣，赞誉至道禅师为"南国活佛"。

白云洞的传说

李治莹

　　在遥远的古时候，勤苦的上杭客家人，从远方一路而来，选择了当今的上杭落脚。搭棚建屋以安身立命，垦荒造地让饭食无忧，开拓道路则出入通达。先是就近开辟乡村简道，以便村村相通、乡乡无阻。后因官府之需，奉命开山凿石，取石铺路，叠石垒成阶梯，一路铺陈。其中有一条从今日的上杭通往龙岩的石砌官道，千百年来传递着官府的指令。科举考试时，也成为举子上下的通道，年年岁岁如此。到了明清时期，这条石砌官道渐成民众出入的古道。或许时间久了，在这条叠加有无数脚印的古道沿途，就衍生出许多色彩斑斓的民间故事，其中有一则流传了许久许久……

　　说是经古田镇下郭车村吊钟岩地段上的路旁，有一岩石构筑成的天然洞穴，岩洞前有一堵 50 米长的石砌墙，洞顶像个大铁锅悬挂于上空。洞中地面平坦，宽阔处可摆酒席上百桌，可见洞穴深广。岩洞两侧有多处大小不一的石窟窿，有的石窟窿中栖息着石燕，常常穿梭飞翔。因岩洞内时常飘浮着乳白色的雾气，人们就称之为白云洞。由于岩洞宽阔，天门敞开，白雾缥缈，因此也有的信士认为那雾气就是仙气，一入洞心绪就平静而虔诚，对洞内存有仙灵笃信不疑。

　　有一日，有位信士入洞流连许久，恍惚间，仿佛有观世音菩萨在洞中若隐若现。出洞后，总觉得生意场上的路径四通八达、畅行无阻。他在观音之光的照耀下，日进斗金，且以善心积财、以德养财，努力做个慈善之人，更祈望大地众生安乐吉祥，天下百姓祥瑞平安。他自己呢，也就且行且珍惜，步步为善，更以聚积之财，利乡村贫困之人。村与村的山路相通了，乡连乡的桥架起来了，父母双双遭遇不测的孤儿被收养了。又过了数年，这位信士的生意之路愈加广达，已累积起丰厚的金银财宝。于是这位信士重返白云洞，又感觉有观世音菩萨的光芒在洞中闪闪烁烁，信士万分喜悦。许久了，才走出洞外，当即想到用纯金请铸造师铸造一尊观音菩萨。不多久，经铸造师精心铸造，一尊光闪闪的金观音已铸成。信士心存恭敬地择一吉祥之日，安放供奉于白云洞中，以供世人敬仰。但未曾料及的是，价值不菲的金观音放入白云洞不几日，就有惯于偷鸡摸狗的盗贼觊觎。所幸铸造观音菩萨的信士早有所防，请了一位乡亲守护，盗贼才无法下手。信士获知，便与守护的乡亲密商良策，让金观音久安太平。不多日，他以一尊外形与金观音一模一样的木雕观音像，换下了真金的观音菩萨，又把真正的金观音藏于一秘密之地。

从此，白云洞中的木雕观音像，数百年安然如故。木雕观音像下压附的窠书中所说的"头观茅里塞、足踏沫浴塘、三株茶树下"这三句话，据说谁人能破解其意，就能得到真金的观音菩萨。一代又一代生生不息，智者层出不穷，却始终无人破解。金观音仍在一秘密处久待，只是幸运者迟迟不至。倘若当年铸造观音菩萨的信士九泉之下有知，会既为当初的深谋远虑、未雨绸缪而感到慰藉，又为世人久未得到金观音而大憾……

赖氏宗亲

杨国栋

一

距离上杭县古田会议纪念馆不远的赖坊村，世世代代居住着赖姓家族成员。根据古田松阳赖氏家族宗亲联谊会现任会长赖勤生先生的介绍：赖氏始祖叔颖公，原姓姬，乃轩辕黄帝之苗裔，周文王姬昌第 19 子，周武王姬发之弟。如此说来，赖氏族人算是正宗的炎黄血脉传人。春秋战国时代，楚国为了发展自己的霸业，楚灵王曾经派出军兵追杀赖氏先祖。赖氏先祖被迫逃离至江南，其中赖光公一脉在晋朝做官，担任浙江道观察使。见到处州（今浙江省丽水市）松阳山清水秀，便举家迁往定居。没有想到，到了南北朝时期，战乱不断，松阳赖氏后人又不得不由浙往赣迁徙，定居在江西省于都县。故而，闽西赖氏家族后人，均称自己是松阳赖氏后裔。

如今的上杭县古田镇赖坊村，赖姓居民乃大姓人家。建于清朝乾隆二十五年（1761 年）的赖氏宗祠，至今已经有 260 年历史。该建筑坐南朝北，由半月池、正门、下厅、天井、上厅及两侧护厝组成，占地 1015 平方米。正厅面阔三间，进深二柱，抬梁穿斗式梁架，硬山顶。20 世纪二三十年代，赖坊村曾经迎来了一大批红军指战员。赖姓家族掌门人经过商议，认为红军乃是为穷苦百姓打天下的正义之师，便主动腾出自家的房屋给红军夜宿，尤其是将赖氏宗祠打扫得干干净净，迎接红四军指战员入住。如今，赖坊村赖氏宗祠被福建省人民政府列为文物保护单位。

就在赖氏宗祠的边上，竖立着"协成店"的石牌，上面书写着"全国重点文物保护单位"的大字，下面还有一行小字"毛泽东《星星之火，可以燎原》写作旧址"，落款是中华人民共和国国务院，时间为 2006 年 5 月 25 日，福建省人民政府立。

笔者曾经花费不少时间，对古田赖坊村赖氏族谱进行了阅读，又寻找了许多地方史料，终于摸清楚了赖坊村赖氏家族的来龙去脉。原来，因战乱而往江西省宁都县迁徙的赖氏族人，称赖姓为宁都第一姓。赖得公，号云谷，在唐高祖武德年间（618～626 年），由于他体魄健壮，擅长武功，通晓文墨，兼有谋略，便不远千里，投奔李渊所部，深得重用，跟随唐高祖李渊东征西讨，杀敌立功，成为大唐的开国功臣，官至都督太尉。赖得公生有三子：赖标、赖极、赖枢。那是一个崇文尚武的年代。长子赖标深得父亲赖得公的器重，发现他的军事禀赋后，进行教化培育，督其刻苦训练，颇有长进提升。又由于那个时代开国功臣有着世袭传位的政策律条，赖得公威武将军的军中爵位被传给了赖标。赖标子承父业，在唐高宗李治执政的年代，他作为威武将军，决定不辱使命，勇于担当。唐高宗永徽（650 年）至龙朔（661 年）的十余年间，赖标将军按照朝廷的旨意，西出嘉裕，驰骋大漠，三征突厥，立下战功，为大唐的边疆安定安稳和社会经济发展做出了杰出贡献，以"簪缨之勇，持社稷之安，征西有功"之誉，被朝廷封为武威都将军。

到了唐高宗总章二年（669 年），七闽大地上出现泉潮间的"蛮獠啸乱"。皇帝唐高宗下诏命令陈政带领子弟兵赴闽粤之地进行平乱，以此解民水火。归德将军陈政临危受命，以岭南行军总管的身

赖氏宗亲

份，率领 3600 名府兵、123 员战将，进入闽南平乱。陈政去世后，陈元光接班，领军再战得胜，其后陈元光将军被闽南老百姓称誉为"开漳圣王"，美名流传世间。

由于当时信息不通畅，从七闽到达长安的路途十分遥远。唐高宗皇帝在未能获知陈元光平獠战况的情况下，决定再次派出威武都将军赖标，率领赖家军和其他一些府兵，再度进入七闽大地增援陈元光平乱。赖标将军从长安出发，辗转近万里，尚未落脚七闽大地，就获知陈元光的部队已经将乱匪平定。朝廷得知这一情况，下达诏令：要求赖标将军率军回师松阳，平定在松阳发生的匪乱。赖标将军遵旨照办，率领大军飘扬赖氏战旗，直奔浙江地界。松阳匪徒被赖标将军的威名吓破了胆，望风而逃。赖标将军策马挥鞭，穷追敌寇，攀登武夷，越跨闽汀，长驱直入，追至上杭地界，所向披靡，迫使乱寇举旗而降。其后，朝廷考虑到闽西大地人少地荒，必须加强地方建设，便诏令赖标将军镇守闽汀，要求赖标将军及其所部不再返回长安，可在闽西地方择地进行屯兵开垦，开发建设，纾民保境。赖标将军率领一大批子弟兵进入了闽西腹地后，环顾四野，登高远眺，座座群山逶迤蜿蜒，绵延起伏，苍翠蓊郁，尤其是梅花山，森林茂密，野兽出没，峡谷深深，河浪咆哮，瀑布飞响，川流不息，气象万千。于是赖标将军选择了古田这一山脚下的宽广盆地，进行安营扎寨，屯兵垦田，亦兵亦农，过起了世外桃源般的欢愉祥和生活。故此，赖氏后裔尊称赖标为入闽始祖标公。到了现任赖氏宗亲联谊会会长赖勤生这一代，已经是第 39 代。他的侄儿辈前任会长赖汝辉，则是标公 40 代裔孙，赖氏标公后裔最多已经达到了 43 代。

赖标将军策马闽西，发现顺着汀江滚滚水流东去，大片大片的沃土上只有很少的人在耕耘，便安排他的两个亲弟弟赖极和赖枢，带领部分子弟兵顺汀江水而下，去往宁化石牛村和清流黄家地镇守，一同开荒造田，种植桑麻，开办学校，安居乐业，繁衍生息……标公及遗下 11 代和 12 代部分先祖及其夫人的墓茔，均坐落在以古田为中心的方圆十余公里之内。

二

世袭俸禄爵位的唐朝体制，让标公裔孙赖官、赖嵩、赖朗等，获得了优厚的生活环境和物质待遇。世受祖上庇荫的标公后人，亦即从古田赖坊村祖祠分流出去的标公后裔，除了世代居住在古田赖坊村外，以古田为轴心，很多人去了永定各乡，更多人东迁沙县、福州，南走龙岩、漳州、厦门，西通上杭、武平、梅县、潮州，北往汀州、瑞金、宁都、浙江松阳，等等，石砌古道，山拓路道，四通八连。再往后，也就走向了省外与海外。然而，不管赖氏标公后裔走到哪儿，路途多么的遥远，甚至漂洋过海客居异乡，依然照着族谱寻根谒祖，主动回到上杭古田古老的赖氏宗祠进行拜祖认宗。这种与生俱来的古老的血脉、血缘、亲情，永远撕不开割不断。这大约是中华姓氏文化永久的亲情密码，也是中华悠久姓氏血缘文化的魅力所在。

这种姓氏文化高度的向心力常常与自古以来就有的中华民族强大的精神力量组合在一块，成为中华民族道义、道德和道统精神的坚硬基石。依据古田赖氏族谱记载：入闽始祖赖标公的后裔中，有一位将军名叫赖郎，生于唐代晚期。他看见局势不稳，便将家眷迁移到黄畲开基。他颇具智慧，建功立业，被时人称誉为"小标公"。他组织了一批子弟兵和反抗武装暴动的坚强力量，对地方上造成危害的乱匪，起到了很强的阻击作用。故而，小标公在赖氏宗亲后裔中有着很高的知名度。他仙逝后安葬于附近的平铺龟形。

到了南宋中后期，发生了"旦臣公怒斥元相伯颜"的故事。

原来，赖旦臣系南宋度宗咸淳初年（1265 年）科举考试进士。

· 179 ·

赖氏宗亲

南宋德祐年间（1275 年），官任沼江置招抚大使。朝廷高官刘梦炎与赖旦臣三世通好。刘梦炎降元，企图拉着才能过人的赖旦臣一道背叛南宋，被赖旦臣愤怒拒绝。刘梦炎又将赖旦臣力荐给伯颜。伯颜念赖大才，令赖拜降。赖旦臣怒目扬眉叱之曰："吾赖氏自唐代以来，屡世显宦，历代将相，生则忠君爱民，死则配食大庙。一部十七史中，何代无吾赖氏……今唯有一死，岂肯拜腥膻之牙爪耶？"伯颜大怒，欲杀赖氏，被刘梦炎劝阻而释放。后来，伯颜与刘梦炎不死心，又派人说服赖旦臣归降，赖旦臣以文天祥、陈文龙、张世杰、陆秀夫等忠臣为榜样，誓死不降，惨遭杀害……

赖旦臣虽说不是将军出生，未能带兵在疆场上建功立业。但是他忠贞不渝、保持节操、大义凛然、视死如归的大无畏精神，却在赖氏宗亲、闽西客家人乃至华夏民族中产生了深远影响……

三

从赖得公开始，到赖氏入闽始祖赖标将军，他们仿佛就是为战争而生的。这样的家族基因遗传，到了民国土地革命战争时期的铁血男儿赖传珠身上，也得到了显现。

赖传珠的先辈系入闽始祖赖标公的直系后裔，长时间居住在古田赖坊村。到了明末清初，因为战乱、匪患、自然灾害等诸多因素，赖传珠的祖先被迫无奈地往西边迁徙，与他家一道迁徙的赖家子弟有一大批，都落脚在了江西省赣县乡野。1910 年，赖传珠出生在赣县大埠乡赖村一个殷实的农民家庭。他的父亲赖家芳精明能干，农事生产管理做得好，经营商铺更是积攒丰厚。赖传珠才几岁，吃过没有文化的苦的赖家芳就送儿子上了私塾。1924 年秋天，披着灿烂秋阳的赖传珠，在 14 岁以优异成绩考入赣州的赣南中学，开启了他辉煌人生的重要启蒙阶段。他勤奋好学，阅读了大量的马克思列宁主义书刊，接受了革命教育，积极参加学生组织的进步活动。恰逢"五卅运动"爆发，赖传珠热血沸腾，与学界积极分子一道，日夜奔走于工厂、学校、商店，发动各界募捐筹款，参加示威游行，声援上海工人罢工。他还利用学校放假的时间，参加农民运动，向广大农民进行推翻旧制度、实行耕者有其田的宣传，鼓动农民起来武装自己、保卫自己。赖传珠为了表达他参加红色革命的坚定意志信念，还动员父亲赖家芳拿出大笔款项，购买枪支弹药。父亲赖家芳深明大义，果然掏出大笔资金给赖传珠买了步枪和土炸药 2000 斤以及鸟铳、大刀、长矛等，组成了农民武装，达到了在乡村成功实行武装暴动的目的。后来，赖传珠加入了中国共产党，奉组织之命回家乡开展革命活动，任中共赣州白石乡支部书记、大埠圩武装暴动筹备委员会主席，秘密发动当地群众，组织农民赤卫队，再次领导武装暴动获得成功。面对赖传珠的红色革命举动，国民党反动派实行了疯狂的打击报复。他的父亲母亲被抓进敌人监狱进行严刑拷打，最后在狱中死去；他的二叔和几个赖氏宗亲，也在与敌人顽强殊死的斗争中被迫害致死。赖传珠面对家庭、亲属和赖村乡亲受到打击镇压的惨状，十分悲痛。但是他没有屈服。他依然投奔了井冈山朱毛红军的队伍，融入了滚滚向前的红色革命洪流。

1929 年 3 月，赖传珠跟随朱毛首长由赣入闽，首战长岭寨，打得勇敢机智，立下战功，也显示出他作为一个基层指挥员的过硬政治军事素质。随后，三打龙岩，赖传珠在红四军第二纵队四支队十二大队担任党代表，亲自参与并指挥部队作战，三战三捷，对毛泽东高超的军事艺术有了更加深刻的认识。同年 12 月底，赖传珠参加了永载史册的古田会议，对毛泽东纠正红四军党内的错误思想有着刻骨铭心的记忆和体会。赖传珠后来在他的回忆录《古田会议前后》中写道：四支队是红四军向赣南闽西进军路经寻乌、项山时编成的，主要成员是国民党第三军起义过来的。为了将旧军队改造成新型人

赖氏宗亲

民军队，毛泽东做了许多工作，先后派出党代表和部分骨干，补充了一批经过革命斗争锻炼的红军战士，建立了党支部和士兵委员会，加强了政治教育，彻底改变了旧军队那一套做法。后来这份难得的回忆录，成为重要文献。而赖传珠本人也成为创建新型人民军队的重要参与者和见证者。

在上杭古田期间，赖传珠所在的第二纵队，有较长时间居住在距离赖坊村很近的地方。作为祖上从赖坊村赖氏宗祠迁徙出去的赖氏宗亲后人，赖传珠专程到赖氏宗祠进行了参观，面对入闽的赖氏先祖标公及其列祖列宗，他怀着虔诚敬仰之心，进行了认祖拜谒，从而加深了对赖氏祖先的了解，为自己的赖氏先祖曾经有过的荣耀与辉煌而自豪高兴。行走在古田乡赖坊村，赖传珠虽然看见的都是陌生面孔，然而一旦交谈起来，正宗的客家语言让他们没有交流的障碍，那种亲近感、民风味、习俗礼节等，一下子拉近了他们之间的距离。

古田会议结束之后，福建、江西、广东的国民党反动军队展开了对闽西地区的三省"会剿"。朱德军长率领红四军第一、三、四纵队回师江西，留下第二纵队由毛泽东指挥阻击敌人进犯。赖传珠参加了第二纵队在龙岩的大小池阻击敌人的战斗，完成了掩护主力部队安全转移的行动任务。1930年1月，罗荣桓调到第二纵队担任政治委员，屡建战功的赖传珠也被提升到二纵四支队担任政治委员，从此结下了与罗荣桓一生深厚的友谊。其后，赖传珠参加了多次反"围剿"战斗，因在前线指挥而多次负伤，又因战绩辉煌而不断被提拔。1934年10月，赖传珠担任师政委，参加了红军北上长征。在湘江战役中，他和李聚奎师长一道指挥所部阻击敌人的疯狂进攻，掩护中央红军等突围湘江，打得十分悲壮，实现了战略转移的目的。

1939年5月，新四军江北指挥部成立，赖传珠担任参谋长，他协助总指挥张云逸、副总指挥徐海东创建新四军第四和第五支队，开辟皖东抗日根据地。之后新四军不断发展，军长、政委、副军长和政治部主任等领导们，都进行了更换，只有赖传珠一直担任参谋长的职务。新四军由最初 1 万人发展到 10 多万人，赖传珠功不可没，他被誉为新四军的"大管家"。

解放战争时期，进入东北战场的赖传珠依然在军政两个岗位上尽心尽职，尤其在阻截国民党廖耀湘的重大战役中大获全胜，建立功勋。其后，赖传珠又率领他的部队从东北打到海南岛，为新中国的创建再立新功。赖传珠后来担任了原总政治部干部部副部长，在组织评定军衔的工作中，他将自己被评为上将的等级，下调到中将。他的老领导罗荣桓看不下去，又将他提到上将的级别。因而，赖传珠让军衔的故事也在全军传开。1955 年，赖传珠被授予开国上将军衔，成为赖氏家族特别耀眼的一代将星。

四

赖光勋 1915 年出生在福建省龙岩市永定区仙师乡利坊村。1929 年，他 14 岁不到就参加了闽西农民暴动，一路追击敌人，打得顽强主动，很快担任了区苏维埃政府青年大队大队长，开始了他的革命生涯。作为入闽始祖标公 38 代裔孙，赖光勋在参加上杭的生产与战斗期间，专门抽空去了古田赖坊村，对赖氏先祖进行了认祖归宗和拜谒，对列祖列宗一脉相承的荣耀功绩和优良品格精神，十分钦佩。

1930 年 5 月，赖光勋参加了中国工农红军，先后加入了青年团和共产党组织。土地革命战争时期，赖光勋在江西瑞金红军学校担任青年队长，然后在彭杨步兵学校任连长；又在红军总司令部第一局任测绘科科长，红军大学测绘教员，中央红军大学三科主任教员等，参加了中央苏区历次反"围剿"作战和二万五千里长征。在张国焘分裂红军危害党中央的紧要关头，当叶剑英参谋长秘密离开右

赖氏宗亲

路军指挥部，随毛泽东北上的那天夜里，赖光勋把红军唯一的川、陕、甘地图交给了叶剑英。正是凭借这幅地图，毛泽东迅速选定了北上路线，率一方面军主力脱离了险境。全面抗战爆发后，赖光勋担任了中国人民抗日军政大学第六大队中队长、支队参谋长、抗大总校军教科科长等，当选为中国共产党第七次全国代表大会代表。解放战争时期，赖光勋历任太行军区军政大学副校长，晋冀鲁豫野战军第六纵队十七旅参谋长、中原野战军第六纵队十六旅副旅长，第二野战军第十二军三十四师副师长、三十五师副师长。中华人民共和国成立后，赖光勋先是进入中国人民解放军军事学院高级科学习，之后参加了抗美援朝战争，任中国人民志愿军第十一军三十二师师长。回国后任第十六军副军长，续任军事科学院院部部长、合成军指挥系一部主任、战史部副部长、部长，新疆军区副司令员兼参谋长。1955 年被授予开国少将军衔。

21 世纪初年，赖氏宗亲又涌现出一位名人赖铭传。

赖铭传 1943 年出生于福建省龙岩市永定区虎岗乡虎西村。他的先祖系入闽始祖赖标公，祖上很早就迁往永定乡野居住。他本人曾经多次来到古田赖氏宗祠认祖拜谒。2008 年 6 月，得知上杭古田赖坊村修建了标公陵园，他还同家人以及虎岗宗亲一道前往标公陵园参观拜祭。赖铭传 1966 年毕业于福建师范学院外语系俄罗斯语言文学专业，1969 年在黑龙江省牡丹江市参加中国人民解放军，任陆军第四十六军司令部侦察处翻译。同年珍宝岛事件爆发，赖铭传奉命前往绥芬河前线执行保卫边防任务，担任俄语翻译并直接参加一线潜伏、巡逻和边防斗争。1973 年改任侦察参谋，在东北和山东、江苏省执行繁重的战备训练任务。1977 年底，赖铭传被调任军事学院（国防大学前身之一）外军教研室工作，先后任俄语翻译和战略教员。1983～1985 年在军事学院基本系指挥专业深造。1985 年军事学院与政治学院、后勤学院合并成国防大学后，赖铭传调到新成立的军队建设研究所任研究员，主要从事国防和军队建设、战略问题研究及国防研究系教学工作。1990～1991年，赖铭传在苏联乌克兰基辅大学国际关系学院进修，并赴莫斯科大学、列宁格勒大学进行高级学者访问。回国后，他又在国防科学技术大学高级干部高科技培训班学习，掌握了当时我军最先进的科学技术。赖铭传由于突出表现和能力水平，以及带领团队攻坚克难的业绩精神，1998年被选拔进入军级领导班子，被任命为国防大学战略研究所所长、学术委员会委员。2000年被授予少将军衔。

古田赖坊村赖氏宗祠分流出去的标公后裔，除了在军界光耀门楣、战功显赫之外，还在教育、卫生医疗以及科技文化等各行各业，用他们的智慧力量和心血汗水，做出了成就贡献，传承了祖上敬业、拼搏、忠勇、孝悌、和谐等家风……

参考资料：

1.《古田松阳赖氏族谱》，明朝万历年版，民国年间重修，2003年再修。

2.《古田军号》2016年第3期，古田会议纪念馆编印，准印证号：（岩）新出内书第2016058号，2016年3月。

3.赖勤生（赖氏宗亲联谊会现任会长）、赖汝辉（赖氏宗亲联谊会前任会长）提供的资料。采访时间：2021年1月18日、23日、24日。

凤凰传奇

黄河清

　　上杭古田的苏家坡是个畲族聚居的村庄，这里山清水秀，林壑幽深，山石多姿，古色古香。一条蜿蜒的小溪从村前奔流而过，清澈见底。一座座青砖青瓦的畲族民居，一处处明清古建筑，雕梁画栋，顺着山势逐级展开，错落有致，古韵犹存，气势非凡。1929 年10 月下旬，毛泽东随同中共闽西特委机关撤离上杭城，来到苏家坡，在这里住了 40 多天。他一边指导特委工作，一边养病，一边帮助穷人子女学文化，留下了许多美谈佳话，也让苏家坡这个群山环绕中的小畲村声名远播，家喻户晓。

　　阳春三月，踏上苏家坡的土地，正逢畲家"三月三"传统节日，村里张灯结彩，喜气洋洋。畲族，意为刀耕火种，更富山野遗韵的族群。千年以来，自广东潮州凤凰山起，四散迁徙，一山跨过一山，一地转居一地，散落在闽浙赣多地。扎根交融，繁衍生息，孕育出了丰富多彩，风情万种的人文景致。

　　村里弥漫着糯米饭的清香，家家户户都在蒸煮"乌米饭"。畲家的"三月三"亦称"乌饭节"，关于"三月三"和"乌饭节"的来历，有多种的传说：其一，三月三为米谷生日，畲民要给米谷穿上衣服，故涂上一层颜色，祈祝丰年。其二，三月三虫蚁大作，畲民吃了乌饭，上山下地不怕虫蚁。其三，古时畲民与敌兵交战时，敌人常来抢米饭，畲民故意将米饭染黑，敌人怕中毒，无人问津，畲民便安稳吃饭，有了气力，打败敌兵。其四，唐代畲族英雄雷万兴被关在牢房，他一顿能吃一斗米，母亲送来的饭却都被狱卒抢去，雷万兴想法让母亲将米饭染黑，从此，狱卒再也不动乌饭。后来，雷万兴越狱，于农历三月初三战死沙场，族人每年以乌饭悼念他。其五，畲族英雄雷万兴率领畲军抗击官兵，他们被围困在大山里，粮食断绝，以乌稔果充饥，为畲军度过春荒，并取得反围剿的胜利。雷万兴回军营吃尽鱼肉酒菜都感乏味，时值三月初三，他想吃乌稔果，就吩咐兵卒出营采撷。可是，这时乌稔尚未开花，那些兵卒只好采些乌稔叶子回来，有人出个主意，将乌稔叶和糯米一起炊煮，结果糯米饭呈现乌黑色，而且味道特佳，雷万兴吃了食欲大振，于是下令大量制作乌饭，以纪念抗敌胜利，从而衍成风俗，世代相袭。

乌米饭是畲民从山地里采来野生乌稔树的嫩叶，置于石臼中捣烂后用布包好放入锅中浸熬，然后捞出布包将白花花的糯米倒入乌黑的汤汁里烧煮成了饭。乌米饭乌得名副其实，吃起来就连碗筷也被染粘成乌黑色。不过它的味道相当不错，吃一口清香糯柔，细腻惬意，别有情趣。倘若将乌饭贮藏在阴凉通风处，则数日不馊。食用时，以猪油热炒，更是香软可口，堪称畲家上等美食。如果加上山间野味、香菇、木耳等炒一炒，那味道就更美妙了。

"三月三"来到畲村，最令客人兴奋的还是能看到平时难得一见的畲家丰富多彩的服饰。这一天，山里人都穿上畲族最漂亮的服装，在外人面前亮相。畲族服饰特色主要体现在妇女装扮上，被称为"凤凰装"：红头绳扎的长辫高盘于头顶，象征着凤头；衣裳、围裙（合手巾）上用大红、桃红、杏黄及金银丝线镶绣出五彩缤纷的花边图案，象征着凤凰的颈项、腰身和羽毛；扎在腰后飘荡不定的金色腰带头，象征着凤尾；佩于全身的叮当作响的银饰，象征着凤鸣。已婚妇女一般头戴"凤冠"，它是在精致的细竹管外包上红布帕，悬

凤凰传奇

一条 30 多厘米长、3 厘米宽的红绫做成的。冠上有一块圆银牌,下垂 3 个小银牌于前额,称为"龙髻",表示是"三公主"戴的凤冠。

畲族女子的"凤凰装"随着年龄的不同,有严格的区分。共分大、小、老三种:"小凤凰装"为未成年女子穿着,样式和穿法同"大凤凰装"无异,只是相对简约,显得单纯、活泼、可爱;而"老凤凰装"则是老年妇女穿着,头髻较低,衣服和腰带的颜色、花纹也较为单一,体现出庄重、沉稳的风采。相传畲族始祖盘瓠王率领族人征战南北,后移居宝地广东潮州凤凰山繁衍生息,为了占山为王,遂以传说中美丽的凤凰为本族人的图腾符号,凡本族人生下女儿,均赐予凤凰装束,世代相传,沿袭至今……

畲族的始祖盘瓠王因平蕃有功,高辛帝把自己的女儿三公主嫁给他。成婚时帝后给女儿戴上凤冠,穿上镶着珠宝的凤衣,祝福她像凤凰一样给生活带来祥瑞。三公主有了儿女后,也把女儿打扮得像凤凰一样。当女儿出嫁时,凤凰从广东潮州的凤凰山衔来凤凰装送给她做嫁衣。从此,畲家女便穿凤凰装,以示吉祥如意。有些地方把新娘直接称为"凤凰"。因为新娘具有"三公主"的崇高地位,所以在新郎家拜祖宗牌位时是不下跪的。

畲族过去男子的服装式样有两种:一种是平常穿的大襟无领青色麻布短衫;另一种是结婚或祭祖时穿的礼服,红顶黑缎官帽,青色或红色长衫,外套龙凤马褂,长衫的襟口和胸前有一方绣有龙的花纹图案,脚案白色布袜,圆口黑面布底鞋。由于长期以来与汉族杂居,这两种服装已经很少有人穿了,他们的装束已与汉族没有什么差别。

走进"树槐堂",这是一幢砖木结构的古民居,据说是明末到四川参加张献忠领导的农民起义的苏家坡人雷进坤,在起义失败后回家隐居时所建的。当年中共闽西特委机关就设在这里,也是毛泽东在苏家坡创办平民小学的校址,毛泽东和贺子珍就居住在树槐堂后左侧的小阁楼上。厅堂里一位畲族老伯正在制作麦芽糖，只见他用木棍从一盆用优质糯米、小麦为主要原料，采用传统的加工方法纯天然发酵好的黄褐色糖里卷起一些，在案板上来来回回一捣鼓，糖就变成了白色，再加上芝麻，最后，用线把长条形的麦芽糖切割成一小块一小块。禁不住糖香的诱惑，我们尝了一块又一块，真是香甜可口，回味无穷。

走进一户畲家，只见厅堂正中醒目地挂着一只用红纸剪成的凤凰图案，主人热情地把我们迎进门。落座后，主人先敬茶，一般要喝两道，畲家有一种说法"喝一碗茶是无情茶"。还有说法"一碗苦，两碗补，三碗洗洗嘴"，客人只要接过主人的茶，就必须喝第二碗，若来客中有女客，主人还要摆上瓜子、花生、炒豆等零食。

畲家人的节日宴席真是琳琅满目，除了乌米饭，那就是"热食"，这道菜的原料有 15 种之多：如胡萝卜、红辣椒、猪舌、猪肝、猪腰、鸡胗、老母鸡皮、海参、冬菇、竹笋、葱白，等等，集山珍海味于一锅，味道鲜醇，真可谓是畲家"佛跳墙"；还有"泥鳅钻豆腐"，这道菜不仅做法独特，而且泥鳅、豆腐入口即化，白色的浓汤更是异香扑鼻，一吃难忘。桌上还摆满了用辣椒、萝卜、芋头、鲜笋和姜做好的卤咸菜，而竹笋则是畲家四季不断的蔬菜。主人又端出了一盘香气扑鼻的"油炸糕"，喊道："趁热吃！趁热吃！"咬上一口，质松味鲜，油而不腻。主人告诉我们做油炸糕的配料和油炸技术很关键，主料是用一定比例的上等大米、黄豆，浸泡后磨成乳白的浆水，大蒜取其白质部分，切成片撕成条状，投入浆中，加适量盐水，拌得均匀，另选精猪肉或牛肉，捣成肉碎子。待油锅中的油烧至八九成热，即将浆水盛入圆形薄铁皮瓢中，摊成碗口大小半寸厚，再撒上少量的猪、牛肉碎子，投入滚开的油锅中炸三五分钟，至色泽金黄时捞起来放置在油锅上的铁架上，尽量让刚炸好的油炸糕中的油沥干。锅中的油以山茶油最佳，花生油、猪油次之。畲家人无论逢年过节、搬家、请客办喜事，还是赶庙会，祭祖先等，只要是喜庆的日子，都爱吃油炸糕。

酒是不可少的，畲族人素有"民嗜酒"的说法，还有谚语："无酒难讲话！"主人给客人斟上米酒然后举起酒碗，笑盈盈地说："酒淡不成敬意，一碗联友谊，两碗祝如意，三碗庆丰收，多喝几碗，延年益寿。"在畲族村，逢年过节，酒都是必备之物，没有酒就不算过节，没有酒请客人喝醉就不算办喜事，不算请过客，所以一年四季，畲族村家家户户均酿有米酒。建房时会喝"上梁酒"；生日时有"生日酒"；定亲时有"定亲酒"；嫁女时则喝"嫁女酒"；娶亲时喝"讨亲酒"，真可谓无酒不办事。利用"七月七水"酿造的米酒更是清香扑鼻。相传农历七月七日是董永与七仙女的相会之日，也是七仙女姐妹们于晨蒙时到泉源池洗澡之日，所以这一天的水也被称为"七月七神仙水"，经久耐存而不会产生异味。村中酿酒的村民有着这样的传统：在农历七月七日太阳尚未出来前，到山泉水源处装一些泉水回家保存，以备酿造"七月七酒"，而使用这天装回来的山泉水所酿造出来的米酒，特别芳香、甘甜、醇厚，被当地人称为"人间佳酿"。

不知不觉间已近傍晚，阳光斜照着，穿过畲家独特的屋顶与房檐，洒在用大小卵石铺就的巷道上，闪着古朴沧桑的光泽。忽然一曲幽妙的音律伴着斜阳飘进我的耳中，这是叶笛吹奏的音乐。寻声而去，只见几位畲族中年男女围在村中的池塘边，嘴边衔着一片树叶，素指轻捻，气息舒缓，那绿色的乐声便如清泉流泻而出，这是乡野最纯净的声音。伴着叶笛清亮的旋律，一位畲族小伙子唱起了宛转悠扬的山歌："深山松树好遮阴，松树荫中好交情。妹若有情应一句，省得阿哥满岭寻。"一曲唱完，一位畲族姑娘参与了对唱，一男一女，红衣黑衫，分立在池边柳树的两旁，自由自在地对唱起来。

畲歌是畲族文化中的明珠，畲族的男女老少都能随编随唱，以歌代言、以歌叙事、以歌抒情、以歌会友，难怪畲族有"畲家男人要娶亲，不会唱歌就别来"的说法。搞对象时要情歌对唱，而定亲后更是歌不离口。新郎家迎亲的队伍，从启程开始，到女方家办酒席，新郎面临的难题数也数不清，若非能歌善应者，很难闯过迎亲的一道道难关。畲族乡民还预定地点或登高举行赛歌表演。演唱形式有独唱、对唱、二重唱等，畲族人也把二重唱称作"双条落"。山歌基本是七言一句，歌词有严格的韵脚，男女唱歌最喜爱用"假声"来清唱，散发着浓浓的乡土气息。这种对歌，传统上往往从傍晚开始，直到天亮，也有昼夜连续歌唱的。规模壮观，以人如海、歌如潮形容，真是一点不假。

池塘边的空坪上，身着节日盛装的青年男女跳起了竹竿舞，在鼓点声中，竹竿一开一合地来回敲打着，姑娘小伙们手拉着手，随着音乐的节拍，双脚娴熟地在竹竿间隙穿梭跳动。姑娘身上的银项圈、银手镯、银耳环、银头簪、银链子在夕阳下闪着金色的光。

月亮从不远处的山坳里爬了上来，畲族传统节目"香灯"伴随着鞭炮声上场了。只见30名畲族青壮年，身穿袖口、裤脚绣着彩色滚边的黑色民族衣裤，每人执一节"香龙"，从宗族祠堂内慢慢地"游"出来，来到祠堂门前的大草坪上，在有节奏的鼓点声中，"诱珠"挥舞着，龙头随之舞动，龙身蜿蜒起伏，插满全身香烛的香龙发出片片鳞光，如流星起落，煞是好看。舞龙需来回穿插，调换方向，耍完东西南北，还需在紧促的鼓声中冲进堂里拜一拜，出来后才可告一段落。在自家族姓的祠堂吹打完一个曲牌后，才可向另一个祖堂或屋场"游"去。

香灯在每游完、舞完一个地方后都有几分钟的休息时间，休息时，香灯身上插的每炷香都会被东道主妇人或邻家主妇争先恐后地拔去，换上新点燃的香烛。她们把拔去的每炷香都分别插在自家的厅堂大门、谷仓门上、猪牛栏门上等，祈求风调雨顺、五谷丰登、

凤凰传奇

六畜兴旺，同时各家也会根据自己的经济状况给点香火钱。夜色中，香灯伴随着欢快的鼓乐，在村中的巷道里来回穿梭，星光点点，烟雾飘荡，香气缭绕，吉祥人间。

夜深了，畲村的上空还飘荡着歌声、鼓声、欢声，三月三注定是畲家人欢乐的日子。在这里，有看不尽的美景，吃不尽的美味，诉不完的故事，叙不完的情思。我的视野、肌体、心灵，完全被美好的多重感知拥抱，于是，记忆深刻极致。千百年来，即使岁月如梭，沧海桑田，我们仍能看到传统在这里香火不绝、生生不息，不断续写畲族风情的绵长。我想起了一副楹联："香灯劲舞对歌酣醉叶笛声声开泰瑞，美酒随斟乌饭清香银花朵朵展华章。"

苏家坡是我的留恋，你的向往！

蛟潭"光脚跳火坑"

张冬青

在梅花山腹地的步云蛟潭古村，至今流行"光脚过火坑"的古老民俗。

蛟潭地处海拔千米以上的高山区，四周重峦叠嶂山高林密，古早年间，这里的山民遇上灾祸、瘟疫，或是风寒热病，除了采些草药听天由命之外，往往请人主持隆重的"踩火"法事仪式，又称为"光脚过火坑"，以期消灾祛病保境安民。"踩火"仪式参加的人数少则几十多则上百人，活动有一定的规则、程序，一般在夜间举行。

在择定的良辰吉日里，落日熔金时分，由当地大雪山咒语法师（历代皆有传人）在村中空阔地带选好适当位置。仪式之前则由十多个青年男女，上山砍来新鲜杂木扎成柴捆；湿柴1米余，堆成约5米长的柴堆。山民们在场地旁摆上一应供品，法师净手焚香祭山神，两袖高挽，右手大拇指用细麻绳捆勒得发紫，在原先备好的一大木盆冰冷山泉水里反复拟写"冰、霜、雪、冷"四字（也有些地方用毛笔写在纸上），直写到满盆冷泉水发烫。法师边写边口中念念有词，念动如下咒语："雪山师父雪门开，雪山童子降雪来。六月扬扬下大雪，七月飞霜降神来。"

法师见时辰已到，便点燃底下铺着松明的柴堆；不一会儿，柴堆就烧成5米长、1米宽、半尺高的红通通炭堆火路。法师从一大壶水酒中倒出一碗"咕咚咚"一口喝下，然后脱鞋光脚在满盆清水里濯足，左手持令旗，口中念咒语，赤脚跳跃着踏上通红的炭火，连翻几个跟斗，腾跃到炭火堆的另一头，气定神闲如履平地。见有法师示范保驾护航，参与"踩火"的人们也都群情激昂、跃跃欲试、争先恐后，纷纷喝下大碗米酒，挽起裤脚，赤脚踏入盆中水后，男左女右手持令旗，大声呼叫呐喊着冲进通红的火炭堆中，大家伙毫无畏惧、从容不迫地在红通通的炭火中飞快一冲而过，脚下烈焰火星四溅，无论男女老幼，居然毫发无损。

20世纪80年代后期，时年70多岁高龄的世界华南虎保护专家、来自美国的柯利斯先生曾在蛟潭两次亲身参与"过火坑"活动，每次都竖起大拇指连声称赞"OK"。

蛟潭人光脚过火坑的民俗，一年四季都可进行，但须事先与主持仪式的法师约定。

踩火与原始社会狩猎到野兽时围着篝火庆祝狂欢时的场景颇为相似，山民以燃火驱兽也古来有之。在后世演变过程中又带上巫术色彩，认为可以用来驱赶妖魔鬼怪，祛瘟除邪，避祸消灾，成为固定法事仪式而相沿成习。此法为古老的禳灾集体舞蹈，同时也是一项大型农村祭祀活动，成为当地人祈求风调雨顺、五谷丰登、人寿安康的民俗活动。

叩响步云书院庄重的门

黄河清

　　10 月的梨岭村，千山含黛、万木争荣。梅花山在阳光的照射下格外妖娆，山下蜿蜒前行的九龙江，像一条金色的丝带，在暖阳下波光粼粼、熠熠生辉。村北侧偏僻的"葫芦丘"田畔，两根石柱赫然映入我的眼帘。

　　这块清幽之地，有一处学堂遗址，这就是原隶属汀州府辖，现属上杭步云马坊村，旧称"贴长""二十四甲"的步云书院。如果把它与宋代的白鹿洞、嵩阳、应天府、岳麓四大著名书院相比，步云书院只能算是"小字辈"，但在闽西却家喻户晓。

　　南宋建炎至清代乾隆 600 多年间，闽西各地群儒会集，为研讨儒学，传播礼教，培育英才，竞办学堂书院，著名的有紫阳书院、南山书院、望云草室、汀州试院、白云书院等，而步云书院建于清乾隆辛酉（1741 年）十月，书院的主要创建者之一——林开莘是出生于梨岭村的一位进士，他看到这一带山势高峻、风景秀丽、云雾弥漫，步出院门，宛如置身于悠悠白云之间，便将新建书院取名"步云"。

　　儒家士人把书院看成独立研究学问的安身立命之所，书院从萌芽之日起，就和士人"独善其身"的生活道路联系在一起，创建的目的之一是为了超世脱俗的精神追求，体现了儒家人文精神的优越性。因此，书院创建者总是把书院建在僻静优美之地。当年在建筑步云书院时，充分利用了地形地貌，依山而建，前卑后高，层层叠进，错落有致；加以庭院绿化，林木遮掩，以及亭阁点缀，山墙起伏，飞檐翘角，构成生动的景象，与自然景色有机结合，因而有"骨色相知，神彩互发"之效。孔子门生们毫不居理而傲，恭敬地遵照了孔庙建筑风格，楼不高、宅不阔、亭不娇媚、阁不高调，清雅端庄。

步云书院首先是书院，所以，更重要的应该是书院里浓浓的墨香，亦如整座书院建筑的情调。迎面匾额上"步云书院"四个大字不温不火，似极了孔夫子，刚柔相济，既有儒家的圆润，又有其理治天下的气势，该内敛处内敛，该张扬处张扬。

躬身而入，有桃木夹道相迎，回眸，可见与大门匾额呼应的另四个字"圣域贤关"。书院建筑以讲堂为中心，内设四厅两厢加左右两直横屋，布局严整，前方三面还有围墙，围墙右角还有一间"魁星宫"，体现了书院的讲学、藏书、供祀的"三大事业"的主体地位。

书院的正厅屏壁上悬挂着"孔圣""关帝"的大幅神像，像下方精雕细琢的案桌上竖立着两位"圣""贤"的木主牌位。学生入学、习文练武前，先生必带领学生先膜拜"孔夫子"和"关云长"两位圣贤之像。正厅上方的屏联为"乃文乃武"和"曰圣曰贤"。两旁的石栋柱上刻着两副对联，上联为"圣天子雅化作人建学在乡国之中，教孝教忠教友义，吾侪猥之无与"，下联为"真男儿潜心念典校技艺及台冠，能诗能赋能文章，我等乐观有成"，可窥见其办学宗旨。院厅的墙上绘制着当地历代贤士名人的肖像，足见建院者是煞费了一番苦心的。而一幅幅栩栩如生、呼之欲出、精致细腻的壁画更是使人对建院者油然而生敬意。

步云书院建筑的朴实完美，还反映在忠实于材料结构的表现上，所有材料均为山上自产的砂岩，色泽沉稳，加工方便，不追求雕饰之华，因而建造成本也较低。书院外部即显露其清水山墙，灰白相间，虚实对比，格外清新明快；而内部则显露其清水构架，装修简洁，更显素雅大方。远观其势，近取其质。既无官式画栋雕梁之华，也少民间堆塑造作之俗，给人自然淡雅的感受。

书院的基础是经费，步云书院的经费来源有两个方面，一是"学田"的田租收入，学田是由官府拨给书院的耕地，书院出租给农户以收租的方式取得经费；另一方面，经费来源于当地一些有经济实力又好为义举的私人捐助和支持。步云书院的生徒来自四面八方，没有门第界限，贫富之分，只要学生愿意学习就可以入学，有教无类，这是自孔子以来中国教育的优良传统。步云书院的生徒不经考试就可以入学，生徒按分斋进行习读，书院供给食宿，书院中两直横屋就是生徒住宿和自学场所。书院的主讲先生都是当地很有声望的学者，如丘凤岐先生等丘氏儒家学者。学生大多为仰其名而至，学者风范为人师表，师生之间朝夕相处，关系比今天学校里的师生要亲密得多。书院的学习方式，以学生自学、先生讲授、学生提问、先生答疑相结合的办法，鼓励学生多角度独立思考，以理解消化为主，反对"填鸭式"和"满堂灌"。步云书院的先生更注重以文圣、武贤的文理、武艺、品格为准则，造化于人，从而培养了一代又一代颇有成就的文武英才。如梨岭村的林毅轩便是当时步云书院中的一个高才生，他在汀州考取举人时，当时的汀州府正堂钦点翰林院庶吉士莫树椿赠给其三件宝物：玉石书箱一个、玉印一枚、亲笔题诗一首。诗赞其文武出众："匆匆悠悠遍目前，巾怀武毅葆其天。登高跋望梨云处，战儒精修绍昔贤。"

由于步云书院的办学成就，为维护步云书院治学秩序，保护教书育人的一方净土，莫树椿还在步云书院旁立了一块"禁丐令"石碑。这是由于自清入主中原后，汉族人皆视满族为异族，民族主义

叩响步云书院庄重的门

的思想和排斥异族的信念极为强烈。自顺治、康熙、雍正直至乾隆等朝的百余年间，反清复明的武装斗争从来没停止，他们以三合会、哥老会、白莲教等宗教形式发动起义，不断地受到清廷的残酷镇压。这些反清人士逃亡流落到全国各地及边远地区，时流丐特多，故清廷严令不得接济流丐，以杜绝死灰复燃。

步云书院不仅是古人习文练武之地，也是革命战争年代红军游击队的根据地驻扎点。1929年5月，红四军第二次进入闽西抵达古田。随后在红四军取得军事上节节胜利的形势下，贴长（步云）也和上杭各个村农民一样举行了暴动，收缴地主富豪的枪支弹药，烧毁他们的田契借据并开仓分粮，梨岭成立了贴长革命委员会和区苏维埃政府。古田会议后，毛泽东、陈毅率领工农红军第四军第二纵队安全转移途中进驻梨岭村，在赤卫队员的发动下，群众捐钱、捐物支援红军，妇女们为了使草鞋更结实，用破衣衫撕成布条编在草绳内，做成布草鞋送给红军，成了佳话。红军在梨岭村驻扎的几天里，宣传革命道理，张贴红军标语，赤卫队员还编唱贴长山歌："擎柴擎到肥树枝，打倒龙岩陈国辉。庆贺红军打胜仗，缴得枪支几万支。""如今共产爱唱歌，分到田地免租收。废除各种高利贷，勤耕自种快乐多。"

1931年，闽西苏区革命斗争进入高潮，红军游击队在伍洪祥、梁集祥、游云长等同志的带领下，多次到步云书院开展革命活动。1934年10月，主力红军长征后，罗步云所在的宁清归军分区奉命向闽西南发展，并与闽西南军政委员会第一作战分区汇合，罗步云担任岩建宁军政委员会主席，在步云的梨岭、马坊一带坚持游击战争。罗步云在步云一带积极发动群众，宣传革命道理，开展打土豪、分田地斗争，并在龙龟村建立了苏维埃政府。罗步云身材高大魁梧，使得一手好枪法，反动派"闻罗色变"，但老百姓拥护和欢迎游击队，都亲昵地称罗步云为"罗大个子"。罗步云是瑞金人，他也很喜欢步云的秀丽山水和淳朴民风。一天，罗步云来到步云书院，虽然书院已清冷破败，不闻书声琅琅，但仍不失壮观。他分明闻到了淡淡的书香，久久凝视着门框上的"步云书院"四字，觉得"步云"两字文雅而又灵动，于是决定将自己的名字改为"罗步云"。罗步云在贴长地区推行耕者有其田，废除高利贷等政策，遭到地主豪绅的极端仇视。1936 年 12 月，由于游击队负责人叛变，搞垮了由罗步云帮助组建的贴长游击队，罗步云也壮烈牺牲。新中国成立后，为缅怀烈士，人民政府将罗步云先前工作和战斗过的贴长地区更名为步云。如今，步云已辖梨岭、蛟潭、马坊等 10 个行政村，是上杭县竹木资源最丰富的地区之一。

清初显赫一时的步云书院建筑在"文革"期间全部损毁殆尽，人们只能在那三米多长的石刻楹联和残砖碎瓦中，与历史文献的记载相互印证那曾经的气势与辉煌。而我分明看到了那一排排的书生，脚踩清晨的露水，穿越落满红豆的村街，一直走到晚清的夕照里，定格在玫瑰色的天幕下。书院里抑扬顿挫的诵读声，从一座房屋传到另一座房屋，响成一片，从未中断。

"楼榭亭台几度摧，蓊树兰秀气犹存"。历史的更迭，使步云书院颓败、荒芜、坍塌，然而，文化的魅力是不会颓败的，就如书院边的老树、香兰，愈老愈蓊郁、弥香。现在，闽西把步云书院列为重要人文景观，梨岭村也正加快筹建步云书院陈列馆，让书院文化担当起光大民族优秀文化的责任，践行"为天地立心，为生民立命，为往圣继绝学，为万世开太平"的伟大抱负。

不知不觉间，天色已近黄昏，该是离开的时候了，我们心中颇为不舍。夕阳的余晖静静地洒在书院的遗址上，泛着金色的光辉。风吹动着古樟树发出沙沙响声，仿佛在告诉我们书院文化不会远去，乡村精神不会远去。悠悠文脉，纵贯古今，儒风沐浴，代有英才。

天 葬 地

张 茜

在神秘的福建梅花山南麓，有一处"天葬地"，它是当地曾氏族人的祖穴，由来已久。从明朝到现今，已延续 500 多年。

巍巍梅花山，覆盖上杭、连城、龙岩三县，屹立于地球的北回归线上。这条被太阳直直照射的线条，宛如一条荒漠之路，少有植物生存其上。但这条线脉到了闽地，却迸发出一片绿洲——梅花山。梅花山千峰百壑，层峦叠翠，碧浪滚滚，国内外专家、学者惊奇地赞誉它为"北回归荒漠带上的绿色翡翠"。

这块神奇的"梅花山翡翠"，跻身世界 A 级自然保护区。亿万年的地质运动，使它庞大的身躯断裂、破碎、塌陷，营造出"梅花十八洞，洞洞十八洋，洋洋十八里，里里十八窟，窟窟十八只金交椅"的瑰丽景象。

传说，在这天造地设的景象里，藏匿着三座墓穴，三座墓穴又怀抱着三个神奇的石头堆。这三个石头堆上的石块，不多也不少，永远保持着 72 块。可这三座曾姓墓穴的后人，早已繁衍至数千人。每一年的清明和中元，都有数百个子孙纷纷回来祭祖，祭祖时每人都会沿路捡拾三块石头，分别填放在三个石堆上。久而久之，曾氏子孙以及周边乡亲，都发现这个石块不断增加，总数却永恒不变的秘密。

这个秘密牵系起远古的一场自然天葬，变得更为神秘。

时光回溯至 14 世纪明成化十七年（1482 年）。那年天灾人祸，民不聊生，江西永丰有一曾姓人家，收拾微薄家当，启程南迁。

这个曾氏族系原本出身显贵，为夏禹后裔。相传帝舜时，鲧的妻子因梦食薏苡而生禹，故帝舜便赐予禹姒姓。据《世本》《元和姓纂》及《姓氏考略》所载，夏禹的第 5 世孙少康，中兴夏室后，便把自己最小的儿子曲烈，封于一个叫"鄫"（今山东省兰陵县西北）的地方。少康及子孙所建立的鄫国，历经夏、商、周，沿袭两千年，直至春秋（前 567 年），被莒国所灭。太子巫心怀亡国之痛，出奔邻邦鲁国，并在鲁国做了官。其后代用原国名"鄫"为姓氏，后来渐渐去掉右边耳朵旁，表示离开故城，不忘先祖，称曾氏。就此世世代代，脉脉承袭。

曾氏族数朝代后出了曾子，曾子儒家学说及孝道故事，是曾姓后人津津乐道的荣耀和鞭策。

老师孔子仙逝，曾子守墓三年过后，孔门弟子子夏、子游、子张认为他面貌很像孔子，要把他当孔子来侍奉，曾子严词拒绝说："这样做不可。老师的德行像长江的水洗过，像秋天的阳光晒过，清净洁白，无以复加，怎么只求面貌像似呢？"（见《孟子·滕文公上》）

家父病故，曾子"泪如涌泉，水浆不入口者七日"，以后"每读丧礼则泣下沾襟"（见《礼记》）。

这个曾姓人家，在祖辈文化的鼓舞下，辗转来到森林茂密的上杭县梅花山南麓，择古田大岭下开基居住，繁衍生息。

过了 50 多年后，一场瘟疫袭来，曾家三兄弟祖原、祖义、祖厚数天内相继病故。子孙择村后金龟坑做墓穴，同一天出殡。出殡那日，虽说大地因疫情而一片凄凉，但天上却有大太阳红红地照耀着山野。曾氏子孙抬着三口棺柩，上山去安葬，途中，突然天空黑云闭锁，电闪雷鸣，倾盆大雨滂沱而下，四野一片漆黑。子孙只好停下脚步，砍来树桩，撑起棺柩，跑回山下，去取遮雨物品。待到疾速返回原地时，却见山峰轰然崩塌，眨眼间将三口灵柩深深掩埋。

这个突发情况令曾家子孙惊悸万分，连忙进行挖掘。昼夜不停地挖了七七四十九天，也不见灵柩踪影。已故三兄弟被子孙孝心感动，托梦给他们："明日中午时分，三口棺柩会在大岭下的七树潭里浮出来。"子孙迅速请来"水师"（会潜水的人），翌日早早地守候在七树潭边，中午时分，果然有三口棺柩从潭中浮现上来。几个水师见状，潜下潭水，仔细搜索，并无棺柩，只见潭底有三条石壁并列。

子孙还不甘心，又请地理先生到坍塌之处去勘查。只见地理先生手持罗盘，一边探测，一边口中念念有词。最后地理先生给出结论——这是天葬坟穴——呈圈椅形墓屋，遥对一面书案平丘。方位坐西南朝东北，稳坐圈椅，后有靠，前有台，左右有扶手。寓意这脉曾氏后人，读书成才，做官做事有靠有扶持，乃风水宝地也。

三兄弟子孙谢过地理先生和水师，便每人去溪边捡拾三块石头，在圈椅坟地里垒起三个石堆，作为三座坟墓，一字排开，老大中间，老二左边，老三右边。并约定往后每年祭祖，子孙每人都要捡拾三块石头，添加上去，称作"天葬地"。

曾氏家族风调雨顺、安居乐业地生活了近30载。直到有一年，遭遇天灾，又被土匪洗劫，使这个敢于闯荡的家族，无奈地决定搬离大岭下，外出拓垦发展。出发前，他们请来地理先生，再次探测祖坟"天葬地"，测出周边还有36个大穴，72个小穴，均为相连的好风水。这个较为富裕的家族，便一一买下这些吉穴，又请画师绘图，让绣工一针一线地绣在上好的绸布上，制成一幅"天葬地"手绣图。

办理完这件最重要的事情，三兄弟后人吃过最后一餐团圆饭，依依不舍地商议，如何离开这个从先祖迁来经营了80多年的家。最后商定出一个办法：老大子孙带上鸡、老二子孙带上狗、老三子孙带上猫，夜半时分，大家一起出门，鸡狗猫分别在哪里叫了，就各自在哪里开辟新基。

老大家人口稀少，仅有一位年轻母亲和一个孩子。母子二人，抱着鸡，走到附近的兴隆村时，鸡叫了，就停下脚步。这个年轻母亲看着孩子太小，就暂住不远处的梨岭丙坑娘家。孩子成年后，再搬回鸡叫时的兴隆村。兴隆村距离大岭下10公里，而今已发展成300多人的村落，全村清一色都姓曾。兴隆村周围山上竹子多、老虎藤多，不知何时起，家家户户会烧碱水，会做毛边纸，会取火药粉。村人上山砍回竹子，起火烧成灰，泡在水里淀清，就成了天然碱水。这碱水既可用来食用又可用来洗涤。将碱水装进竹筒里，挑去古田镇上售卖，就有钱买回生活所需用品。做纸是将竹子破开，劈成条，一把一把地泡在水里腐沤，沤烂了就能做出纸，这纸就是著名的"连史纸"前身。山上林下灌丛里，东扯西拉甚至一跃搭上高树的，叶子一串串状如柏枝的那种藤，就叫老虎藤。四里八乡的山民大多知道老虎藤能做藤椅，只有兴隆村人懂得用老虎藤花粉取火药原料。每年农历八月半，村人上山采摘老虎藤花。淡黄色的花一串一串折下来，晾晒在布上，花晒干了，抖一抖，底下就有一层淡黄色的粉，村人称之为黄药，是做火药、火柴头的原料。远古时期，这些黄药是卖给猎户的，现在就卖给火柴厂。

再说那时老二家，有11口人，走到万安涂潭村时，狗叫了，停下来开基。也是从做纸开始谋生，只是他们仅选取嫩竹为原料。农历正月，嫩竹还没发出新叶前，蕴涵纸浆最为丰富。老二家也提升工艺技术，加入一种滑根水植物凝固液，改进"抄纸"工具为极细竹丝编织的抄纸帘。做纸人将抄纸帘在纸浆池中轻轻一荡，便"抄"出一张薄如蝉翼的纸浆膜，晒干就是一张纸。这纸薄而均匀，竹丝隐约，洁白一如羊脂玉，书写、作画均适宜。这纸甚佳而昂贵，使用人格外珍惜，大多只用来做碑帖、信笺和扇面，纸质永不变色，防虫耐潮，着墨即晕、入纸三分，可与宣纸媲美。印刷成书，清晰明目，久看眼不疲倦，人称"寿纸千年"，明代《十七史》《四库全书珍本初集》皆由此纸印刷而成。时光荏苒，数百年过去，这支曾姓后人仍倍感自豪地说："那时我们曾家造出的纸，别人都是挑着猪肉大米来交换的。"

这支曾姓后人，为了发展造纸业，从小地方万安涂潭迁至连城。造纸技术也日益进步，程序复杂到72道，被誉为"片纸不易得，措手七十二"。清乾隆十六年《连城县志》记曰："纸以竹穰为之……又有连史、官边、烟纸、夹板等纸。"乾隆帝曾以连史纸赐予大臣做奖励，得了纸的大臣们都舍不得使用。明、清两代书画名家、文人骚客，但凡能得到皇上御赐的连城正品连史纸，便是荣膺乡里的大事。官府、文人墨客，也将连史纸作为礼品相赠，直至20世纪80年代，连史纸还是北京荣宝斋、上海朵云轩等指定的专用品，并出口日本、韩国、东南亚等地。

还有老三家五口人，抱着猫走得最远，走了整整200多公里，抵达平和九峰镇时，猫叫了，便停下来设法生活。九峰为闽地高山，接壤广东，常年云遮雾罩，水脉密布，汇聚山麓九峰溪，贯境而过，去向粤地。这家曾姓人前期也造纸，后期因地制宜改种茶叶、果树和兰花。平和蜜柚、奇兰、茶中极品"大芹八仙""龙峰名茶""新山奇兰""九峰单丛"，都曾为朝廷贡品。这家远离家乡的曾姓人，每年清明、中秋过后，都回到故地大岭下祭祖省亲。起初回去5个人，不久就增加到10个人。可诡异的事情却发生了。连续几年，每次回去10个人，返回九峰就剩下9个人。原因是出九峰必须横渡一条湍流急险的大溪，一叶木舟，总有一人掉落溪中而亡。数年下来，这支曾姓后人就向祖宗诉说，祖宗仍然托梦告知，"从今往后，再不必回乡祭奠，只要在那拦路的溪边堆起三堆石头祭拜既可"。后人照做，延续至今，蹊跷的是那溪边三堆石头，也同样不多不少永远保持着72块。

在传说中，"天葬地"对于子孙的愿望都是有求必应，特别是送子、和亲之事，这是族系繁衍的首要之重。相传，子孙若求亲，到每年清明或中秋后祭祖时，托族里先生写上一张红纸祭文，在三堆石头前朗声诵念后，选一块漂亮石头带回家，放在枕头底下；若求生儿子，就采一朵"白花子"（白色花）带回家，放在枕头底下；若求生女儿，就采一朵红花带回家，放在枕头底下。

兴隆村距祖宗"天葬地"最近，就成为古田曾氏族的大本营。曾有几百个三兄弟的后人同时回来祭祖，抬上大桌子，扛上杀猪锅、煮饭锅，支在大岭下，举行盛大祭祖仪式。虽然大岭下现今已经没了屋舍，但这里永远是他们的家，是他们心灵的归宿地。

认祖归宗，或许是每一个离乡人的梦想与追寻。而每一个异乡人也许都会问自己：我从哪里来？对于他们来说，祖地是一个充满温情和希望的地方。

一位曾姓知识分子对我讲，有了一定年纪后，不知为何就爱到祖宗的"天葬地"看看坐坐。他每隔一段时间，就从古田镇步行至大岭下，登上山，在路过的小溪里捡拾三块石头，来到祖宗跟前，一点儿都不觉得累，还脚步轻盈，精神特别好，心里清澈、宁静，脑子的思路也格外清晰。

2020 年隆冬，我跟着这位知识分子，到了曾氏"天葬地"。"圈椅里"三堆累石，覆盖着厚厚苍苔，仿佛三座藏经之塔。四周森林环绕，松涛阵阵，宛如声声梵音，传递着古老的传统文化。

驱 "狼" 赶虎小和村

李治莹

　　双髻山朝北方向，有座山环水绕的秀美村庄，自古至今都称作小和村。或许与此村名有关，此村的乡亲自古以来和睦相处，邻里相爱如亲。有一家蒸糯米打糍粑，打好了、做圆了，左邻右舍都有糍粑尝；有一户裹捆粄，村头村尾尽是捆粄香；哪家娶了新媳妇，人人都有喜酒喝；哪户添了个胖娃娃，整个小和村尽是滚着红喜蛋。就是如此和乐和谐了，厚道的村民也低调地自谦为"小和"，因此，"小和村"也就流传了下来。

　　然而，天天"小和"声声，却能垒叠起厚实的忠诚大义之情。不说小和村过于久远的和美之事，就是稍稍回望一下 1928 年那场举村抗匪之事，就足以窥见小和村人团结共渡危机的忠勇。那是一个兵匪横行、天下不太平的年月。有一个夜晚，山中阴风四起，水上波波不平。从邻近深山密林中窜出的一股匪帮，意欲偷袭小和村，劫掠一批财物，以填补日常之需。那夜，小和村肝胆忠义之士华信成，正巧夜出到一处溪涧起网抓鱼。从远处步步潜入的那股匪帮，被敏感的华信成看出不对，他立即从溪涧中飞身跃起，随手从岸边抄起一铁盆，以一石块敲击，"当当当"的响声，击破了山村的宁静。被惊醒的小和村人，从急促的响声中知晓村中上空刮起了不测风云。于是，但凡青壮年，人人翻身下床，个个抄刀举棍。在华信成的带领下，在匪帮必经的一条要道上，严阵以待，众志成城。

不到半袋烟工夫，匪帮已逼近村子，虽然瞅见村口上已有铜墙铁壁，仍想强行入村。却未料小和村村子虽小，力量却是不小。只听得华信成一声令下，面对悍匪毫不胆怯的小和村人，舞动手中的刀棍铁叉，直逼匪徒。手中的武器之外，最是威慑匪徒的是小和村人的那种正义的气势。在小和村人排山倒海般的威势面前，匪徒胆敢迎战者不是头破，就是血流，而不敢上前的则胆战心惊、步步趔趄，节节败退。不多久，村中雄鸡高叫，黎明即将到来。那帮心虚胆寒的匪徒，也就无心再战，迅速扭转身，急退山林，从哪来回哪去。和睦家家亲、团结如一人的小和村人，驱逐了匪帮，保护了村子，守住了财物，战胜了伤人丢财的灾难。

倘若说小和村人此次逐匪是驱"狼"，那么后面发生的故事则是赶虎。因此，小和村人素有驱狼赶虎的勇猛口碑。

话说群山围裹、竹密林深的小和村，旧时多有虎兽出入。各家各户豢养的六畜大多圈养，尤其是猪牛，养育不易，也算农耕之家的一大资产。于是，各家或用石块砌墙围圈，或以木板建搭窝棚，严防"兽贼"。但山中猛兽饿极了，大多不与村民商量，就充当起"不速之客"，即便不打家也得劫舍。

果然，有一日深夜，一只猛虎从山林中钻出，或是因为饥饿，或是要抚育一群虎崽。它威猛地步出丛林后，便奔下山岭、跃过田地，直奔人家猪圈而来，瞅着有家猪圈门未关牢，便拱开那木柴栅栏门，把圈内的小肥猪张开虎口咬住。天降的横祸，让那已是濒临绝境的猪，在挣扎中撕心裂肺地哇哇叫唤。这一叫不要紧，却是及时叫醒了豢养那头猪的主人。

这是一位资深的养猪农妇，猪们只需一声叫唤，便知猪是饿了还是乐了，抑或是遇到凶险了。而那夜自家那头猪又何止一声叫？那一声声叫，显然是被虎狼咬噬撕扯后的绝命之叫。那农妇来不及加衣着鞋，就翻滚下床，在大门边随手抄起一把铁叉。慌忙启开屋门后，在夜色迷蒙中，见有一只斑纹清晰的老虎叼着自家的猪，径直往池塘边走去。这只猪是这位农妇辛苦几个月喂养出来的，哪能容这老虎抢了夺了？是可忍孰不可忍。于是这位农妇就边追逐那老虎边大声嚷嚷说："老虎咬猪了！老虎咬猪了！"

这一声声叫喊，震惊了一整个小和村。先是左邻右舍，紧接着是村前村后、村头村尾，全村的人都抄上家伙什急急地走出家门。那阵容阵势，别说一只老虎、就是一小群老虎也得望风而逃。于是，偷了人家猪的那只虎张开口放下了那只猪，慌不择路地跳进了村中的一口池塘中。虽然只是池塘，水却不算太浅，落入池塘中央的那虎，即刻被淹得没了顶。但扑腾扑腾地几下挣扎后，倒也免受被淹死之灾，让它站立在浅水区。却又因为塘泥太厚，老虎再一次陷入困境。这时候，池塘周遭岸上密密匝匝地站满了人，吼声一片。人群中还间杂着多条看家狗，那些狗也知道此时人多势众，也就无所顾忌地朝着池塘中的老虎狂吠。世人都说"虎落平阳被犬欺"，而那时的境况则是"虎落池塘被犬欺"，一点误差都没有。

渐渐地，东方泛白、晨曦渐露，天很快就要亮了，但岸上的人们与池塘中的老虎却一直僵持着。天亮了，人们都看清这只老虎真是壮硕，看那虎背便知虎腰长短。人与虎又对视了一会儿，这时候，那虎或许觉得闲着也是闲着，不如把这张糊满了猪血的脸洗一洗。于是干脆把一整个头压在水中小泡了一会儿，又扬出水面，脸上原本已凝结的猪血果然淡去了许多。从未见过虎洗脸的村民，见此情景也嘻嘻哈哈地一阵乐，觉得小和村人真有眼福。

老是这样眼对眼地看着也不是个事，于是有位村中的长者说话了："虎是山中王，除不得！山林是虎的家，还是让它回家罢。"村民听了觉得在理，一番商议，就从村中扛来一块长长的木板，伸入池塘中老虎身边。或许那虎还通点人性，知道是这村人行善，放自己一条生路。此时也不再横眉怒目，一个使劲，从塘泥中跃出，踩上那木板，顺着那木板一步步上岸。从小和村人让出的一条通道上，急步奔向山野、迅即潜入山林。

据说，当这虎到了山林边还回过头看了看村庄，目光是和善的。又据说，从此小和村再也没有出现过老虎，更没有猪牛被虎狼吃咬的闹剧。

土地庙前小石堆

李治莹

传说古时有一年盛夏，仿佛天与地都是"赤日炎炎似火烧，野田禾稻半枯焦"。双髻山虽然丛林如海，却也因为烈日的炙烤，拂不出半丝凉风来。

双髻山下有一位女子，不但颇有姿色，还天生一张福相脸，明白人都说那是旺夫旺家的相貌呢。此话传到了一大户人家，家中之主便寻得一个机会，专事考察了此女子，一看就心生欢喜，娶入家门为媳。嫁与这家后，女子很快就生了一个男婴。为大户人家添丁，那就是有功之媳，她很是得宠。宠爱之中，这家人话里话外都期盼这个新媳妇能够一改家族中数代单传、势单力薄的局面。这位聪颖的少妇心中自然明白夫家的愿望，也期盼自己多子多福，能让这个家族更加兴旺发达起来。因她平日里常听前辈们说双髻山，到山顶上俯瞰山下，视野广阔，心胸开阔，在那样的高耸灵秀之地祈福，就能洪福奔涌，想什么有什么，心想事成也就自然而然了。这位少妇听得认真，也就决计不辞辛劳，择一晴空万里之日，登山而去。

少妇背起时已两岁多的孩儿，朝着高高的双髻山走去。三伏天的酷热真是热气蒸腾，才攀了一二里山，那少妇已是气喘吁吁、汗流浃背了。但为了能在山顶求天拜地，求个多子多福、福寿绵长，少妇还是鼓足勇气继续登山。攀到半山腰上的土地庙时，少妇口干舌燥，渴极求水，就想就地找水，稍做歇息。于是解下背带，放下孩儿。却不承想，背上的孩儿没了声息，无论怎样叫唤和拍打，都无济于事。少妇想，在这异常炎热的天气之中晒了长达几个时辰，或许被给憋闷坏了。一时间，这少妇惊恐万分，魂飞魄散，立刻跪地号啕痛哭，却是叫天天不应、叫地地不灵，只好把孩儿放在土地庙旁的一棵树下，自己则去问问哪儿有郎中。但高山大岭上，除了挑柴割草和上老佛祖庙供奉的信众外，不知郎中在何处。好一阵转山过岭后，少妇一无所获。万般无奈之中，便想前往土地庙里求土地公。

神奇的是，还未走到土地庙，却远远看见自己的孩儿竟然在庙宇的一侧玩耍。少妇急切地走近一看，见孩儿用地上的小石子在不断地堆砌，好似要堆成一座小小的宝塔一般。少妇喜极而泣，孩儿听得母亲哭泣，转身扑进母亲怀中，奶声奶气地说他睡熟时被一阵风吹醒了。听孩儿这一说，那少妇虽笑脸灿烂，又喜泪横流……

从此，孩童"死而复生"（其实是那孩子因炎热一时窒息，躺树下后被山风一吹便苏醒了）的事不胫而走，尤其是"复活"后在土地庙边堆小石的事，传得很远很远。时间久了，人们就对在土地庙边堆小石才能转运这一说笃信不移。于是，仿效者散布于四面八方。年年岁岁，在土地庙焚香礼佛的香客络绎不绝。人们祈祷万事大吉，日日顺遂；或是早生儿女，家和业兴；或是科考及弟，光耀门庭；或是生意兴隆，财运亨通……焚香后总要在土地庙外堆砌小石子，垒成一小堆后，便在最上面的一块压上钱币，以示心诚。久而久之，双髻山土地庙垒砌的小石堆越来越多，自然形成一道独特的风景。

李家父子的故事

杨国栋

一

明朝正德十一年（1516 年），因为兵部尚书王琼对王阳明的才能十分赏识，王阳明被擢升为都察院左佥都御史，巡抚南（安）赣（州）汀（州）漳（州）等地。王阳明的思维与常人不同，本来他应该驻军南赣汀漳才对，偏偏他选中了在上杭县驻军。如此一来，闽西大地上的军事防御官员也就只好跟着驻扎到了上杭城。这个跟随王阳明搭伙跟班的朝廷命官李守备，就这样进入了上杭县平民百姓的视野。

说起李守备，其实他的祖先正是上杭人。

原来，按照闽西上杭县李氏家族的族谱记载，位于上杭县稔田镇官田村的李氏大宗祠，始建于清朝道光十六年（1836 年），至今已有 180 多年的历史，关键是这座宗祠里外完好如初，看上去古色古香，蕴含丰富。依据李氏族人的说法，这幢浩大繁盛的宗祠，是李氏后裔为了纪念其入闽始祖李火德公建造的。大约在南宋理宗赵昀绍定年间（1228 年），因为躲避战乱，由先祖李火德公带领李氏族群向着东南方向迁徙，由赣入闽，至今已经有了近 800 年历史，其后裔遍布闽、台、粤、赣、桂及东南亚各国。近年来，海外李氏子孙走进稔田寻根谒祖的宗亲络绎不绝。看到稔田乡官田村河谷盆地上的这幢李氏宗祠，海内外乡亲没有不褒扬赞美的。宗祠周边树木葳蕤，群山叠翠，翠茵流泻，风光旖旎，景色秀美。李氏大宗祠系三进四落式的砖木结构建筑。有大厅 2 栋、大小客厅 26 间，住房 104 间，占地 5600 平方米，建造时间长达数年。这座结构严谨、气势非凡的宗祠造型，充分体现了客家宗法制度严谨与家风家教的严苛，包含了中原建筑与闽派建筑风格高度融合后的建筑艺术理念，成为上杭大地上重要的建筑瑰宝之一。

李守备虽然也是上杭李氏入闽先祖李火德公的后裔，却因为祖辈很早就外迁他地谋生，客观上与上杭稔田的先祖造成了时间上和地理上的疏离。李守备因为早年秉承客家先民耕读传家、勤俭持家、道义立家的优良传统，潜心读书，凿壁偷光，囊萤映雪，牛角挂书，穷且益坚而不坠青云之志，参加科考中举，成就了功名事业。他被朝廷派往江西省彭泽县做了一名主簿，干得很欢，尤其写得一手好文章，处理了很多民间纠纷，深得县令赏识，两年后擢升县丞，从七品。又敢于同山区的土匪及其乡村恶霸进行坚决的斗争，扭转了社会风气，保住了一方百姓的平安，受到了上司的重用，擢升为县令，正七品。彭泽县是大名鼎鼎的魏晋时代大诗人陶渊明曾经做过县令的古县。恰巧李守备特别喜爱陶渊明的诗歌、诗韵、诗风，认为阅读陶诗就是阅读一个时代的风骨。但是他不喜欢陶渊明的酒气、酒风、酒品，也反对他的从政理念。后来，因为李守备在剿灭山匪方面功勋卓著，他被选调到军中任职，做到从五品的军中防御大臣，即地方防御守备。

守备这个官职，在明清两朝均为军中武官的名称，是专门负责地方上某一城池的防御，包括军事工事建设、兵员武器购买等军中事务的官员，相当于现在的地市级军分区司令员。李守备因为刚来任职，也就够上了从五品的官职。

回到闽西大地上的上杭任职做官，李守备精神焕发，斗志昂扬，大有一种衣锦还乡、光宗耀祖的豪迈感。遥想当年，他的祖上一脉因为曾祖父身患肺痨重疾，借钱借债治疗养护三年，倾家荡产，依旧不能挽救性命，最后落了个人财两空，不得不背井离乡，到了边远的地带开荒挖地，重新打拼，挣回田地，站稳脚跟。有了这样的惨痛经历，从李守备爷爷那代人开始，不仅重文，更加尚武，将练习各种拳法和锻炼身体结合起来，彰显出健康强壮的体魄。应该说，李守备虽然是一名乡间读书人，推崇那个时代"朝为田舍郎，暮登天子堂；将相本无种，男儿当自强"的理念，却也念念不忘吸取先人身体羸弱的教训，书要读得好好的，身体也要练得棒棒的。

能文能武的李守备，虽为文官，但是他胆大心细，有勇有谋，关键时刻敢于亮剑，打击山匪恶霸的时候，更是冲锋在前，敢打恶战硬战，故而多次征服了山匪与社会黑恶势力，赢得上司青睐，也获得老百姓交口称赞。

二

从五品守备官员在明清时代，是指管理军队总务、军饷、军粮职务的官职。该官职受各省提督、巡抚或总兵管辖。另外，该职亦可由参将、游击将军代之。到了闽西大地，当上了从五品武官的李守备，在接受军队上级领导的同时，也有着管辖千总、把总、百总等下级军官的权力。李守备深知自己的主要职责是建设城防军事工事，防御外患或者匪患力量前来进攻，保住一方百姓平安。但是他从不呆板地固守陈规旧条，被动地等着山匪前来进攻骚扰，而是反过来思谋，策划了多次主动打击山匪恶霸的军事行动，大获全胜，不仅狠狠地打击了黑恶势力，还收缴了土匪恶霸不少的刀枪剑戟，丰富了自己所属部队的武器库。王阳明志大才优，谋略了得。当他得知李守备如此能干，也不能不高看他三分。

王阳明在上杭县留下名诗《上杭喜雨》："即看一雨洗兵戈，便觉光风转石萝。顺水飞樯来贾泊，绝江喧浪集鱼蓑。片云东望怜梁国，五月南征想伏波。长拟归耕犹未得，鹿门初伴渐无多。"原来，正德十二年（1517年）三月，王阳明奉命平漳寇驻军上杭，遇到大旱，祷于行台。天降喜雨一日，民以为未足。等到四月班师，王阳明再次率领大家祈雨。喜雨连降数日，旱情被解，民乃入田耕耘。李守备觉得王阳明这件事办得极得民心，也就建议当地官员将王阳明撰写的《时雨记》全文雕刻在一面宽大的石板上，立碑纪念。如今，位于上杭县临江镇中路的王阳明石刻碑文还在，依然字迹清晰。

闲暇时间，李守备除了教导和传授自己的知识和武艺给儿子李达麟外，还大量阅读了李氏家族的各种文献史料。传说，李姓原是颛顼帝高阳氏的直系后裔。颛顼有一个孙子叫皋陶，做了尧帝的理官。理官是专管案件狱讼和审判的。当时盛行以官职为姓，皋陶也就以"理"为姓。商朝末年，皋陶后裔有一个叫理征的人，忠心耿耿，多次进谏纣王，劝他行善多做好事。不料纣王沉湎酒色，荒淫无度，不理政事，还暴虐无道，动不动就诛杀官民，引发天怒人怨。纣王对理征的多次劝谏很恼火，便把他杀了。理征的妻子契和氏听到消息后，便带着年幼的儿子利贞外出避难。契和氏本是陈国（今河南淮阳）人，想逃回娘家，又怕连累家人，于是便逃往豫西。当走到今河南西部伊河流域的"伊侯之墟"时，母子两人饥饿难忍、疲惫不堪，小利贞已经奄奄一息。四野荒无人烟，根本无法找到食物。幸好契和氏发现附近的野树上挂着一些被称为"木子"的野果，可以充饥。于是她采下野果给儿子和自己吃，这才保全了母子性命。母子俩逃到豫东，在离淮阳不太远的苦县（今河南鹿邑）安家落户。为了表达对"木子"野果的救命之恩，年轻的母亲契和氏突发奇想，认为孩子的父亲姓"理",而"理"同"李"同音,改姓可以躲避纣王的追捕。故而让她的儿子利贞改姓"李",叫李利贞。这就是华夏李姓的起源。

还有一个传说,春秋战国时代,李氏开始迁入山西、四川、河北、陕西境内,并开创了陇西房和赵郡房,形成李姓宗族最重要、最根本的两大支派。西汉时,李姓先民多徙居山东和江西。到了东汉、三国时,李姓往东北的一支发展到了辽宁一带,又向西北发展到宁夏一带,向东南也发展到了江浙一带;其后再远涉山水,向东南发展到福建、广东、湖南、湖北,乃至西南云南一带,可以说李姓后人布满天下。

说起李姓迁徙福建,也有故事。唐朝初期,李氏部分人南迁,其中河南的李氏于唐高宗时随陈政、陈元光父子入闽开辟漳州。到了"安史之乱"时,有不少李氏子孙为避难迁往南方。而在唐朝末年,王仙芝、黄巢发起农民起义,中原地带长期动乱。河南的部分李姓人家跟随王审知兄弟入闽,定居于福州、泉州、兴化(今莆田)、漳州等地,后又分流到了宁化、上杭、邵武、清流等地,进而又向西南发展,分布于广东、广西的一带。

李守备对他的祖先李氏先贤,除了帝王外,最为钦佩的就是始祖之一的老子李耳。老子学养丰厚、智慧超群,深不可测,无人能够望其项背。他的五千言《道德经》,李守备反复研读了十数次,依然不能完全领悟并运用自如。

作为军中守备,李守备十分佩服大儒王阳明,但他最为崇拜的将军还是西汉名将李广。崇拜他谦恭谨慎、内敛自律、从不夸耀战功的高贵品性;崇拜他宁可站着死,不愿跪着生的风骨。因而,当太史公司马迁在《史记》中单独为李广立传,并满怀激情地用"桃李不言,下自成蹊"来赞美他,也就让李守备真切地感受到飞将军李广的人格、精神、品性的伟大,远远比战绩、荣耀来得重要与高贵。

　　李守备尝试进攻为主的战法，获得奇效，却被嫉妒他的宵小之人一纸告到了巡抚兼总兵大人手上，罪名是"不听上峰指挥，自作主张，靡财费师，私购军火"。高官们不调查，也不听李守备辩解，就报到朝廷，将忠心耿耿的李守备就地免职。深受冤枉、无比委屈的李守备，气愤地找到省府衙门申诉，却不被巡抚总兵理解。李守备想到朝廷派出的王阳明，他们关系不错，可以帮到他。可惜王阳明早就离开了上杭城。李守备找人打听，原来巡抚、总兵如此狠狠打击他，深层次的原因是他不谙官场之道，长久为官，多有擢升，却不会阿谀奉承，从来没有给巡抚总兵大人送过大礼……李守备听了气得差点晕倒。生性耿直的李守备想到，既然上司府衙不肯公正办事，还要厚礼，在他们手下当差厮混还真是玷污了他的人格声名。他一怒之下拂袖而去，决定从此不跟黑暗的官场产生瓜葛。

三

　　李守备的儿子李达麟，打小跟随父亲李守备在兵营里生活，平日里喜欢舞刀弄棍，日久天长，跟着父亲学了一套功夫，继而又去游学，涨了见识还得到武当大师指点，功夫很是了得。李达麟还有一个强项，就是嗓子特好，能唱男声，也能唱女声。不少戏班子想请他去唱戏，他拒绝了。然而，花无百日红，他的父亲李守备被人诬陷革职，回到了老家蛟洋乡野再兴村，过着躬耕隐居的清贫生活。李达麟也为此受到伤害，不理解官场军界何以如此复杂。李达麟深得父亲李守备真传，也是性格刚毅、坚韧不拔、敢作敢为之人，在江湖上结交了不少武林侠士，加上好打抱不平，村里有谁被大户豪绅欺侮了，他都要管一管，评评理。久而久之，一些豪强劣绅恨他恨得要死，穷苦百姓则叫他李侠士，往往遇到地痞强盗欺负，就会找到这李侠士帮忙，请他出山伸张正义，惩恶除暴安良。豪强劣绅对李侠士可说是又怕又恨。为了获得争强斗狠的胜利，豪强劣绅们自恃有钱，信奉"有钱能使鬼推磨"，他们用钱财去贿赂地方官吏，企图达到横行一方的目的。过去李达麟凭借父亲李守备的官威，不仅让他们失去面子，还让他们吃了不少苦头。现如今，李守备毁官毁名，无职无权，豪强劣绅们觉得报复的时候到了，便思谋着如何对李达麟进行打击报复，最好能够给李达麟安上一个罪名，除掉这个眼中钉肉中刺。一天，同族的百万公李迁富以设家宴为名，请县官和四乡豪强劣绅商议对策。狗县官捏造"李守备对朝廷革职不满，纵子聚众谋反"的莫须有罪名，派出县里的快捕官差，迅速将李守备捉拿归案，然后再来收拾他的儿子李达麟。

官差快捕得令从县城走到乡间，发现再兴村附近有一座新建的凉亭，在亭子里落脚歇息时，谈论起捉到李家父子可得重赏，不料被凉亭边躺着的一个人听到了。这个人是前半个月被李迁富的三少爷赶恶狗咬伤的老叫花子。当时，李侠士外出访友回家，见此情景，打跑了恶狗，并扶起这位老人回到家里为他治疗敷药。此时，老叫花子一听说有人要害死李侠士父子，一方面气得不行，另一方面也吓出了一身冷汗。等到公差一离开亭子，老汉拔腿就跑，抄近路马不停蹄地去告知救过他的李侠士。李家父子一听，如闻晴天霹雳，于是匆忙收拾行装准备离开。临行时，李守备坚持要老叫花子一起逃走，可是老叫花子觉得自己年纪大了走不快，怕拖累了李家父子，说公差也不会注意他这个老叫花子。李守备与家人只得拜了三拜，感谢恩公，挥泪告别上路……

一年后，李守备一家隐姓埋名，在僻远的贴长乡龙龟村开了一个小店铺。一天，李达麟外出贴长乡，忽然遇见老叫花子。真是他乡遇恩人，情义分外深。李达麟拉着老人的手，将他往家里带。李守备在家里见到恩公，更是殷勤款待。李守备还叫儿子李达麟认叫花子为义父。李达麟遵从父命，一直把老叫花子当作自家长辈侍奉，供他吃穿不愁。可是，老人常年乞讨，有一餐没一餐，又在街头露宿久了，落下一身病。一天早饭的时间过了，迟迟不见老人来吃饭，李达麟赶到老人的房间，掀起蚊帐一看，老人已安详地去了。李达麟和李守备父子，几乎哭成了泪人。后来，李家还厚葬了老人。事后大家一算，老人在李家刚好享受了三年的天伦之乐。

李守备过了花甲之年，渐渐身体不支。临终之前，他将儿子叫到床前，告诉他说：闽西一带李氏宗亲，先祖对唐玄宗李隆基特别崇拜。这个唐明皇高度重视文学，爱好歌舞，曾专门开辟两个地方，作为教练宫廷歌舞艺人的场所，名曰"梨园"。一个在长安（今陕西省西安市）光化门北禁苑中；一个在蓬莱宫侧宜春院。其中分设男女二部。当时，宫廷乐舞有两大类，一为坐部伎，在堂上表演，舞者大抵为 3 至 12 人，舞姿文雅，用丝竹细乐伴奏；一为立部伎，在堂下表演，舞者 60 至 180 人不等，舞姿雄壮威武，用鼓和锣等伴奏。唐明皇曾选坐部伎子弟 300 人和宫女数百人，进入到梨园学习歌舞，有时亲加教正，称为"皇帝梨园弟子"。后来，人们称戏班为"梨园"，戏曲演员为"梨园弟子"，都源出于此。李守备说：儿啊，现如今父亲快不行了，你呢，还年轻，一身功夫比爹爹强多了，可以到李姓人家的梨园戏班里谋碗饭吃……父亲李守备说到这里，渐渐闭上了双目。

李达麟在一片哀号悲泣中送别了父亲，安置了家人。他遵照父亲的遗愿，走进了百里之外李姓人家创办的梨园剧团，想专门扮演他和父亲崇拜的李广飞将军角色。梨园剧团的老板知道他的身世后，告诉他说，我们演唱的梨园戏，老祖宗留下的传统篇目很多，人物的也不少，却没有李广飞将军的。不过根据你的条件，可以破例专门为你李公子设计唱腔和台词，包括武打场面。但是，行有行规，戏有戏法。梨园戏在表演上有一整套代代承传的科范，其基本动作称为"十八步科母"。无论生、旦、净、贴、丑、外、末等，均有着严格的规范。

李达麟听了很受感动。他表示，梨园戏班的规定，一概遵行照办。此后，李达麟和梨园剧团，常年游走在上杭的贴长乡、古田乡和蛟洋乡、稔田乡一带。他在舞台上，将李广将军抗击匈奴、战功显赫，忍辱负重、委屈不诉，宁折不弯、大义凛然的形象，表现得淋漓尽致，成为一段佳话。

参考资料：

1.《闽西民间故事》，福建人民出版社 1965 年版。

2. 本故事讲述人李宝垭提供的资料。

崇头红豆杉风水林

张冬青

　　客家人敬畏生态环境氛围，奉行对石头、动植物等天然物的崇拜。上杭县城关广植大榕树，当作"神树"膜拜有加。更为虔诚的是，一些人将刚出生的婴儿抱到老榕树跟前契拜其为母，并为孩子取小名为榕树生、榕妹等。上杭蛟洋华家村水口风水林有一雌二雄3株古银杏。雌株树冠宽展，高31米，胸径386厘米，东西冠幅达40米；雄株树冠更为高耸。华家族谱至今已载33代，据传此树为华氏开基祖所植。有专家认为，此古银杏树龄已逾千年。清代扬州画派之一华嵒即为华家村人。梅花山腹地步云崇头村后山有300多亩连片的古红豆杉林，为国家一级珍稀保护植物，最大的一棵二三十米高的红豆杉王几人合抱不过来，被村人称为神树，有1700多年历史。此地世所罕见的古红豆杉群之所以能够历经千年保存至今，就因为此林自古为崇头村风水林，无人敢动刀斧砍伐。

　　在这个初冬的日子，阳光和煦，步云政府办公室的小张陪同我探访崇头村的红豆杉风水林。小车从步云出发，经马坊村右转，一路缓坡数公里，十余分钟后，小车在崇头村后红豆杉生态园管护小屋门前停下。小张在前头引路，我们走在浓荫蔽地陡峭的原始生态林间。山道两旁长满种类繁多的树木，我们从粗大树干上挂的标识得知，有椤木石楠、华南桂、糙叶树、黄檀等。往里走，放眼所见更多的是几人合抱之粗、树干挺拔昂扬、棕褐色斑驳树皮上爬满青苔的红豆杉树，笔直的树干大多通高二三十米，高耸入云。因山势险峭，浓绿色针羽状枝叶铺陈的树冠都朝向阳的一方努力伸展，尤显壮观，有如玉树临风的王子。每株大树上都挂了牌子，上面写着南方红豆杉、国家一级保护植物和编号等。

小张告诉我，脚下的红豆杉园地处梅花山南麓，海拔高度在 900 至 1200 米，总面积 300 多亩的原始森林里密集生长着 3000 多株树龄在 500 至 1700 多年的南方红豆杉，最高的达 30 多米，最大的要 5 人才能合抱过来。红豆杉全身都是宝，木材质地坚实纹理细腻，可当高档器具用材；树叶树皮及籽实可提炼治癌良药“紫杉醇”。20 世纪七八十年代，曾有人结伙进山偷剥红豆杉树皮，被崇头村中族人及时发现满山追赶，这伙人只好丢下工具抱头鼠窜。近年来，崇头村与红豆杉生态园加强管理，为防止间杂的毛竹侵蚀红豆杉林，将山麓的大多毛竹砍去，移栽上红豆杉树苗。

我们沿着半山腰平阔的木栈桥往树林深处去寻访那棵红豆杉王神树。木栈桥上嫣红点点，散落许多豌豆般大的滚圆红豆树籽。仰头望去，巨大的树冠上红绿交集，鸟声啁啾一片；鸟们像是参加一场盛大的赶集，不时在绿叶红果间跳跃飞动，挑拣啄食着可口的红豆。有风吹过，枝叶飘摇间，不时有熟透的红豆落下，我伸出手掌接住几粒，放嘴里抿着，黏滑的果皮微甜稍涩，仰望树冠之上和高天流云，唇舌间就有云朵和岁月的滋味漾开。小张说，红豆杉果实内核坚硬，自然落地一般不能生根发芽，要靠鸟类啄食后经胃酸作用排泄他处才能萌芽生长。因此，群鸟与红豆杉群落是相互依存的关系，鸟类也可以说是红豆杉的孵化器和播种机。

我们终于见到了眼前这株高矗在木栈桥边，多人合抱不过来，树高十多米处才开出两大杈的红豆杉王神树。树身上布满苍绿色的苔藓，树牌上写着：树龄 1700 多年。树底下，一对年过花甲的老年夫妇正拿着条大红布条往树身上拉拽缠绕，询问后得知，他们是附近村民，因近前儿媳生了龙凤双胞胎，且今年在外做茶叶生意的儿子收入颇丰，二老是专程来向红豆杉树神还愿祈福的。

　　我用手机转着各种角度对着巨树拍照，心头有几分震撼，这是怎样的一棵神树，历经1700多年的沧海桑田，见证了这一大片红豆杉风水林的此消彼长、繁衍壮阔，它是梅花山红豆杉的曾高祖、祖父母，是崇头村和这片红豆杉的守护神。临别告辞，我一步三回头，向红豆杉树神和满树红豆行注目礼。

与一片森林的邂逅

黄河清

从上炉水库往北步行约 500 米到新开公路处，有一片茂密的森林，这便是步云的梨岭村祖祠后龙山——王赌坪。为何叫王赌坪，我不得而知，但这片四周被梯田环绕着的三个小岛似的森林，面积虽不足 300 亩，却保存着原始森林的状态，显得格外挺拔壮观。

清晨，踏着窄窄的田埂，向幽静的森林走去。幽静的深处，是一个绿的天地，绿得深沉，绿得闪亮，绿得发黑，绿得叫人忘却红尘。薄雾缭绕着树梢，如梦似幻，山脚下的岩石也是深绿的，长满了青苔，光滑细腻，连那流动着的一个个小小露珠，都无法作短暂的停留，只能顺着岩石，盘旋不尽，缓缓流淌。甚至连飘在空中的都是晶莹的露珠，在不经意间，悄悄地挂上了眉梢。

看见田埂的尽头上有一棵树的叶子很奇异：一片叶子鱼肚白，叶边麻黑色，翘在高高的枝上，其他枝上的叶子黑黑的，软塌塌地垂下来，哪有这样的树叶呢？我近前察看，鱼肚白的叶子忽地飞起来，原来是一只山雀。这种山雀喜欢生活在阔叶树林和针叶林混交地带，冬季常在平地树林出没，吃草籽，大嘴巴，头部有光泽，尾巴尖形，发出"叽叽喳喳"的鸣叫。它能一直呆呆地立在树丫上，风吹也不动。我再看看那黑叶子，我看清了，那也不是叶子，而是一串串的黑浆果，垂挂下来，和叶子很相似。其实树上一片叶子也没有。我掰下一截树枝，流出白色的汁液，树皮浅黄色，掰起来很脆，树枝断裂时发出"啪啪"爽脆的声音。我不认识这是什么树，但能判断它属于泡桐的一种，落在地上的树叶宽大肥厚，树枝内纹理有气泡，这种树落地生根，见了雨水阳光，长得臃肿，秋霜来临全落叶。

走在森林中一条众人踩出的小径上，目光犹如自由飞翔的小鸟，几乎碰不到多少屏障。身边的树或曲或直伸向天空，由于抖落了许多叶子，枝干显得更清晰了，在潮水般天空的反衬下，勾勒出遒劲的线条。阳光从这些线条织成的网纹中进行照射，森林更有奇幻而不可捉摸的风韵。我踏着沙沙响的落叶，偶尔伸手去接一片一片在微风中旋转的黄或暗红的落叶，身心轻快。我仔细地辨别落叶上那卷曲的脉络，闻着那青涩的气味，随着脚步的移动，聆听着落叶的絮语。我望着树，树也望着我，我们没有语言的交流，也许，在这孤独和静谧中，我们之间存在着宇宙间神秘的信息。

走在这幽静的森林里，能闻到一种清爽而又湿润的醇香的味道，这气味笼罩着整个身心，随着自己的呼吸，缓缓地进入体内。那股轻盈的气息，上下穿梭，洗涤着繁杂的尘念，感受着幽幽的思绪，一种洗净心灵的感觉随着呼吸流动，卷走淤积，让人感到阵阵清爽和惬意。

偶有鸟儿的鸣啼，便打破了这宁静，使你猛地从凝神中醒来。一只山鸡从枝头飞起，那振动的树枝像被弹拨的琴弦，山鸡张开翅膀像蹁跹的舞裙，这些会使你从静默中兴奋起来。森林里的鸟很多，有喜鹊、麻雀、翠鸟、布谷鸟……数是数不过来的。树林里最多的还是一种叫不上名来的黑色小鸟，这种鸟，看上去跟八哥鸟差不多，在树林里，一落一大片，恐怕上万只不止，这种鸟天亮就出发，不知道飞到什么地方去，直到黄昏的时候才飞回来露宿，日复一日，年复一年在这片森林里繁衍生息。鸟是森林中的精灵，是森林中的舞者，是森林中的天籁之音，没有鸟的森林是寂寞的，没有鸟声的森林是寂寞的。这片森林有很多的鸟，它们在山间、树上、田野中飞来飞去，它们的鸣叫声在山间、树上、田野中四处鸣响，森林也就不寂寞了。

森林中不仅有鸟鸣，也有此起彼伏的虫鸣，"秋天高高秋光清，秋风袅袅秋虫鸣"，秋天，应该是虫鸣的季节。酷暑炎热过后，尤其是俗称的立秋"三候"凉风至、白露生、寒蝉鸣之后，秋风习习，百虫复出，大自然又恢复了她往日包容万物、和谐共生、百族共处、一派繁荣的景象。森林里蹦蹦跳跳自由飞翔的蛐蛐、蝈蝈、蚂蚱和那些叫不上名字的小虫子，到处都是它们活跃的身影。虫儿的鸣叫充斥着森林的角角落落，唧唧吟唱，收收放放，似轻声细语的交谈，如柔声慢语的情话，像缠绵动听的轻音乐敲击耳膜，陪伴我赏读着秋意。

这片森林树种繁杂，但最多的还是杉树、松树、樟树和枫树。杉树棵棵挺拔笔直，叶面上好像有一层水，一层油，整片的杉树林上好像氤氲着油香四溢的雾。杉树虽极普通不过，但它亦极有个性，它们其貌不倚，其枝不逸，生长茂盛，却不张狂，萌及他人却并不霸道，内质清丽柔和，却长着刺身，真可谓可敬而不可亲，可远视而不可近狎。种到土里，就自然生长，靠的是山地深厚肥沃的沙质壤土和温润气候与阳光，并不需要多少人工的刻意培育，也无须特别的呵护。它们树干高大、粗壮而挺拔，木质细密，用途极广，不论粗细大小，只需稍稍雕琢即为良材。它们包容、大度，既可独处，又可以成林成片，还可以与各种树种和谐相处，杂居生长，因为杉树只求自己有一片生长的天空，却并不屑与别的树争个高低上下。它们适应性极强，且性格坚韧顽强，对生长环境要求不高，山坡、平地均易生长，并不需占用什么优质平整的上等良田，作为自己的栖身之壤。杉树耐阴耐寒，斜雨霜风无所惧，雪压冰挂摧不垮，只管照直里生长，什么恶势力也别想压弯它坚挺的身躯。它们讲奉献，只要人们需要，它总是将自己身躯无偿地献与人类，却从不苛求什么回报。它们扎根深山，一代成材，被砍伐掉，只要不伤及根部，它自会从树桩上透出新苗，十年、二十年后它又是一代良才，因而杉树被山里人敬奉为"神材"。客地多杉树，而杉树的品格，不正是客家人的品格吗？

不经意间，我发现了一株红色的枫树，它点缀在墨绿色的植被中间，就像是一束燃烧着的火苗，十分显眼。枫树扎根在乱石中，那些细小的石块，是不是枫树给弄碎的？它的叶子黄中带红，一张庞大的蜘蛛网结在树杈间，但蜘蛛却不见了踪影，也许是躲到哪个温暖的地方准备过冬了。倒是枫树它立在原地等着，它怕开春后蜘蛛找不到回家的路，即使寒风把枫树的脸冻得通红，它仍立在原地。一条野果的蔓条沿着枫树的身体绕来绕去，与树枝一样，就要触摸到天空了，蔓条的高处还挂着一串串紫色的果实。不远处就是一片枫树林，秋天的枫叶在阳光的照射下闪着红光，美丽极了。饱蘸枫的颜色，浓缩忠诚、坚韧与执着，满怀豪情去渲染生命的绚丽画卷，这千树万树的红叶，愈到深秋，愈加红艳，凝聚着激情，不断地升腾着。走进枫树林，仿佛自己也变成红色的了，热情洋溢的枫叶，在山风的吹拂下，频频点头，欢迎着我们的到来。我捡起一片枫叶，细细地观看着，一片枫叶由七个小小的叶瓣组成，它的边有些毛糙，红色的茎细长细长的，像一只张开的手掌，我惊奇于它的变化，像一个魔法师，从春天的绿色渐渐地变成了秋天的红色。枫树脚下，红色的、黄色的、紫色的叶子都懒懒地躺在青绿的草丛中，这真是一幅最美的油画。忽然想起一首歌"缓缓飘落的枫叶，像我点燃的烛火，温暖岁末的秋天"。就算枫叶凄凉地凋落，它也要伴着秋风旋转着身体，划出最美的弧线，然后轻盈地回归大地。

山坳中有一排的古樟树，像一道天然的屏障。它们树冠相叠，枝干交错，浓绿如云，给森林平添了一层神秘深幽、如梦如幻的色

与一片森林的邂逅

彩。古樟树的树干异常的粗壮，得四五个成人才能合抱得起来，树干有些灰白，还有些斑驳粗糙，有些凹凸不平，身上布满了蕨类植物，节与节之间略有扭纹，枝丫顶端树叶有些稀疏，这些都是岁月的痕迹，满身的结疤是沧海桑田记忆中扭曲的音符，在斗转星移中诉说岁月的苍凉。然而古樟树依然昂首云天，巍峨挺拔，虬曲苍劲，生生不息，神采飞扬，默默地守护着这片古老的大地。树老为神，树古成仙，一棵古树就是一棵活的文化标本，它们渗透在这个村庄一代代人的生产生活中，这个村的一代代人也用他们的真心、真诚、纯真守护着它们，敬仰着它们。

古樟树林中有一座长方形的黄土房，约 40 平方米，南北的墙上各开了一扇小木窗，门仅有一扇，开在东墙，房子不超过 2.4 米高，有个斜面三角形的屋顶，盖红瓦，因年代较长，瓦已变成黑色，瓦垄里有很多苔藓，瓦楞也是黑黑的。我沿着房前房后走了两圈，推开虚掩的木门进到房子里，翔实细致地看，没发现床铺、灶台，可见这房子从不曾住人。在闽西山里，有许多碉楼一样的泥砖房，黄黄的，有烟囱，底下有灶膛口，是作烤烟用的。这间房子显然不是，许是作临时休息或堆放山间杂物用的。内墙也是黄泥垒的，墙面已剥落，石灰和粗石块裸露出来。

在这间废弃的泥土房里，我发现了森林中的另一个世界：南窗户的一个窨窿里，有一个鸟巢，巢是用芦苇丝、干稻草铺就的，比饭碗略小一些，巢口有一片白色绒毛；北窗户上的瓦楞上，挂着一个蜂窝，蒲袋一样的窝孔黄豆大，缠了一张蜘蛛网，两只死黄蜂黏在上面，整个蜂窝干燥，是纸灰烬的颜色，看样子，蜂王带着工蜂去其他地方筑巢了，作为旧居，已无蜂前来瞻仰和故地重游；房子里有一张草席，席上铺了稻草，估计曾有流浪的人在此短暂留夜，如今成了一种哺乳动物的窝，稻草因动物长久的酣睡形成了一个凹，墙角落下很多黑黑的粪便，一粒粒盘结，每一粒都有核桃大；横梁上，一只燕巢扣在梁中间，露出一个巢口，我在看到它的时候，一只燕子飞了进来，瞬间就听到了雏燕"唧唧"的欢叫，伸出黄黄的喙，争抢母燕衔回来的昆虫；门槛下被挖了一个洞，黄黄的泥巴从洞里扒出，泥巴细细碎碎的，约有一粪箕，显然这是黄鼬的安身之处……这个废弃小屋，显然被动物们肆无忌惮地合理开发利用，成了动物之家。

我在泥房子里转了转，便很快离开了，怕惊扰了动物回到自己的巢穴。我想起俄罗斯作家普里什文在《赤裸的春天》中写道："整个晚上，我们同那些居住在洞穴里、树洞里、树根里和森林的各个层次里的各种生物一样，都在倾听雨声。在这令人精神焕发的雨里，一切能活动的东西都停了下来，隐藏起来，靠近树干，如果有可能，甚至跑到树里边，钻进树洞……在赤裸的春天小雨的伴奏下，我们脑海里历数了一遍所有物种在离开大海后住过的各种房子，也没有为自己找到比树洞更好的地方。"这间破旧废弃的泥房，相当于这片森林中最大的一个树洞了。

林中小径旁的植物非常茂盛，它们种类繁多，和谐共生。只要有土壤，就会有植物生长，它们不会斤斤计较，每一棵植物都深深扎根，将头伸向高处，吸取每一缕阳光。植物生长得极不规则，高低错落，大小不均，无任何束缚，无规律可循，一切遵循本性，一切顺其自然，一切顺其造化。也许在世人眼中，森林中有些植物外表平庸丑陋，但它们不在乎别人的目光，活得惬意逍遥。漫山遍野的山花，各展风姿，有的层叠出彩，有的单瓣摇曳，有的卷曲藏蕊，有的亭亭怒放，真是万紫千红，各领风骚。

不知不觉间，晚霞已布满了天际，金色的夕阳在林间的缝隙中穿插，轻拨慢弹，氤氲出缥缈梦幻的幽境。就在这一时刻，我蓦然发现，行走在森林中，所有的东西都在消失，只有灵魂在生长，走进森林的宁静里时，就已经开始走出了自己。

罗心坑的三大圆石

李治莹

　　蛟洋镇有个自然村，原本是以"罗心坑"为名的，后来更名为"朗星"村。如此更名，不知是否与该村的三块圆滚滚的大石头有关。地上的圆石，天上的朗星，石与星遥遥相对。说起这三块大石，自古至今村人无不称奇，不知此石究竟是地底深处"冒"出来的，还是天上掉下来的。但凡知书识字的，都在"百思"中以求"其解"。因为这爿山村无论山岭还是山坑，尽为厚实的泥土，找不出多少有岩石的山和岭。山岩为之罕见的一个村寨，竟然有此三圆石，有的部分圆得如同人工磨砺抛光过的一般。这三圆石，一石在山岗上，另两石却在田地里。奇特的是，山岗上那石与田地里的另两石，分别都是等距离。

　　古时候，罗心坑人认为天上的星星太多太挤了，有一天不小心掉下来三颗，都赐予了朗星村。于是村人觉得年年岁岁都福气满满，以这三大圆石落座于村中而骄傲。

　　一个满天地飞扬迷蒙大雨的春日之夜，雨势如同倾盆之水滂沱而下。疾风暴雨中，划破天地的闪电如长刀利剑相互碰撞与冲击，惊天动地的巨大声响，无不让人惊恐。阵阵滚雷似从遥远的天际轰鸣而来，震耳欲聋的雷声，仿佛要把天庭震塌下来。翌日，雨歇了，雷电也静止了。此时，八方四面都传来房屋坍塌、牲畜遭击、田地被水淹的悲叹声。唯有朗星村人在如此雷灾水患之下，只是惊愕了一夜，无论耕牛还是家猪都安然无恙。田地虽然丘丘水满，庄稼却并未被淹没，禾苗青青如常。朗星村人在诧异中处处察看，又见山林完好，且还听得百鸟啼叫。村人正庆幸时，有一位年长者惊见坐落在山岗上那方圆石上，有一处似利斧劈过，痕迹崭新。此时，村民们立即从山岗上跑下，各自察看立于田地上的另两大圆石，看后惊呼说，田地上的那两大圆石都显现出从未有过的细细裂缝……

于是，当年的罗心坑人无不认为是这三大圆石拯救了全村，替代村庄抵挡了电闪如炬与雷霆万钧，有如神助。

从此，罗心坑三圆石救村护林保田的传闻，传遍了罗心坑里外的山山水水。在罗心坑人的心目中，总觉得这来历不明的三圆石，既神秘又神奇，因此崇尚信奉者日益增多。据说村中有一位老婆婆罹患眼疾多年，各地的郎中均无计可施，各种汤药也都无济于事。她的子女便想到了村中神奇的三圆石，去田中的一石上刮下些许石粉，结果"粉"到病除，双眼复明了。

石粉治病只是传闻，但罗心坑人将此三大圆石作为镇村之宝，却是古来有之。此村或因有此三石立地，千百年村舍吉祥，民风淳厚，贤孝子孙层出不穷。曾有一位九十有五的老人因脊背疼痛，久治不愈。她同样已年长的独生子背起老母，外出求医。在一二十里的翻山越岭中，背几丈地便歇一歇，并给老母亲喝水喂食，孝与顺都做到极致，在村内外传为美谈。如此以孝道为先的事例在罗心坑村比比皆是、不胜枚举，且代代传承下来。

步云的民情习俗

杨国栋

上杭县步云，在民国时候曾经叫作贴长乡。中华人民共和国成立后，上杭县贴长乡人民政府研究决定：将罗步云生前工作战斗过的贴长乡更名为步云，以此表达人民群众缅怀罗步云在这里英勇作战而献身的英雄事迹；同时把罗步云与温生辉战斗过的龙龟角、丘山自然村合并为云辉村，取罗步云之"云"字和温生辉之"辉"字组合而成。20 世纪 50 年代末 60 年代初，人民公社建立，步云改成了步云人民公社，依然表达着闽西老区人民对罗步云先烈的崇敬之情。

步云人口不多，但是民风民俗很有特点，闽西客家人的乡土风味极其芬芳浓郁。

称 谓 礼 仪

步云的称谓很多种，叫起来很有地方风味。当地老百姓称自己，叫"自家"；称自己的父亲为"家父"，称自己的母亲为"家慈"，称自己的兄长为"家兄"，称自己的妹妹为"舍妹"。如果这位仁兄要出去串家门，同好朋友叙聊，到了他人家中，见到了朋友的父母，应当叫"高堂""椿萱"；如果单称他人父亲，则叫"令尊""令堂"；

称他人兄妹为"令兄""令妹";称他人儿女为"令郎""令媛"。而自家兄弟称为"昆仲""棠棣""手足";如果是夫妻,则称"公婆"。丈夫称妻子的父亲"老丈人",雅称为"岳父""泰山";妻子称丈夫的父亲"老官"。这样的称谓,在其他地方极其少见。

如果想在称呼上来点儿文明礼貌、儒雅之气,那么步云的老人们会告诉你,最好在尊称他人的时候,前面加上一个"玉"字。如身体叫"玉体",容貌叫"玉貌",言辞叫"玉音",书信叫"玉札",兄弟叫着"玉昆",等等。

在古代社会,人际交往不是很多,然而一旦出门走上江湖,长辈们就会教育年轻后生,在外要讲文明礼貌。比如,遇到穿长衫的知识分子,尤其是教书的老师,应当给人家点头,叫"先生";如果说这个老师很有学问,还有点儿名气,就得叫人家"夫子"。如果这位先生曾经当过你的老师,那么学生辈的年轻人,就得叫人家"恩师"。如果是同学之间的见面,可以称呼对方"同窗",既亲切又尊重。

如果同学朋友很久未见面,那么问及同学已经过世的祖父母、父母等,就应该在称呼前面加上一个"先"字,如先祖、先祖母、先父、先母,等等。如果是过世的同一辈人,应该在称呼前面加上一个"亡"字,如"亡妻""亡兄""亡弟""亡妹"。

闽西客家人自古以来谦虚谨慎,内敛温良,儒雅礼貌,这在他们的称呼上也得到了真切的反映。比如,称自家的庭院为"寒舍""草堂""山寮""竹寮"等,称呼外地人家的房屋庭院,叫"府上""尊府""豪宅""华楼",以示对自身的打贬,对他人的赞美。步云老百姓称呼他人的兄弟为"贤昆仲""贤昆玉",对他人自称"愚兄弟",谦恭的姿态溢于言表。如果是在人家的豪门府上,见到了人家的父子,则尊称"贤乔梓",对人家则称"愚父子"。在这里,自称"愚父子"好理解,而"贤乔梓"有说法。乔木高大富贵,有"乔木

· 233 ·

高高然而上"一说；梓木本分实在，也有"梓实晋晋然而府"的说法。被步云客家人用来尊称他人父子，恰到好处，反倒是被尊称的人肃然起敬。

婚 嫁 礼 仪

步云的乡民婚俗，一直以来依照古制"六礼"去做。虽然现在变化比较大，倡导男女婚姻自由，婚姻以感情为基础，但是必要的民间风俗风情，基本没有断过。依据资料记载：青年男女恋爱自由、婚姻自由，几乎没有人干涉。然而流传在民间的"说亲""小定""大定""择日子""送聘金""接亲"与"送嫁"等约定俗成的做法，依然常见于平民与富人之家，有所区别的只是相对豪华与相对节俭。从这里可以看出，乡村民俗文化，尤其是婚嫁，经过无数岁月打磨，虽有现代气息，其内在的礼仪礼俗和价值观念，却没有根本性的改变。

过去旧时代，青年男女16岁以后，父母就会委托乡间媒婆进行说媒，介绍适合男女双方的婚事。中华人民共和国成立以来，婚姻法明确规定男性20岁、女性18岁才具有结婚的法律资格。但是这跟往常16岁说媒联亲联姻却并不矛盾。原因是乡村男女在结婚前还有一个订婚的仪式可以过渡，虽不具有法律效力，却有着"乡规民约"意义上的约束力。无论男方还是女方，毁约悔婚，解除婚约关系，很可能引起重大的民事纠纷，给社会与家庭都带来诸多负面影响。

倘若媒婆说亲得以成功，约请说媒的人家，无论男方女方，都得对媒人进行感谢。改革开放后，乡村里专业媒婆少了，热心的大嫂大妈多了，义务进行男女双方的撮合日见多了起来，客观上搭建起了男女恋爱自由的社会平台。这个时候，步云的青年男女，会在感谢牵线人后主动进行联络。于是，旧时代遗传下来的"看妹子"风俗，依然在乡村悄然进行。过去贴长乡将这种"看妹子"的民俗，称之为"踏家风"。"踏家风"的前提是男女双方表示可以互相来往。一般情况下，都是男方主动去女方家里"看妹子"，不排除男郎看女貌、姑娘看郎官健硕强壮与否，尤其是学问高低、品相如何，包括家境，以及父母兄弟姐妹，等等，都应当了然于胸。男方还会顺带着察看女方的家境、厅堂的布置，家人的生产生活情况，尤其是家风家礼、待人接物等方式，可说是"踏家风"的一个主要目的。

男方到女家后，一般都会带上简单的见面礼，如何走亲戚那般，但是不会当即就表态是否继续交往下去，这个任务还是交给媒人来完成。男方和女方接触后，不管愿意还是不愿意，都要回复媒人，由媒人去转告对方。如果双方男女"踏家风"满意了，男方就会正式委托媒人进行严肃认真的提亲。

倘若提亲也顺理成章地成功了，双方子女家长都同意了，接下来就得请人来"写庚帖"，被请的基本都是懂点易经与阴阳八卦的所谓"算命先生"。此人需要男女双方告诉生辰八字，俗称"合八字"。算命先生伸出手指翻来覆去轮转了几回，就会给出合八字的结果。如果双方八字合得来，那么算命先生就会写出庚帖，俗名"婚单"，各置于香案之上。如果三天内没有不祥之兆，这门亲事就定下来了。如果八字不合，那么男方就要将女方的庚帖送还给女方家中。中华人民共和国成立以后，尤其是 21 世纪以后，这种"写庚帖"的做法在城市很少见了，在乡村部分地方依然出现。

这些民间谈婚论嫁的相关程序走完之后，"编红单"的民俗又要开始了。在步云，所谓"编红单"，也称"开红婚帖"，或者叫"讲财礼"。这项风俗各地说法不同，但是至关重要，甚至在某些地方成为谈婚论嫁的重头戏。编红单由男方父母、宗亲和媒人一起到女方家里，将男方送给女方的彩礼聘金、酒席钱、嫁衣钱等，一并开具出来,红单中还要写到回婚(回门)礼品,如帽、银花、衣裤、鞋袜(一般要满堂鞋袜等)。到了女方家里,女方父母看了满意,编红单的仪式程序就算走完。然而绝大部分时候都会出现双方讨价还价的尴尬局面。但不要紧,讨论的过程中媒婆在场,总会居中协调,不至于撕破嘴脸,将来还得做亲家。经过协商,双方父母将聘金财物一切搞定之后,男女双方当事人会被叫出来交换信物和戒指、手帕等。最后,男方来人在女方家中吃完了午饭再回去。在过去旧社会很长一段历史中,就是因为男方家里贫寒穷困,拿不出像样的聘金财礼,一些男人讨不到老婆,光棍一生。其后就衍生出另外的民间风俗,父母早早为儿子领取一个很小的女娃做童养媳。也有的实行"姑换嫂",即男方的儿子从女方家领走一个童养媳,女方同样将男方家的小女儿领进自己家中做儿媳妇。这两个女人就成了亲上加亲的"姑嫂"关系。领取童养媳和姑换嫂的做法,好处是显而易见的,免去了男方成年后结婚需要付出的泰山般沉重的聘金财礼。随着社会的发展进步,童养媳和姑换嫂的民间风俗,日渐式微,甚至基本消逝无影。然而另外一种为解决男人年龄到了而无钱娶老婆、到女方家里入赘的做法,还时常见到。

接下来是"看家方"风俗,步云也叫"踏家风"。但是这一回的主角换成了未过门的媳妇。女方到了男方家庭去看,目的是亲自了解男方的家庭情况。看家方有时候放在"大压"(定亲)前,也有的放在"大压"后。女方去的人除了未来的新媳妇及其父母外,还要叫上姑嫂、姐妹等等,大大小小十几人,有的乡村时兴9人,俗称"长长久久",一般不带礼品,即使带上一些礼品,男方也不收取。当日男方邻居兄嫂也要宴请女方来客。

再下来就是定亲了。步云人称定亲叫"大定",古代称之为"大压",即再次正式将婚事定下来。这时,男方即未来的女婿,要去女方家里送猪头、猪肉、牛肉、鱼、配料等,女方父母、兄嫂、叔伯、亲房都要出场。这是全村老百姓都会知道的一件大事。村里的老者、长者会被请去参加。有文化的老先生会被请去撰写婚书。婚书一式两份，双方父母、在场人、媒人等，都要画押签字，然后双方各执一份，妥善保管。这样的乡风民俗，类似于商场上做的生意合同。最后，男方吃完饭后，未来的新媳妇要出来见面，当众大声叫男方的父母为"爸妈"，未来女婿也要叫女方父母"爸妈"，双方父母则互相称为"亲家""亲家母"。

定完亲以后是接亲。这个必须选择黄道吉日，包括新婚新娘出门的日子、时辰、到男方家里后归门（回门）的日子及时辰。此外，女方还有裁红衣的风俗，也要择日进行；而男方也有铺婚床的风俗，也需要同时选定。男方将择定的吉日时辰事先送给女方，好让女方做好过门送亲的充分准备。吉日时辰一到，男方父母会主动地准备好一桌酒菜，女方家里父母会通知邻居哥嫂前来食夜（晚饭）。此后，邻居叔伯、兄嫂在女方归门前，要请新娘饭。新娘一般与生母一同去吃婚前告别宴。可见，步云村民对于婚礼的高度重视。

接下来的通客，也是一道风俗。男女双方父母要告知自己的"六亲"，儿女何时婚嫁。男方父母叫婚娶，通客包括祖父母、外祖父母、同庚、姑舅、表兄弟、亲房。女方父母兄弟要安排好送嫁人员、做大客（上客）等亲朋好友。其中送嫁以 5 人为佳，象征着"五子登科"。这其中要有一名男童带火笼，象征香火延续；大客以 9 人为宜，象征天地长久。男方要安排好迎亲人员，一般为 5 人，其中一名女性，古时候称"伞婆"，起到保护新娘出门、入门作用，乡民称之为"引凤"之礼。这是上杭客家人传承耕读传家、礼仪治家民风的外化表现。

最为隆重的婚嫁礼仪凸显在出嫁迎亲方面，可说是一幕大剧的高潮。在步云，新郎不需要去接亲的叫"迎亲"，新郎必去接亲的叫"亲迎"。结婚前一天，新郎家要派出轿夫抬着八抬大轿，跟着迎亲队伍到女方家中接亲，顺带上写好的"亲迎帖""大客贴""拜祖宗贴"和物仪礼目，备好祝福、司香、司烛、司厨、司妆、司洗、司翰、迎门、引凤、书庚、宰鱼、发炮等各色红包。随去的"奉祖物仪"，包括猪头、猪尾、蒸鸡、米饭等。米饭有讲究，必须是印花米饭，染上桃红色，寓意着生活红红火火。这些物质必须依次装入圆圆的竹篓中。同时附带路鸡一对，公母各一。公鸡脚缠红布，象征着夫妻恩爱，白头偕老。母鸡留在女方家里，公鸡带回夫家。还有灯火一盏，新娘红伞一把，象征不忘先祖、遮风挡雨。古时候伞的繁体字是人字下面还有4个人字，寓意着"人丁兴旺"。打伞撑圆了，又寓意着"婚姻圆满和美"之意。还要带上一小缸米酒，找一名汉子挑着，缸内用红丝线缠住鸡蛋两个，戒指一枚，放入后封盖，封面写上双喜。其中一名女性带上新娘红装（新衣裳）3套以上，跟着前行。媒人也要赴宴，被称之为"冰公"。

接亲队伍到了女家，女方会把事先准备好的木箱（后为皮箱）打开来给迎亲接亲的人们看。箱里装着最重要的几样东西如圆带一盘，称之为"花好月圆"，梳角、面镜、喜帽等各一件，称之为"圆冠特品"。箱子里还有新郎的衣裤、笔记本等。男方家兄嫂会给新郎新娘准备满堂鞋，花生、红枣、黑豆、糖果等，寓意"早生贵子""红火甜蜜"之意。步云风俗，新娘子出门一般以卯时为佳，越走天越亮，象征着新婚夫妇"走向光明、前途无量"的深意。

新娘披红戴花，头上遮着红布盖，上了八乘大轿后，接亲迎亲的队伍在返回夫家途中，少不了喧天锣鼓，唢呐声声，吹吹打打，鞭炮齐鸣，欢声笑语。八抬大轿里的新娘人生最艳丽娇美喜庆的一天，尽在这里展现荣光。

新娘子到了公婆家，也有很多的礼节。首先是需要做到按照时辰进入夫家门。但凡时辰未到，送亲的队伍必须在外面等候。时辰一到则喜炮齐鸣，男方家人摆着花篮，铺着红地毯欢迎新娘子入门。

新娘入门有讲究，需要新娘过大盆、米筛等。

然后是新娘在鼓乐声中进入厅堂开始与新郎一道拜堂。厅堂摆上香案，东边站着父母、长辈，西边站着亲戚，北边站着宗亲，南边站着晚辈。拜堂前，男方的上外祖要给新郎挂红彩，用五尺红罗绸缎披在新郎肩上，口念："手拿幡红五尺长，一心奉来扮新郎；扮的新郎生贵子，贵子中个状元郎。"拜堂时，新郎在左，新娘在右，由有身份的司仪喊道："一拜天地，二拜祖先，三拜高堂，夫妻对拜。"新郎新娘依次行礼。继而，新郎牵着新娘慢慢悠悠地进入洞房。男方则请伴娘及其送嫁人等洗手、吃点心。

步云客家人的喜宴一般安排在中午进行。这种做法同福建许多地方的风俗相近，原因在于不少亲朋好友路途遥远，中午吃完喜宴，下午可以赶回家中，不需留宿。只有非常亲的数人，会安排晚上继续庆贺，然后留宿在男方家中休息。参加婚宴的嘉宾一般都要送礼，也叫"份子钱"。高外祖、外祖、大客（女方送嫁人）、送嫁伴娘、其他众友亲属依次分桌而坐。酒席至半，高外祖要"百子豆"，鸣炮三声，鸣锣三下。百子豆以七律诗婚庆词语，分豆语以四字吉语，如"三星拱照""四季发财""五谷丰登"等吉祥话为佳，表达对新郎新娘及其家人的祝福。席间，每一桌都会发大客烟数包或者一条，糖果、花生、瓜子若干。座位边配上礼包，让嘉宾婚宴之后带回家中。

酒过三巡，客桌开始划拳。不划拳的客人可以开始敬酒，敬舅公，因为"天上雷公，地上舅公"，舅公最大，必须敬酒。划拳和敬酒的祝福词语很多："珠联璧合、观音送子、早生贵子、花好月圆、莲开并蒂、举案齐眉、团团圆圆"等等。新郎新娘这时候也会换上简便新衣，走出来跟大家一道敬酒喝酒。首先要敬主座上的长辈亲属，然后依次往后敬酒。与此相配合的是，贴红联、披红彩、鸣礼炮，可谓热闹非凡，喜气洋洋。

婚礼这一天的最后，便是闹洞房。有的在大厅闹，有的在洞房闹；也有的在大厅闹了不过瘾，接着到洞房里继续闹。闹洞房突出一个闹字，主要是通过"闹"，借此让新郎新娘拥抱和亲嘴。如一根细绳上吊着一个摇摆的苹果，要求新郎新娘用嘴抢着咬或啃苹果，于是亲吻有了可能。出现这样的闹洞房节目，源自旧时代"男女授受不亲"，新郎新娘接触、见面、谈情说爱的机会很少等原因，为了打破这种尴尬，抹去新婚夫妇间的羞涩，便流传了这样的民俗。

步云客家人，也有回门的礼俗，老百姓也叫"专门"。婚后第三天或者第五天，新郎新娘和新郎的姐妹、嫂嫂，一起回女方娘家吃回门饭。早上去，中午吃午宴，当日下午就往回走，回到婆家。返回时，新娘家要准备小鸡、菜种、谷种、豆种、茶叶等，让新娘子带回婆家，寓意"五谷丰登，财丁兴旺"之意。这样，整个结婚民俗礼仪才算完整地落下了帷幕。

生 育 礼 俗

古代社会，汉族人极为重视传宗接代，步云客家乡民也不例外。他们将生儿育女当作头等大事，尤其将生育男孩作为荣耀。如果头几胎不见男孩而是女孩，往往公公婆婆就会给媳妇不好的脸色看。反之，头一个两个是男孩，家里便欢天喜地，开怀大笑，其乐融融。旧社会文化落后，农事繁重，男人主外并成为家庭延续血脉子孙的代表，故而男性权威得以树立，重男轻女现象严重，由此而产生的生育礼俗，或多或少附加着对儿子与女儿的区别意识。

步云客家人有着很多精彩而烦琐的生育礼俗，既体现出生育的民俗风情，也涵盖了生育中的人文理念，以及祝福和喜庆的氛围，甚至还有辟邪、祈求祷告的神性色彩。数百年来，乡风民俗浓郁的步云，从新婚妇女怀孕开始，到婴儿满月（弥月），都有许多的讲究。有喜了的时候，小媳妇会受到家中长辈、丈夫与同辈们的格外尊重。鉴于旧社会生育率低的现状，随着肚子的日渐鼓胀，怀孕妇女会受到越来越多的照顾，干体力活会受到限制，甚至不让干活。到了生育的时候，又有着催生、洗三周、二十日、报外婆、做满月等民间风俗礼仪。所谓"催生"，就是妇女怀孕至7个月，娘家要送鱼、蛋和米粉到女儿家探望，称之为催生。催生的日子有讲究，一般选在农历初三、十三、二十三，取"生"之谐音。旧时候若生下男孩，庆贺的宏大场面，如同上年婚庆那般隆重喜庆。

接下来是"报外婆"。小孩出生后的第三天，女婿必须挑着鸡酒，背上鸡一只，酒一缸、猪肉数斤，去到丈母娘家报喜。丈母娘家会叫叔伯、兄嫂、邻居来吃鸡酒，告知亲朋好友添丁喜事。

再下来就是"洗三周"。娘家人带着白银若干，鸡、蛋、粉面若干，外孙（外孙女）新衣若干，来到女婿家中。上午10时许，由外婆主持为新生儿洗浴、穿衣，盆中放置熟蛋、银圆，寓意长命富贵。古时候还会在新生儿肚脐上涂上葱油（茶油煮葱），以防日后肚脐入风。然后就是坐月子。风俗大体与闽西乃至福建省各地相近。有所区别的是，步云生育妇女坐月子一般为40天。之后，就是举办满月酒，宴请亲朋好友。颇具特点的是，外婆要给外孙穿好新衣裳，由婆婆背上背，盖上风衣，放入篮中加上风披。外公外婆等相关亲属纷纷发红包给新生婴儿。然后由婆婆或者外婆抱着婴儿出大门走一圈，一群孩童前呼后拥，说一些祝福语……

做 寿 礼 仪

在上杭县步云，年过花甲的老人，当地老百姓称他们为"上寿"。比起年轻人来说，他们做的是有档次的寿宴，比较隆重，而且可以向被请来参加寿宴的亲朋好友们收取礼包或者礼金。但是，这个年龄段的花甲老者，还不能称为"寿星"。只有等到了 80 岁以后，才能被十邻八乡的大人小孩誉为"寿星"，获得所有人的尊敬。

在步云，有一个民间说法："男做齐头女做一"。就是郎男逢到 66 岁、76 岁、86 岁、96 岁，可以做寿；妇女逢到 61 岁、71 岁、81 岁、91 岁，都有做寿的习俗。这种做法，与其他地方相比显得奇特。故而出现了这样的说法："三十四十无人晓，五十六十有人问，七十八十受人敬……"越是年纪大，越被乡人传扬，也是有福气的表现。寿庆一般由子孙筹办，大多都在老者的诞生日举办，也有一些家庭在老人诞生日之前举办，但是不让在老人诞生日之后举办，害怕会折寿。

举办寿庆比较隆重。在此之前半个月或者数月，甚至更早，寿庆的举办者就会将举办寿宴的时间地点告知亲朋好友，给被邀请人时间安排准备。一些很亲的直系亲属，或者儿女亲家，或者郎舅姨姑之家，对于"寿星"的情况早已了然于胸，不用请柬请帖也会清楚地记得"寿星"的诞生日子，自然会如期而至。操办寿庆的人家，按照民间做法，一定要布置好寿堂，寿堂的正中央，一定要贴上大红的"寿"字，两边还要配上寿联。如上联"年届古稀犹矍铄"，下联"时逢盛世更精神"，横批"福满人生"。为的是增添喜庆气氛，祝福老人寿星此生福如东海寿比南山，美美地安享晚年的幸福时光。

举办寿庆的那天早晨，需要在寿堂设置香案。先由子孙点燃寿烛，欢快地进行祭礼仪式，焚香敬拜列祖列宗，然后再请寿星夫妇端坐堂中，接受晚辈们的拜寿。根据资料记载："本境各村大都将寿星的寿衣，陈于交椅上，挂上寿鞋、寿帽，代表寿星接受嘉宾的礼拜。拜寿开始后，喜炮齐鸣，灯火辉煌，锣鼓喧天。"这时，寿庆活动进入了热闹欢愉的环节。子孙晚辈们必须口诵"添福添寿""鹤寿魁伞"等祝寿文辞依次进行叩拜。年纪特别大的寿星可以坐着，身体尚好的寿星都会站着。他们也要点头还礼，并寄语子孙"勤勉耕读""道义立家""节俭持家""行行致富"。也有的送上红包，俗称"拜钱礼"。还有的将糖果和花生等分送给小辈人。席间，寿星要上座吃寿饼。寿饼通常由女儿女婿负责定制。寿宴期间，来宾一应入席参与，整个祝寿过程充满着欢乐祥和的喜庆气氛。

待到祝寿的多种仪式相继完成以后，一些年富力强的青壮年们，总会围成一桌，酒过三巡之后开始猜拳行令。与平时所不同的是，猜拳行令中一般都要出"六六大寿""八仙下凡""十子满金"等数目，与寿星寿庆寿宴有着密切关联，起到助推寿宴气氛之效。

平头百姓救县官

李治莹

　　传说在明清时期，上杭曾经有一位县官，因出身贫寒，深知民间疾苦。因此一上任就告诫自己要像唐朝的狄仁杰那样"以百姓心为心"，像北宋名臣包拯那样崇敬廉者，因为此是"民之表也"，要厌恶贪者，因为他们是"民之贼也"。因此，他杜绝贿赂，慎于征收民间粮草，以身示范节俭。特别是鼓励垦荒，发展生产，改善民生。常常安步当车，深入田间访问农事，步入农家访贫问苦。遗憾的是，如此好官却受到热衷于贪腐的顶头上司的排挤，久久未得升迁。所幸广得民间口碑，受到拥戴，他对于官职大小一类事看得很淡，乐得在杭川大地与民同甘苦。

　　杭川民众大多农耕，年年岁岁都在田间地头刨食，还常常有旱涝之灾。无论城乡，日子过得都不容易。为能摆脱困境，求取功名仕途之有志者不在少数，苦读诗书也就蔚然成风。有一年，又有成群结队的读书人前往汀州参加科举考试，当他们途经南阳南岭时，竟然被上杭邻县姓廖的闲人抽了"厘金"（也就是那年代的过路钱）。其中有一位举子被迫掏出过路钱后，心中愤愤然。当即想到此行为是官府不允许的，居然还有人冒天下之大不韪，敢在此地抽"厘金"？正巧，那年科举考试的试题与违背政令的内容有所关联。那位举子挥笔疾书，以此例引申出理应遵从官府法令，令行禁止，不得阳奉阴违……因为此位举子所撰之文切合题意，正是官场所期待的内容，符合"孝顺亲长、廉能正直"的"孝子廉吏"之要求。结果荣以"孝廉"，科举及第，也就是中举了。

此位举子中举后，即以南阳南岭举子应试被抽"厘金"一事，向福州"巡行天下，抚军按民"的巡抚举报，并抄报一份给汀州府衙。这一纸举报掀起了一阵不大却也不算小的波澜，巡抚责成汀州府查办，一经查实，从严处置。而那知府对上杭县官没事都要找出茬来，生出这一档子事，正中下怀。知府向巡抚大人禀报说：南阳南岭虽处于汀州、连城、上杭三县结合部，但实实在在是属于上杭的地界，在上杭境内出现的事，自然是上杭在任的县官对民众管教不力，责不可卸矣。

被心怀叵测的知府这一说，巡抚正想以此为例，"杀一儆百"。但又想到上杭在任的县令，常耳闻其清正廉明的口碑，如此官员理应擢拔升职才对，哪能因这一事脱了顶戴花翎？一边要严肃纲纪，以正视听，另一方面要以此事处置一位好官良吏又于心不忍，让巡抚大人踌躇不决。

而上杭这位县官虽然早已知晓此事的大小，却是不以为然，只等福州、汀州方面发话。一日，该县官又深入乡村察看田地收成、农户生计。当他来到一座村民们议事的祠堂时，村中长者和秀才们都不邀而聚。众人面对县令大人，又是请安，又是以一杯清茶相敬。说到南阳南岭发生之事，乡亲们无不忧心忡忡，唯恐大人因此离去。听得乡亲们关切之语、温馨之言，此位县令心生感动，淡淡地说道："众乡亲不必为此事烦忧，我没有太介意此事，任由处置。此事虽然不小，却不是杀头之罪，无性命之忧。倘若削职为民，本县或许不必立即回原籍老屋，大可留下三年五载与杭川的乡亲们一道以农耕为乐，乡亲们意下如何？"

该县令此番言语，又让众乡亲为之叹服，此时一位老者说道：

平头百姓救县官

"大人此言，吾等无不感动敬佩。但大人在杭川百姓心中'公生明、廉生威'的形象深入人心，无论怎样受辱处罚，吾等都无可忍受矣。"

在场的人们听了之后都一阵唏嘘。正当此时，村中有一位历经多次科举考试后均名落孙山，虽未能如愿中举却因年年苦读而满腹经纶的老秀才，气喘吁吁地急步而来。还在祠堂外就一迭声说道："事有转机！事有转机！"边说边拨开人群，走近县令大人作揖施礼后，说道："自从闻知南阳南岭抽厘金一事，让大人蒙受不白之冤，晚生经一番查考，获知那'抽厘金'的廖姓闲人，虽说是生在上杭，却是养在邻县他乡，从婴儿起始就被邻县一家抱养，早已成为人家的继子。上杭人可生仔之身，却无法生仔之心。那罪过之人之所以置官府政令于不顾，要追究其责任，也得追究养育他的人。然养育他的人家和官府不在上杭而在邻县，此事怎能在上杭追究？"

众乡亲一听此言，一致认为："子之错养之过。"此事大有道理可讲，有缘由可辩。此时，人群中一位相当于族长的长者说道："查明此人生养之处，的确可向上申辩，借以解脱干系。"

县令再次淡然一笑说道："难得乡亲们如此劳心费力，本县在此致谢了，至于那桩案子，还是顺其自然罢。"说完这几句，就拱手向乡亲们辞别，带着差役离去。

祠堂里的所有人送别县令大人后，又回到祠堂一番商议，想想怎样才能力助县令大人。最后，大家举荐那位老秀才代表众乡亲给官府书写一份"呈词"（古代的"上诉状"），明明白白地写清"抽厘金"实际情况。老秀才也自告奋勇，说他将以实情书写，之后由他呈送上下各层级官府……

不多日，福州的巡抚大人接到了由许多平头百姓按下手模的呈词，阅毕，仰天哈哈一笑说道："言之有理，上杭县令可免罚矣。"言毕，沉思片刻后又对麾下众官员说道，"杭川县令向来奉法唯谨，深得民心，择日前往抚慰，以提振精神，弘扬正气，激励其勤勉治县呵！"

喊一声：岩洞宽宽

李治莹

在双髻山顶的老佛祖庙十几丈开外，藏有一个山坳，山坳又有一爿观音岩，这是一个通风的洞穴殿堂。在此殿中，有一尊观音老母的塑像，虽正襟危坐，闭目静思，但却是洞察世事，勘破善恶。相传此尊观音老母护佑天下好人，而对不贤不孝之人则予以惩戒。且惩戒的方式各有不同，根据各人作恶的轻重区别教训，有"精神"上的鞭挞，也有让其过不了洞、山岩夹身以训诫的。

话说山外有一个不孝之徒，平日里不务正业，游手好闲，懒散无为。尤为不能容忍的是，面对早年丧夫，年纪轻轻守寡，含辛茹苦扶养自己长大的母亲大不敬。一开口，不是恶语顶撞，就是索要钱物，甚至于捶桌跺脚责骂老母，无半点孝道可言。村中长辈一说起此后生就摇头叹息，指责他不知"感恩"这两个字有几笔几画。此事传到一位智者耳里，就想到一个办法训诫他，以期改邪归正，身为人子，以孝为先。

有一日，这位智者对那逆子说双髻山藏有宝物，就是山坳里的观音岩，深幽之处有金银。那逆子一听有金银财宝，双目顿时放出邪光，原地一蹦尺把高。心想一旦有宝得手，又可吃喝玩乐一番，于是喜滋滋央求智者领他前往取宝。但这个逆子平日里四体不勤，经不起登山之累，上山仅一二里地就呼呼地喘着粗气。再坚持了一段山路，就赖在地上不走了。此时，那位智者便借此机会告诫道：你母亲在此条山路上来来回回，割草挑柴数十年如一日。其间的劳苦，他人不知情有可原，而你这个当儿子的却不可不知。倘若连慈母的辛劳都不闻不问，那就是罪过。这逆子听了，觉得母亲日日田里地头耕种，且还三天两天就要攀此山背负柴草，确实不易。听此告诫，也就不敢言语，闷声前行。

滴洒一身汗水后，智者终于把那逆子引到了供奉有观音老母的观音岩前，便说往里走了，心诚了，或许就能得金获银。那逆子虽疲惫不堪，但听说可以见到金银，也就再次鼓起勇气探向前方。没走几步，见前方敞开一洞，于是猫着身子进入。不料此洞黝黑难走，而且越往里走石缝愈是狭窄昏暗，如同幽幽的迷宫一般。但见前方游人个个通过，也就放开胆子挤身往里。却未料及，到了洞中间，仿佛洞口突然收缩，把这逆子卡在正中，动弹不得。此时进退不能的逆子嗷嗷叫唤，引得多人围观不说，还听得众人嘀咕：此人必是行为不端，或是不孝，才受此训诫的。正值此刻，那位智者走上前来，说："这个洞口，就是专门训诫不孝之人的。今儿个，你被卡身，可见连石洞都知晓你的德行了。世人皆说：人子不孝，不如草木，你若再不改邪归正，更大的惩罚还在后头呢。"被卡身洞内的那逆子，想想自己长大成人后，就没一天给母亲好脸色，着实是不孝。想到这许多，也就心生懊悔，觉得这一定是观音老母难容自己，以此惩示了。此刻，这逆子虽身处幽深清凉的洞内，但却是虚汗淋漓。

站在洞口边的智者见逆子已有悔意，就决定为其解脱。于是口中念念有词道："洞之窄，窄住衣冠枭獍（相传枭是吃母的恶鸟，獍是吃父的恶兽，旧时比喻不孝之人）。洞之宽，宽容悔过之人。"说出这几句话之后，那洞口似乎朝着左右敞开，逆子终得脱身。

从此相传，但凡想通过此洞的人，倘若平生作恶或不孝，且无视此洞，傲慢无礼，洞口将自行变窄，窄得无法容身。要是有胆敢挑战者挤进洞中，会被卡在洞里，进不去出不来。而只有那些贤良之人，来此洞口时，笑容满面地喊一声："洞口宽宽呀，真好走哇!"只要有良好的道德品行，进出此洞的人们无论壮实或苗条，无不通过。

喊一声：岩洞宽宽

镇水亭边的伟人足迹

黄河清

从古田往西行约半个小时，眼前的景色一变，地势平坦开阔，一幢幢整齐的房屋矗立着，并不陡峭峻急的山在前方突起，山上草木稀疏，在朝阳的光照下，更显深远。那些山的后面，是更远更高大的山，隐约地竖着，林木茂森，山腰蒸腾着白雾，如画屏一般，满是山水画的浓墨淡烟，这里就是蛟洋。

据传，唐宋年间，原居我国中原一带的客家先民为避战祸，大举南迁。南宋末年，有一支傅姓人进入闽西择居。后来成为蛟洋先祖的傅念七郎公来到此地，发现这里山环水绕，层峦叠翠，土肥泉甘，气候宜人，极适合人群生存发展，于是在此择地而居，入垦于傅坳头而成为这里的傅姓开荒始祖。此后，世代繁衍，人口日增，成为当地的望族。

先人们认定这里是藏龙卧虎的风水宝地，更加热爱和依恋此地。村中的一座小山岗，其形状如蛟龙回首，气势非凡，号称"回龙岗"，还有村中小溪蜿蜒曲折，宛如蛟舞龙腾，称之"蛟溪"。蛟溪两岸地势平缓，称之为"洋"，回龙岗下的石下洋、水竹洋、大泥洋便被认定为"三洋开泰"。而蛟龙为吉祥之兆，洋为蛟龙居处，是蛟舞龙腾风云际会的大舞台，象征人杰地灵大有作为，因而选"蛟洋"二字定为村名，直至今日。

随着社会的进步，历史的发展，蛟洋民众重教兴文，祈求文化昌盛，于是群策群力，在清乾隆年间建起了文昌阁，在阁的大门两侧镌刻了嵌"蛟洋""文阁"四字的"蛟得雨云洋远招　文光牛斗阁长辉"对联更进一步阐明了蛟洋地名的深远意蕴，而近现代历史也印证了蛟洋先人的企盼和预言。

建在洋中的文昌阁，为三溪汇流之处，从台基算起高 38 米，外观 6 层，1～3 层为方形，4～6 层为八角形，历时 13 年于清乾隆十五年（1754 年）建成，花 10 万余工，耗银数千两，是宝塔式与宫殿式的结合。各层飞檐饰以凤尾反翘，阁顶矗立红色大葫芦，整体造型均衡、美观。而且左有天后宫、镇龙桥，右有五谷殿，后有镇水亭、圆塘堰相衬托，相辅相成，浑然一体。

文昌阁后面的镇水亭，它既是亭也是庙，这亭因何名镇水？据传是与四面青山三溪水的蛟洋地理环境和历史上的山洪灾害有关。蛟洋村的地势东高西低呈长方形，四周山峦环抱，素有"九寨十三坑"之称，是汀江支流黄潭河的发源地之一。集雨面积大，水流落差大，又属高雷雨区域。发源于阳明山、岐山寨和石狮寨的三溪水，经上半村流至文昌阁旁后汇合于镇水亭前再折向南流。早年，每逢多雨季节，这易涨易退的山溪水，常引发山洪灾害，冲毁两岸农田房舍，威胁人畜安全，令村民苦不堪言。据记载清乾隆年间，一次特大山洪暴发，全村一片汪洋，连刚竣工不久的文昌阁的五谷殿和镇龙桥都被冲毁。

蛟洋曾是多姓氏人的入垦肇基之地，而面对频发的山洪灾害，不少人忧心如焚，无可奈何，只能一走了之。村里至今仍有许多地名，诸如"罗家墩""邓屋坑""李八坑""余坑""叶冈墩"等均留下了他们入垦此地的历史印记。唯傅姓人矢志不移，坚守祖地，他们一代又一代，年复一年地防洪治水，在蛟溪流域筑起了数十座的陂头堰坝，以缓解山洪、力克水患。他们在三溪交汇的圆塘口岸筑

镇水亭边的伟人足迹

坝建亭，并在亭中安奉守护神，亭庙一体，祈望镇住洪魔，以保全村平安，于是取名镇水亭。清乾隆四十三年（1779年）镇水亭及亭前的堰坝完工，连同蛟溪两岸的一座座堰坝以及因此而形成的溪潭，对于蓄水灌溉、缓解山洪、治水保土、防灾减灾、安装水碓、便利生产生活，都起了很好的作用。从此镇水亭和蛟溪上的数十座堰坝溪潭自然而然也成为蛟洋村的一道特殊景观，镇水亭这古建筑也成为象征蛟洋傅姓人家战洪魔、除水患、保平安、谋福祉的重要标志。

车子在文昌阁前的停车坪上停了下来，下车后沿溪边的步道前行，此程是专为拜访镇水亭而来。远远望去，镇水亭坐落在蛟洋村圆塘坝，位于文昌阁正背后的蛟洋溪旁，溪上有座镇龙桥连接。走过镇龙桥，但见桥头古木参天，侧旁有一处毁于"文革"的"百岁牌坊"遗址，桥头斜坡上还有两块清代铭文石刻：一块是道光十年（1830年）的《余坑禁山碑》，足见前人对保护森林生态资源的高度重视；另一块是乾隆四十三年（1779年）的"重建桥碑"。从碑文得知，此桥同文昌阁、镇水亭及圆塘坝，均为清乾隆年间所建造，为清代古建筑群。美中不足的是镇龙桥原为木构廊桥，现被水泥桥所取代，缺失了原汁原味的诗画意境。

沿着山边的那条古驿道被铺上了红砖，有百余米长，直抵镇水亭，靠溪的一边立起了青石砌成的栏杆。边上的余坑山上翠环绿笼，清香沁心，半山腰上有一座1985年新建的革命纪念亭，亭中安放着一块历经近百年风雨沧桑的纪念碑。这块纪念碑原立在蛟洋古圩场的烈士纪念亭中，碑高1.65米，宽0.65米，碑上端阴刻楷书"纪念碑"三字，下端刻39名革命烈士的英名，其中，"蛟洋暴动"第一个壮烈牺牲的傅汉荣、被敌人抓捕惨遭枭首示众的北四区农协主席傅显仁及曾任蛟洋农军教官、三打铁上杭牺牲的曾省吾等英名均嵌刻于碑。该碑题头为："兹将本区革命先烈芳名按其死难次序胪列于后以为永久纪念。"落款是"公历一千九百三十年一月九日，上杭北四区全体群众公立"。纪念碑建成后直至中华人民共和国成立,依然立在圩场公共地点,完好无损。这是上杭县最早建立的革命烈士纪念碑,在全国亦属罕见。

步道的前方就是镇水亭,坐西朝东、砖木结构、红门漆柱、飞檐翘角、雕梁画栋,颇有闽西客家的传统建筑风格。亭高 4.5 米,宽 5.6 米,纵深 8 米。4 根顶梁柱把整座建筑分成内外两部分。内为三面墙的厅堂,亦称正殿,安奉一尊土地神塑像,神像前案桌上摆着香烛和各种供品。案前的蒲团上有一位老年信众正在虔诚地跪拜,暗香浮动在亭屋的内外,经年累月的烟火味飘散至亭后山包上的百年松樟与茂密的灌木林深处,笼罩在山林间,仿佛那里是最森严的神灵世界,充溢着可以呼吸信仰的气息……

门楣上端悬挂着红底金字"镇水亭"三字行书匾额,当地人亦称"土地亭"。亭外半部实为凉棚通道,其左右两边空庑,历史上的一条汀(州)漳(州)往来的古驿道由此穿亭而过。亭前两根檐柱立于溪岸,檐水滴于溪中,两檐柱间架着一条有栏杆靠背的杉木长椅,可容十余人落座。长椅下就是溪潭,潭中锦鲤游弋,水草飘飘。

亭的右前方有座横跨蛟洋溪的拦水堰,堰宽约 20 米,高 3 米左右,从陂潭溢出的水经过堰头飞流直下宛如珠帘,这就是蛟洋十景之一的"镇水帘瀑"。堰的右侧有出水口,引水灌溉溪岸下游的大片农田。

亭的内外墙上镶嵌着乾隆戊戌年、嘉庆甲子年和道光庚寅年修路桥亭的铭文石碑。碑上的石刻文字不少已经风化,但那端庄秀丽的字体依然诉说着遥远的辉煌。亭中有两副楹联:其一云"做事奸邪,任你祈祷无益;居心正直,见我不拜何妨",另一副嵌"镇水、土地"四字,"镇邪魔,公德宏施全村乐土;水清秀,渠引灌溉万顷良地"。昭彰了公德、祖训、家规,很是耐人寻味。

镇水亭的左侧有口天然泉井,两米见方,水深盈尺,清澈见底,

镇水亭边的伟人足迹

余坑山的树木倒映在水面上，上下都是绿的。泉井的水四季不竭，凉爽甘洌，喝上一口，止渴生津，提神醒脑。毛泽东当年在文昌阁指导中共闽西"一大"期间，每天清晨都带上口杯脸盆来此洗漱，啧啧称赞这泉水之清澄碧透。

那是 1928 年 3 月，中共闽西临时特委在永定溪南成立，同时也成立了闽西暴动委员会，土地革命斗争烈火愈燃愈烈。为了解决闽西革命根据地存在的各种问题，在毛泽东的提议下，闽西临时特委决定在 1929 年 7 月在蛟洋召开中共闽西第一次代表大会。

7 月 10 日，出席闽西"一大"的各县代表到达蛟洋，红四军前委派了毛泽东、蔡协民、谭震林、江华、曾志等 5 人为代表出席大会。当时，毛泽东认为会议准备不够充分，就安排代表分赴各地进行调查研究。毛泽东在蛟洋期间就住在文昌阁，并在蛟洋及附近村庄进行调查研究。至 20 日，大会在蛟洋文昌阁二楼正式开幕，有 80 名代表出席。邓子恢代表闽西临时特委做工作报告，毛泽东做重要报告，他在报告中精辟分析了巩固闽西革命根据地的 6 个有利条件，还为巩固发展闽西根据地制定了三条基本方针。大会选举了邓子恢、张鼎丞、蔡协民等 15 人为中共闽西特委执行委员，邓子恢为特委书记，以上委员中古蛟籍人士除傅柏翠外，还有雷时标、官觐玖二人。大会一致通过了由邓子恢起草、毛泽东亲自修改的《中共闽西第一次代表大会之政治决议案》，以及关于苏维埃政权、土地问题、妇女问题等决议案，全面总结了闽西党组织领导闽西人民武装暴动、政权建设和土地斗争等方面的经验教训，制定了深入开展土地革命和巩固红色政权的正确路线。从此闽西根据地在党团、武装、土地革命、政权、经济文化建设等方面进入了一个蓬勃发展的新时期。为对付闽粤赣敌人"三省会剿"的紧急情况，大会提前于 7 月 29 日闭幕。

据说在文昌阁居住的近一个月时间里，毛泽东最喜欢到镇水亭这条古驿道散步。一天傍晚，毛泽东与邓子恢来到镇水亭古道散步，两人敞开思绪，边走边谈。忽然，毛泽东对邓子恢提问："子恢呀，不知你考虑过没有，作为一个领导者，他的责任是什么呢?"邓子恢无思想准备，竟一时语塞，回答不上来。毛泽东不待对方回话，自问自答起来，"依我看，领导者并不需要什么了不起的本事，他的责任就在于当好群众的传达员。就是说应当善于总结出大多数群众的正确意见和要求，及时反映到党的领导机关。党的领导机关就要根据这些意见和要求进行研究分析，找出解决的办法，然后再由领导者把党的决定传达到群众中去执行。"邓子恢心领神会，连连称是。这段话其实就是"从群众中来，到群众中去"这一颠扑不破的真理。

如今，这口天然泉井，被当地人称为"圣水"。我蹲下身子，用双手掬一把泉水送进口中，一种凉爽清心的感觉直抵肺腑。放眼望去，蛟洋溪水在秋日正午的阳光下波澜不惊，一群散放的山羊闲适地在布满青草的田地里啃食，一丛丛不知名的野花安然地绽放在山坡上。久远的痕迹与现代的气息错落有致地依山傍水，和谐且安宁。

我一直坚信：一座山，必有它的山魂，它会把山魂放置在不同的时空；一座古庙，必有它的底蕴，只是许多底蕴我们无从知晓。镇水亭只有抵近才能感触，就如此刻，这满眼的秋风，如此丰腴。

镇水亭边的伟人足迹

石缝中的金箔木屐鞋

李治莹

　　从古至今千万年，梅花山总是丘陵起伏、茫茫林海、无数珍奇。在很久以前的一个年代里，人们热衷于寻金掘宝。当年沙县有三位壮士因寻觅宝物而聚集一起，既志同道合又脾性相投，商议后决定歃血结拜，从此互认兄弟。三人中左一个姓陈，中一个姓邓，右一个姓王。他们自从称兄道弟之后，就组合起三人之姓，以"陈邓王"之称，手牵手走天下。

　　有一年 7 月酷暑的炎热时节，他们携家带口从沙县来到了清凉的梅花山。因为三人都是掘地三尺寻宝藏的汉子，自然会用另一种眼光察看山景，细察后喜不自禁。他们见此山不但广袤绵延数百里，而且处处都仿佛闪烁着金银之光，自有玄妙在其中。一日，他们来到一爿炊烟袅袅的村寨落脚，见此地明山秀水，山水如画，大呼胜地矣。于是，就在自己立足的脚下动土挖掘。掘地数丈之深后，便见金子嵌于沙石之中，成色极佳。大喜之余，便询问当地乡亲此山何名，有年长乡亲答曰：此山古称妙金山，奇妙之地也。陈邓王三兄弟一听，拍掌叫好，今日于妙金山得宝，从此要财运亨通了。

　　果然，日复一日，月复一月，陈邓王三兄弟在妙金山开采出的金矿，似乎块块矿石都裹着金玉。仅仅三五年，就已经采出丰厚的金子。他们从当初的浪迹天涯，漂泊四方，到如今个个拥有万贯家财，真是感恩于梅花山这片沃土。矿山的日益扩大，他们的麾下也就聚拢起众多矿工，方圆数里诸多小矿主也都归顺于陈邓王旗下。

家大业大势力大之后，陈邓王三兄弟志得意满地在矿里矿外竖起猎猎旌旗，面面旗帜上都绣上大大的"陈邓王"。时间一久，妙金山内外相传说闽省的梅花山有人揭竿为旗，且号称为王。这一传，竟然传出个天方夜谭。说此个号称为"陈邓"的大王，自立旗后，大有天下云合响应之势，兵马又何止千万云云……原本民间你传我传，虚实自然不必过多理会，让此虚词自生灭就是。却没料到良言不出门，虚话传千里，一传竟然传到了朝廷。一日上朝，有位大臣向皇上禀报说："远闻闽省的梅花山有一掘金者，举旗竖帜，擅自称王，有造反之嫌。"

皇帝一听，林木稠密的梅花山，或许真的藏有野心狂徒？既然已打出王旗，那就有犯上作乱之疑。民间称王者，必剿之。皇上下了圣旨，大批官兵也就浩荡奔赴梅花山，一时间，鼓响马嘶，震耳欲聋。

朝廷派出官兵欲剿妙金山金矿之事，外界已是沸沸扬扬，也如同风一般地吹到了矿区。事态突然，犹如噩耗。陈邓王三兄弟一时间不知如何是好，惶惶然束手无策，他们无论怎样也想不到是陈邓王旗惹此大祸。官兵来剿，怕就怕不问青红皂白，就挥刀砍杀，届时小命休矣。他们立即驱散旗下矿工，收拾随身细软，呼唤家人赶紧逃亡。

因事发突然也就惊惶失措，三兄弟中的王姓有一18岁的千金，也随父母出逃。在妙金山掘金发财后，这位王姓兄弟曾给这个掌上明珠打制了一双包金的木屐鞋，但因慌乱，没能及时换下。又因为包了一层厚厚的金箔，十分贵重，舍不得扔，于是就在山野间"嗒嗒"地行走。途中遇有一方石块挡道，王家大小姐就想一跳而过。不承想，这一跳，却把脚上的一只木屐鞋掉落在石缝中。看看已卡于石缝，难以捡拾，只得弃鞋而去。

后来，石缝中有金鞋一事，一传十、十传百。有不少好奇或爱财的人都来那大小姐掉鞋的山中寻觅。但无论怎样寻找，都未能找到石缝中的那只金箔木屐鞋……

树槐堂的故事

李治莹

　　相传远古时，坐落于今日上杭古田与龙岩大池交界处的苏家坡村，地势开阔舒展。几户苏姓人氏转悠了南北西东，觉得唯此独好，即择此地立足生根。在背后有靠山，前面又兼备潺潺溪涧之地可建棚搭屋，他们也就借以安身立命。原本村小人稀，但历经代代的繁衍生息，也就开枝散叶，绵绵瓜瓞。正当逐年兴旺发达之际，有一年不幸阴风四起，村中几乎人人得一种怪病。药石无医，狂疾难疗，家家呻吟。在那非常岁月中，苏家坡村常有鸿雁于飞，哀鸣嗷嗷。村里村外的郎中与游医，皆异口同声地说此为一种瘟疫。倘无良策遏制，恐有一年半载或更长时间的横行。闻此噩耗，苏姓家族长者决定果断离去，远走他乡，再择地重建家园。

　　自从苏姓一整个家族迁居异地后，这块原本的东临翠山、西拥良田之地，就此静寂了多年。当初那场瘟疫被春来的雨水冲刷、夏日的骄阳驱逐，早就不知所踪。经此磨难后的这爿村庄，又以勃勃的生机见春花秋月、良辰美景。又过去了许多年，一群不畏艰辛险阻、勤劳淳朴的畲族人，从原居住地广东潮州凤凰山四散迁徙。其中一支来到苏家坡村后，见此地日日朝阳万丈，不失为一方风水宝地。世人都说：福地福人居，福人居福地。历来福气多多的畲族人，就择此福祉安营扎寨、立地生根。由此，畲族人就在这福天福地的苏家坡村垦地四面、田耕八方。年年五谷丰登，岁岁六畜兴旺，一派祥瑞美景。

时值明朝末年，出身贫苦、生性刚烈的张献忠，阅遍人间苦难，最是厌恶官府盘剥。终于忍无可忍，毅然决然地揭竿而起，于崇祯年间组织农民军起义。在他的起义军队伍中，有一位苏家坡畲族村人雷进坤。此位壮士因志在四方，走出山村，游走于大西北各地。当张献忠召集穷苦人造反时，雷进坤也挥刀举戟，一路跟着张献忠克凤阳、焚皇陵、破开县、陷襄阳，胜战连连。崇祯十六年（1743年），张献忠的起义军攻克武昌，自称大西王。很快又带兵攻入四川，建立大西北政权于成都，年号大顺。苏家坡人雷进坤随军进入川蜀大地后，以自己的聪明才智，一方面在军营效力，而另一方面又在生意场上一较高下。一段时日后，雷进坤所经手的商品大进大出，日进斗金。

已是身家不菲的雷进坤，每当静坐品茗之时，脑子里就要浮现出杭川大地上的家乡。苏家坡村的山山水水就如画卷一般，在眼前闪闪烁烁。尤其是左右邻里的家家户户，叔伯婶嫂，哪家哪户不是亲人？思乡之情日甚，雷进坤遂想拨一批银两在苏家坡村建屋起厝。于是派人到苏家坡村，请一有名望的熟知地理的先生选择一好地块立基。经一番认真细致的察看，那先生说苏家坡村因为地之灵必出人杰，将代代人才辈出，是一方胜地。

雷进坤听到自己家乡有如此光景和前程，击掌叫好，大喜过望。正想从账上划拨出足够的银子在家乡造屋时，张献忠的起义军对抗清军，胜负无常。那时，已脱离起义军专心从商的雷进坤，也无意再蹚买卖这池水。他看看云卷云舒的天空，思忖良久，决定离开川蜀返回闽省家乡。

雷进坤回到苏家坡村之后，不事张扬，行事低调。但在圈地立基造屋上，却是出手阔绰，大兴土木，立柱横梁。他要求所立屋宇必须是窑中好砖、深山原木，地面以三合土夯实。布局为一正两横，正楼分前、中、后三进厅堂；后厅为两层堂屋，中、后厅左、右两侧均设厢房，两横为南北两侧护厝。一整座华堂坐西朝东，面阔 7 间，进深 6 间，宽宏大气。

雷进坤在造屋进程中，也在静思默想如何为此大厝命名。些许日子后，雷进坤听取村里村外秀才们以及众多员外之高见。认为世间有"门前一棵槐，财源滚滚来"之说，因此槐树上乘、"槐"字吉利，而且这个槐树还跟官职联系在一起，成了很多官职的代名词，比如槐鼎（指执政大臣）、槐棘（喻指三公九卿之位）、槐衢（皇帝听政之所）……此外，槐树又跟读书人梦寐以求的仕途联系在一起，许多人都在院子里种槐树。以至于槐树直接指代科考，考试的年头称"槐秋"，举子赴考称"踏槐"，考试的月份称"槐黄"，故有"槐花黄，举子忙"一谚。雷进坤与诸位文墨人以一杯清茶论道后，书下"树槐堂"三字定调。

树槐堂落成后，庄重大方，华贵中又不失典雅，成为当时苏家坡村的一幢标志性建筑物。

岁月如梭，时光荏苒，日月飞逝。时值 20 世纪末，由于世界的东方诞生了中国共产党，树槐堂成了中共闽西特委机关的所在地。邓子恢、蔡协民等特委领导人也随同机关居住于此。同时他们把前厅用作特委机关的印刷所，中厅则辟为特委机关的会议室。树槐堂曾经荣耀地成为毛泽东代表红四军前委指导闽西特委工作的场所，他还在树槐堂后厅创办了一所"平民小学"，并下榻在后厅左侧的小阁楼上。毛泽东在此地，留下了许多脍炙人口的故事，给这幢经历过岁月风雨的树槐堂增添了太多的荣光。

古蛟客家寿诞漫议

张冬青

寿诞礼仪是指每当生日举行的人生礼仪，其意义在于团聚祝福，庆贺健康长寿。上杭古蛟地区客家人认为，小孩及青年不宜做寿，会折寿。只有长到一定年岁，方可举行寿礼。

寿礼俗称"过生日"，此外，还有"做寿""庆寿"等名称，特定年龄又有特定说法，如"贺六十""庆八十""古稀之寿"等。如称88岁寿诞为"米寿"，因汉字"八十八"竖写与行书"米"字近似。男女寿诞也有不同称呼，比如男称椿寿，女称萱寿，因客家先民中原汉人古以椿萱代父母，"椿萱并寿，兰桂（指子孙）齐芳"里表达的就是这么层意思。

客家人寿诞礼仪一般在40岁以上才开始举行，甚至更晚，通常是年事越高越隆重，俗话说"人生七十古来稀"，这个年龄过后的寿礼尤为重视，八十大寿"往往为寿礼之极"。逢十逢五之外，其他的零数一般不办寿礼。

古蛟客家地区一向有子女给长辈老人做寿的传统习俗。讲究"男做齐头女做一"，即男的刚满50岁即可做寿，而女的则需到51岁。但年届半百做寿大都简单走个形式，一般不拜寿，只是出嫁女儿送只母鸡或一扇红釉米糕，家中亲友加几个菜吃一顿，以示祝福即可。到了六十花甲以上，才算是真正上了寿，做生日才称"做大寿"。祝寿前 10 天左右就要向亲友发出请帖，尤其是"大外家"（母亲的娘家）和"外家"（妻子的娘家），必须亲自或让儿子登门盛情邀请。做大寿前一天，女儿女婿须先到，并挑来"大担"，即一担盛篮，内放一套新衣裤鞋帽、寿桃（桃形寿饼）、寿面、大米、寿烛、鞭炮等。同胞姊妹也应有这般的"大担"。

寿诞之礼有一套仪规。先要设寿堂，摆寿烛，挂寿幛，铺排陈设，张灯结彩，布置一新。生日当天一早开始"暖寿"，老寿星夫妇男左女右端坐寿堂正中，接受儿孙和女婿及至亲晚辈的拜寿。

拜寿开始，先对天烧香敬神，然后按辈分大小转向寿星，每人点上自个带来的一对蜡烛，依序插在案桌上，叫"驳烛"，桌上蜡烛越多表示越兴旺发达；点烛时不能借别人蜡烛点，需用"纸引"浸油点火后再点烛。"驳烛"完成后才行"拜寿"，按辈分由大至小三跪拜，拜一下要说一句吉利的祝词。拜完后各自在门口按辈分大小放鞭炮，放的时间越长表示越敬重。

当日中午的寿宴是做大寿的重头戏，亲朋好友送的寿礼都悬挂在大厅四壁或摆放正厅四周，主家往往大开宴席，席上有诸多山珍海味之类，但少不了的是面，俗称"长寿面"。开宴时，最先上寿面（必须用线面，以示福寿绵长），席间，厨师还要去每桌去添面，称作"添寿"。"大外家"和"外家"来人必须坐"上桌"，做寿之主由至亲陪坐另一主桌，单独加碗长寿面，以及寿桃饼和小母鸡。富贵人家的寿宴往往十分阔气，仪式也较平常为多，除上寿、唱戏之外，还有请出家人念"宝安延寿经"以及焚天地寿星纸、放生等。客家人的规矩里，做寿的时间不一定非要生日当天，但必须提前不推后。

贺寿的来客都要携带相应的寿礼，诸如寿桃、寿面、寿烛、寿联等。这些礼品中但凡能加以缀饰的，一般都要加上一些象征长寿的大红剪纸或其他图饰。

做大寿的寿联也与婚联、挽联一般，有相应的程式和讲究。一

古蛟客家寿诞漫议

般的寿联不外乎写些模式化的吉祥祝福之辞，但有的寿联则需简要点出寿星与祝寿者之间的友情，对寿主的生平业绩给予评价。此处，寿联也有男女之别，自寿比寿之分，不同年龄的寿诞有不同的寿联。

自寿的寿联是用以抒发个人感慨抱负，或者用以自勉的，往往题作"X十自寿"。写与他人寿星的寿联，通用的如：福如东海长流水寿比南山不老松，寿男或寿女的如：椿树千寻碧蟠桃几度红（男寿）；萱草凝碧生南极梅花舒芳绕北堂（女寿）。写给不同年龄寿星的寿联如：二回甲子春初度举国笙歌醉太平（60寿联）；从古称稀尊上寿自今以始乐遐龄（70寿联）；人近百岁犹赤子天留二老看玄孙（90寿联）。

寿诞礼仪也有相应的俗信，诸如：小孩10岁的生日由外婆家做，称"爱子寿"；若娶亲，20岁生日由岳家做。客家人40岁不做寿，因"四"与"死"谐音。若有百岁老人寿诞大多会提前一年做，因"99"与"久久"谐音，以示提前过百岁大关。

还有做冥寿，也称作阴寿，指祖先亡故之后，每逢整十，子孙设神像或神位于堂中，对之行礼，或设坛延僧，诵经礼忏，以表达后人的缅怀孝念。冥寿亲友有送纸烛扎锭的，也有的登堂拜祝。

都说生死由命富贵在天，但古蛟地区客家人对人的寿命长短有独特的解读，坊间普遍认为，个人行为与寿数有相应的关系。小孩的无意识非社会行为可以预显他的寿数。比如乡间俗语"手搬脚，活一百"，是指有些婴儿常有以手搬脚的动作，可以长命百岁。与寿数有关的更多是有意识的社会行为，两者联系的基本规则是：行善积德延年益寿，损人利己减岁折寿。人说"支刀三分罪"，即举刀的人是罪过，要折寿。因为"支刀"属非礼之举，违背祖训和行为规范。因而，抱持着健康长寿的理想，人们往往会去做一些扶弱济贫、修桥补路的慈善之事，以期满足心境安宁、益寿延年的愿望。

梨岭兆珠公墓

李治莹

　　清朝咸丰年间，在梨岭村的土地上，当时立有一座与众不同的坟茔大墓。它形似塔，但又不同于少林寺的舍利塔，瘦高而多层，甚是特别，蔚为一景。

　　追溯此墓之来历，历史事实之中又有些传说色彩，闻之令人既肃然起敬又感慨万分。

　　梨岭村虽偏于梅花山腹地一隅，却是处处山水相逢，紫光普照。地灵必有人杰，早在200多年前的清代，这里的秀才、举人层出。一日，朝廷来旨，说该村举人林兆珠经会试、殿试后金榜题名，荣中进士。士子及第，光宗耀祖，于是派遣当地官府及衙役前往梨岭响锣击鼓送喜报。

　　不久，林兆珠就从一般官吏做起，后成为县令。因清正廉明，深受百姓拥戴，年近五十之时，被朝廷加封为江西赣州府正堂。新官上任，各级官吏与万民都来拜贺，有不少人还带有礼品。一时间，府堂门庭若市，声音嘈杂。如此现象，让林兆珠大为不悦。于是亲自步出州府衙门，在衙门外向众人作揖行大礼，说道：各位的诚意，兆珠在此一并致谢！但下不为例，倘若有再来者，本官视为行贿而记录在案。林兆珠此言一出，吓退来者，于是众人纷纷退去。

　　从此，州府衙门外也就清静了，林兆珠得以静下心来治理当地政务。在日日理政后，利用夜晚闲暇步出府衙，安步当车，走街串巷。一为看望父老乡亲，二为调研民情民意。但凡有人要给他食物，他只接受一杯清水。仅短短半年，赣州内外皆知有位清廉的兆珠大人，有口皆碑。不出一载，一整个赣州，无论城乡，风清气顺，八面祥瑞。三年过后，赣州五谷丰登，物产鼎盛，处处歌舞升平。

在当时的江西，有个从二品的布政使，心术不正。此人在赣州有个远亲，曾专程携金带银到巡抚衙门找过这个布政使，求请布政使让他犯下重罪的逆子免于一死。收下这个远亲重礼的布政使问道：为何不直接找林兆珠大人？这亲戚回答说：已前往求拜多回，只是林大人将所有礼品拒之门外，还说要罪加一等云云……这布政使一听，也就心知肚明，不再言语。

不几日，布政使亲自前往赣州，因当时此布政使与巡抚几乎平级，林兆珠数里远迎。迎入州府内后，他也亲自沏茶敬送。几句寒暄后，布政使直奔主题，要林兆珠释放那罪犯。林兆珠一听来意，便明白布政使此行目的，也不想虚与委蛇，就直言道：此犯见一女姿色甚佳，遂起恶念，想占为己有。但此少妇已嫁与他人，一时难以得手。此犯竟然寻衅滋事，谋杀其夫，罪不可赦。布政使大人之托，实难从命。

布政使自为官以来，还不曾有过当面不从命者，心中一怒，当即拂袖而去。

返回巡抚衙门后，布政使即以一封密信差人送往京城，向自己年年都以珠宝相赠的朝廷一大员诬告了林兆珠，说林兆珠因为在赣州有如众星捧月一般，忘乎所以，一见面就口出狂言，说布政使算老几，就是朝廷大员前来，也不值得茶饭相待。还说经他此行赣州细访，民间有人密报说林兆珠占据赣州，天时地利人和之下，想自成一统，或有谋反之意，云云。

那朝廷大员见信后，虽半信半疑，但见是赣省布政使的告发，也就不管三七二十一，索性当真了。这朝廷大员不但没什么本事，且还喜好搬弄是非。但碍于他是一皇亲国戚，在朝廷内大有骄横跋扈之势，大臣们也都惹不起躲得起。一日上朝，他奏上一本。皇上听后说道：林兆珠此臣口碑一向甚佳，如何会有此等事？朕正拟定让他升任另一州省巡抚，突闻此事，那就先放下罢。那大员又言道：圣上英明，当今世上乱象丛生，为保天下太平，有些事或许并非空穴来风，宁可信其有而不可信其无。数月后，或许皇上又听得谗言，原本想要赐林兆珠一死，但念其担任赣州府正堂后，勤勉有加，治政有方，于是赦免其死罪。他颁下一道圣旨，大意为：削去林兆珠赣州府正堂一职，返故乡为庶民……

林兆珠就此回归故里，因冤屈之事难抑，原想以己毕生之力报效朝廷与国家的志向，就此偃旗息鼓。同时也痛感官场昏庸无道，忠奸不分，让奸佞横行。

七八年后，林兆珠病逝于梨岭。其亲属和乡亲用心良苦，专为村中贤达、曾经的朝廷命官、一介忠臣之士林兆珠，修筑了一座颇为耐人寻味的铜钟墓。墓碑上没有表明任何官职履历，只镌刻简略的四个字：兆珠公墓。

"蛟洋"地名的由来

李治莹

　　传说千百年前的一个春天，今蛟洋一带天昏地暗、雷电交加，满天风雨，滂沱多日。浸了田园、淹没村舍，天下一片汪洋。原本群山围裹、绿荫翠竹随风摇曳，如同一幅美丽图画的乡村，却在那山洪咆哮之中，山梁上的树木都被拔根而起，土石倾泻而下，发出雷鸣般的响声，沿途田地村寨几乎损毁殆尽。叫天天不应、叫地地不灵的人们，只好避开滚落的泥石往高处走。然而，无论远近高低，都是雨水，水患肆虐之下，人们连躲都躲不起。

　　暂避于山岭或山坳，建竹棚搭草寮栖身的人们，风雨之下，无奈之至，只好求天拜地，祈望雨过天晴，洪涝退隐，水患消遁，以重返家园，勤于田耕、安居乐业。却无奈又一轮暴风骤雨来袭，洪水像恶魔似的从山谷中飞奔而出。各处山坡上的泥石流，犹如千军万马，奔涌而下。原本就已成泽国的山之下、溪河中，汹涌的水势愈演愈烈。山上的人们目睹此情此景，无不惶惑惊恐，如同末日来临一般。正当人们手足无措、不知如何是好之时，只见山下的汪洋之中，有如灶火上的锅中沸水，翻翻滚滚，鼓浪滔滔。人们定睛看去，发现汤汤涣涣的大水中，似有"蛟龙"游弋，大闹洪水。一时间，怒涛而起，倒海翻江，波澜难平。"蛟龙"一现，原本暴雨如注、灰蒙蒙的天空中，闪烁出道道亮光，厚厚的乌云渐渐散去。风停雨住后，洪水竟然奇迹般地迅速消退。人们纷纷走出山头上的竹棚草寮，欢呼着走下山去，在污水不再涌流的房基下，收捡着残垣断壁。

一段时日后，不屈不挠的人们，又把家园建起来了。让曾经一度泡在水中的村庄，重现在人们眼前，再次焕发出勃勃的生机。

在风平浪静的日子里，勤奋的乡亲们，把自己安身立命之地建设成世人心目中的"天山盆地"，桃花源一般的山乡。乡村中的三条小溪流自北向南地穿村而过，潺潺远流，悠悠而去。在日出而作、日落而息，凿井而饮，耕田而食的恬静岁月中，村里的人们总也忘不了那年发大水时，那游弋在洪水中的"蛟龙"。尤其是村中几位富有威望的老者与断文识字的秀才们，总认为这回洪水的超速消退，必是兀然出现在水中之"蛟龙"，显示了"龙"之大威所致。因为人们始终把"蛟龙"与"汪洋"联系在一起，时时挂在嘴边。说着说着，就把这四个字的前后两个字合并起来，浓缩成"蛟洋"这两个字。你说蛟洋、我说蛟洋，人人都在说蛟洋。不但乡村里的人这样说，乡村外的人们也如是说。说多了、说久了，人们就把这方福地称之为"蛟洋"。再后来，"蛟洋"这两字就成为官方与民间都认同的地名，宣称于世。

后来，人们在蛟洋中心地段上兴建起文昌阁，又在此阁的后右侧一眼泉水边打造起一"镇水亭"，亭内安奉的就是"龙神"。镇水亭前方的文昌阁内书有一副对联："蛟得雨云洋远拓，文光牛斗阁长辉。"

少年武学士

李治莹

　　古时的贴长乡（今步云），山重水复，古道弯弯。在兵荒马乱年代常因旱涝田地无收，导致乱世常有、饥荒频繁，也就不可避免地衍生出盗贼与匪帮，致使各个村寨习武之人众多，让当时的乡村武风鼎盛。林氏宗族尤为重视习武，族中长者以林氏宗祠为基点，召唤各户宗亲人人以武防身，以武护村。于是，该宗族无论老少，也无论在田间地头，抑或是山梁野地，都放下锄头，练起拳头，人人都有真功夫在身。

　　传说清朝有一个时期，有一地大兴土木建造七级佛塔，林氏村寨中但凡青壮年都上山伐木了，村中只留下老者与妇幼。有一小股对此村觊觎已久的贼匪，趁村中空虚之时，想劫一些财物享用，于是一路绕山过岭地摸到了这个村。到了村口，正巧有一位妇女在小溪涧中洗衣，见有十几个陌生人进村，即刻警觉起来。定神一看这帮人面露凶相，便知来者不善。当即把手中洗衣的铁盆翻个底朝天，捡一石块"咣咣"地敲打起来。村中老少一听此声响，便知有不测之事发生，随手抄起平时练武的刀棍一一走出家门。其中有一位年仅13岁的少年，从幼年时就跟着父兄习武，手上功夫了得。

　　那一小帮贼匪见抄刀持棍的都是老人或少年，也就不当回事，为首的那贼喊道："快快拿来细软首饰，我们劫财不害命。"但话音未落，便有一石飞来，不偏不倚，正中那喊话的嘴巴。那头领感觉嘴巴一阵剧痛，用手一捂，又见满手是血。定睛一看，见扔石头的是一乳臭未干的小小少年。一时间怒从心头起，疯狂地叫喊道："给我砍杀那扔石头的小子！"这一声喊叫后，那十几个喽啰也就跟着叫唤，声声喊杀、举刀舞剑地冲向那少年。

那少年并不惊慌，手持一棍，双脚摆开八字形，专等贼匪前来。少顷，贼匪已到跟前，几把刀在眼前乱晃。此时，那少年倏忽间抄起手中之棍，一棍横扫，就让已到跟前的几个贼匪呼爹喊娘地叫痛。等稍稍缓过气后，他们又张牙舞爪地扑上前来。那少年站在原地不挪步，只是挥动棍棒，又是几下左舞右击。但凡被击中的都倒地不起，其他贼匪见状，也不敢再战，退避不前。那头领见手下人如此胆怯，知晓这少年不可小觑。但被小子弄出这一嘴的血，此仇不报，自己这个头领当得也太窝囊了。头领看看那一手的血，再一次气急败坏，腾地双脚跃起，挥刀直取少年。此时那少年也想到了"擒贼先擒王"的祖训，下决心战胜这个头领，也就运足气力、蓄势待发。

说时迟，那时快，那头领已奔突到近前。双脚还未站稳，就"嗷"的一声大叫，举刀砍来。那少年一个闪身，用棍直击那头领的手中之刀。这一击，竟然把那头领手中的刀击落于地，再舞出一棍子，打中了头领的一条腿。只听得那头领"哎哟"一声，一时间站不起来了。喽啰们唯恐头领倘若再挨一棍，或许要出人命，赶忙上前扶起头领撤退。

贼匪跑了，村子安然无恙，老老少少都竖指夸那少年的真本事。

从此，13岁少年以一棍护村的佳话，不但传遍村里村外，还传到了当地官府那里。正巧那一年官府在汀州摆开擂台比武，广纳八方练武练拳法之人参与擂台赛。而且打破年龄限制，例外允许那以棍法护村、驱退贼匪的13岁少年参加擂台比武。

为此次擂台比武，汀州城内一角搭建起一个2丈高、9丈宽，十

少年武学士

分结实的木结构擂台。只是高高的擂台不建台阶，比武人得飞身跃上。此擂台之外还建有一个射箭比武的场地，远远插着一个个厚实的草靶，准备得十分周全。擂台开赛那天，闽西各地参加比武的武士云集汀州，武士们人高马大，身材魁梧，似乎个个都是健硕无比的强人。台下观看的百姓也从四面八方涌聚而来，各路人群络绎不绝。一时间，擂台上下人头攒动，加上周遭生意人摆摊买卖的，显得热闹非凡。

比武开始了，第一项比武是拉弓。弓箭手虽然各有绝活，但能射中靶心的却不算多，因为没有一个脱靶的，也引得观众阵阵喝彩。轮到那 13 岁少年，他选了张 120 斤拉力的弓，腰间束上几支箭矢。乡人扶他上马后，他先是来一个"霸王拉弓"。快马加鞭之中，一箭射中靶心，连射三箭，箭箭都聚集在靶心的一个点上。靶场外喝彩声、鼓掌声，"哗啦啦"响成一片。不仅观看者哗然，就连监考官也都齐声叫好。此时，有一监考官想再试试这少年的箭术，于是独出一题，令这少年射一射监督台上一面彩旗的旗杆头穗子。监考官话音刚落，少年仅仅瞄了一眼那旗杆头上的穗子，立即拉弓搭箭。随着"嘭"的一声响，一箭飞出，穗子即刻落地。那监考官将将胡须点点头，似自言自语地轻赞一声："奇才！"

紧接着，监考官拿起另一面令旗，举起又挥下，那就是结束射箭比武，开启力量和拳术等台上项目比试的信号。这时，只见一个高大壮实的武士率先站了出来，从平地腾地跃上擂台，摆出了迎战的架势。台下等候打擂的壮士们，个个摩拳擦掌、跃跃欲试。第一个迎战的壮士，仅仅几个回合就敌不过，只好认输下台。尔后，第二个、第三个……都一一败下阵来。轮到那位 13 岁少年了，他面不改色，毫无胆怯地从壮士群中站了出来。随即向台上那壮士举了举手，示意让他下来，再抱自己上去。那壮士倒也顺从，一个鹞子翻身，从高高的擂台上跳了下来。又以闪电之速举起那少年抛上擂台，嘴角露出一丝轻蔑的笑意。然后轻轻一跃，飞身上了擂台。他双脚一落到擂台，身子还未站直，那少年一个腾跃而起，张开一只手掌盖在这壮士的头顶上。这壮士万万没料到的是，这小小少年却是力透自己全身。那时那刻，壮士的头颅与脖颈都动弹不得，就那样半蹲半立地铆在了台面上。由于脱不开、转不动身子，那壮士虽有力气却无处使。僵持了一阵子，在无奈之中，只好承认自己失败，把自认为已经到手的擂主让给了 13 岁的少年。

在"高手""奇术""英雄出少年"的啧啧赞叹声中，当地官府的官员当众问这少年说："你小小年纪，如何练得如此功夫？"

这少年回禀道："因自己村小人少，常受贼匪欺凌，代代练武成风。在祖父辈的垂范之下，自己从 3 岁起就练起了木瓢吸水功。把家里舀水用的木瓢口朝下、底朝天，强吸在水缸中。手起水起，手朝下水即平静，如此这般，天天练、时时练，从未间断。"

官员听后，满意地又一次捋捋胡须，面露笑意点点头。再问道："练此吸水功外还主练何种兵器？"

少年恭敬地回禀道："因家中自古传下一张练武的大刀，仅刀身就重达 60 斤，刀柄更是沉重。由于长练不辍，而今挥舞起来，可以'张公钓鱼''平地割葱'，左舞右蹈皆自如。"

官员专注听其言、又观察其貌，觉得如此少年大可造就，日后在武术武艺上必有建树、必成大器。或可收入兵营，让其独到的功夫在战场上一显身手，为保家卫国出力。想到这许多，一时高兴，当即拍案叫好。

不几日，官府便派出差役，击鼓响锣地往那少年所在的村庄，授予这少年一牌匾，上有四个大字"泰山之功"，与此同时，又封授此少年为"少年武学士"。

蛟洋的黄金窖藏

李治莹

传说古时候的蛟洋是有不少窖藏的，藏什么呢？大多是金银珠宝。世上虽然贪图财富的人不少，但智者更多，于是就衍生出诸多的民间传说故事。

话说太平天国时期，洪秀全的兵马节节败退，兵马是退了，但窖书（记载窖藏地点的书籍）却留下了。无论豪门大族或权贵达人，还是蓬门荜户的平民百姓，无不知晓此册窖书的金贵。为了得到这册窖书，城池内、山乡里，但凡识文断字者都在冥思苦想。后来历经许多年的风雨和辗转，此窖书终见天日，书中指明的窖藏地点广及东南西北。破解窖书奥秘的、执着寻宝的事例甚多，在此仅选二则，可从中窥见踏破铁鞋无觅处，得来全不费工夫的哲理……

第一个故事是"里七里、外七里、七七里"。传说在双髻山庵旁有一个黄金窖藏，窖书上只写"里七里、外七里、七七里"。但这宗黄金到底埋在何处？谁也猜不透。为了解开这谜语一般的三句话，前往双髻山黄连官庙求神的、拜佛的、抽签的，络绎不绝。无论人们如何虔诚，无奈黄连官静默不语，总也解不出那三句话的秘诀。

有一日，一位信士带上一只鸡上山祭祀。当他要宰杀那只鸡时，发现手中的刀太钝，左左右右拉锯都无法拉出血来。这位信士情急之下，见庙门外有尊大香炉，便把刀架在大香炉的边边上磨砺。仅仅来回磨了几下，那香炉便闪亮出灿灿的金黄色，光辉闪耀。信士定睛一看，这不就是黄金吗？喜出望外之余，他随即张开双手去搬香炉，竟然十分沉重，不下七八十斤。此时，这位信士明白人们为之苦苦寻觅的黄金窖藏就"藏"于这香炉中。他当即用水洗净香炉，又发现这香炉里里外外都用黑漆漆过了，就此一一对照窖书上所写的"里七里（指里面用漆漆过哩）、外七里（外面用漆漆过哩）、七七里（里面外面都用漆漆过哩）"。"七"与"漆"不仅谐音，且还另有讲究：前一个漆为名词，特指漆；后一个漆则是动词，意为涂油漆。

第二个故事是"树根探桥一百步"，流传有200多年了。故事说的是蛟洋塘厦村塘尾中和溪圩旁的小溪边，有一处窖藏的金银珠宝，这是秀才们从那册窖书中得知的。窖书上写"树根探桥一百步"，根据此说，人们便到实地察看，发现小溪边确有一条小桶粗细的树根横跨溪流，活像一座树根桥。平日里，溪流两岸的人们就在这树根上来往过溪，也就从未搭建过真正的桥。说那个地方有窖藏宝物，引得八方人们冥思苦想，也不断前来探寻。但众人都紧紧围绕着"一百步"这三个字做文章，在树根探桥处为圆心，一百步的距离为半径，画出一个又一个的圆。人们沿着这圆周像挖冬笋一般掘地五尺，东南西北在一百步内外都被掘成"马蜂窝"，却是一无所获。在相当长的一段时日里，远远近近的人们，不辞劳苦、几经反复在树根探桥的前后左右走一百步，掘无数坑洞，最终都是无功而返。人人都说，这"一百步"的"文章"太特别，或许要学富五车的能人才解得出来。

后来，塘厦村有一位德才兼备的秀才，虽读书千百卷，却是科考多年未能中举。万般失意之下，也就不再谋求仕途，转而一边继续读书，一边耕田种地。这位秀才苦想多日后，认为个中秘密或许就出在这"一百步"这三个字之中。莫非这"一百"并不是简单具体的数字？因为"百"在当地方言为"跨"的意思，"百"又在客家话中有两腿张开的意思。"一百步"就是"一跨步"，按照此理去解，这位秀才便站在树根探桥的两端各跨开一步，往下深挖，果然在一端掘出了一瓮金银珠宝。

清溪长流，浑溪远去

李治莹

古城西安北郊的泾河与渭河，每每在交汇时，便呈现出一清一浊。泾河水清，渭河水浑，俨然一道独特的风景。而在杭川古田深处的梅花山腹地，亦有两条类似于泾、渭两河景致的小溪。一条水清、一条水浊。滂沱大雨之后，清水溪依然明亮如镜，浑水溪水浊似浆。清与浊如同今古画匠，一笔青翠，再一笔枯黄。自古至今，但凡见者，无不诧异惊奇，百思而不得其解。

然而，民间却有这么个富有情理的传说。说是古时某一个朝代，杭川域外之地有一富豪人家，因家资如山高，财源似水长。在吃穿用极尽奢华之余，便想大兴土木，建一座虽不敢越过皇宫、却能震撼方圆千百里的华彩大院。于是，以重金聘请有识之士寻找金刚林木，以坚固于千秋万代。然而，参天良木生在幽谷，栋梁之材藏于深山。经多方寻觅后，探访者在闽省西部发现一座森林宝库，当地人称之为梅花山。进入山中，尽是莽莽榛榛的杉林，大有遮天蔽日之势。步步深入丛林寻找，还能觅见贵比金银的黄檀木，以及千年不变形、万载不腐烂的红豆杉，甚至还有火焰无法奈何、刀斧砍不动，质地无比坚硬的珍稀树丛。听得返回的探访者禀报后，那富豪人家的掌门人一听大喜，认为有此木材建造大院，必定瓜瓞绵绵，子孙万代。当即划拨重金，备足粮草盘缠，差遣出一队人马，挺进杭川古田深处的梅花山。

　　这队人马风雨兼程地来到梅花山后，搭建茅庐以栖身，垒起炉灶供三餐。从此，一株株壮如大桶、高耸入云千万载的珍贵树木"哗啦啦"倒地。那时，树下有一条潺潺流向远方的溪流，皆是清澈明亮如镜、洁净似月。地上丛丛簇簇的灌木清除了，树木成片成片地砍伐了，飞禽走兽望风而逃了。不巧，连日山雨来袭，剃光头一般的山岭，在雨水的冲刷下，流泻下许多泥沙。清溪不再，浊水远流，流至小桥之下，山外村庄、人家门前。又有从山林中飞出的鸟儿们，立在家家屋顶上叽叽喳喳，似向人们诉说着它们的遭遇。诧异的山民们，纷纷走出屋宇，沿着浊流而上。只见原先的清溪变浊流，难得一见的珍禽从天空中飞过，也不知它们要飞向何方。

　　走进梅花山、再深入腹地，山民们看到被代代乡亲见之而拜的参天林木，均已被砍伐，尤其是那些珍贵的、山民们舍不得动其一枝一叶的树种，已被一群不知从何处来的壮汉们去枝除杈后，拖离山岭。而且他们还挖地三尺，连珍稀树种的根须都被刨没了。山民见几个壮汉正在掘一株黄檀木的根，一问，才知道是他们东家要用这根须制作茶座。惊愕的山民们，知道这树一旦无枝干、无根座，地面以至地下就松松垮垮，山雨一来，就得化为泥浆，渗透到溪涧中，水就是泥浆水。万般无奈、欲哭无泪之时，这才明白千千万万年的清溪变浑的根由。

　　所幸另一条源头同在丛林中的溪流，因那群壮汉们的刀斧还未伤及溪流周边的林木，依然清流潺潺。但源头深处那一片山中，珍品一般的林木不在少数，伐木者正虎视眈眈，急于攫取。山民们决定牢牢守望，决不能再让人肆无忌惮地染指山林。然而，伐木的壮汉们依仗东家财大气粗，想要以势再度滥砍滥伐。没想到古田一带的乡亲群情激愤，持刀举斧，不惜一拼以护林。

　　古田乡村里有一位乡绅，则愤然而起，磨墨挥毫，把这批域外伐木者的恶行诉说于笔下，以一状告官。官府接到状纸后，也觉得此事不小，令差役押来伐木人堂审。那帮伐木人见有官府差役前来，也不敢怠慢，即派出三个能说会道者去衙门见官。那三人跪地后的一番言语陈词，让那端坐大堂上的县令听后，了解到是域外那位名噪八面的富豪要造华庭大宅而取木。心中明白此案必定要审，但不能过于较真，更不可得罪富豪。那富豪因为家财万贯，县令早已耳闻他与官府有来往，说直白一点，哪能得罪哇？于是，审理之后，那心里有小九九的县令故作发威道："古田深处的梅花山乃杭川等三县地界，珍贵林木岂能胡砍滥伐？但因本县未能早些贴出告示，亦有过失。而今导致部分名木古树丧失，本县与黎民百姓均万般不舍。但树木已倒地、或已运载他乡，又不能用糨糊粘连，如同人死不能复生一样。事已至此，那就既往不咎，但从即日起，不可再动刀斧。"宣读如此判决后，那县令以高八度声音喝令退堂。

此时，围观的百姓渐渐散去，当中有不少人感到失望。

也就是从那时候起始，古田深处梅花山流下的两条溪水，一清一浊，至今未能改变。

后　记

上杭县的古田、步云、蛟洋，在革命斗争年代，村村寨寨"战歌嘹亮震山河"，家家户户"丹心铸魂报家国"。当年多少红军游击队员在深山荒野唱响着"跟党走，革命必胜"的歌声，又有多少革命基点村的人民群众，筑起了革命事业的铜墙铁壁。革命胜利之后，他们却将自己为中国革命所做的贡献，默默无闻地埋藏在大山深处。今日，山山岭岭盛开着红灿灿的杜鹃花，那是几多烈士用热血浇红的！那高高飘扬的五星红旗，又是几多烈士和革命群众用鲜血染成的！

在"读史明理，读史崇德"的今天，闽西大地有太多太多可歌可泣的红色故事和优秀的乡间传统文化在呼唤着我们。数十年来，虽然一批又一批的文学工作者前往采撷，但百密或有一疏，千虑难免一失。如同到宽广的海滩上拾取珍珠彩贝一样，沙面上的捡拾起来了，而埋得深一层的则需要挖掘才能获得。红色故事和优秀传统文化亦是如此，不深挖，必有遗漏。基于这种理念和思路，我们几位作者深入古蛟新区的山山水水，走进千家万户，开展挖掘"红色遗珠"和捡拾优秀传统文化的工程。

在挖掘采撷的过程中，有不少专家和史志工作者，予以鼎力相助。我们真诚地感谢古蛟新区的黄绍球、林光芃、张雄兴先生等，引领我们实地采访，或提供资料，或回忆口述……不遗余力地助力于此项工程。在此，向所有热心支持我们此次挖掘工作的单位与个人，表达我们最诚挚的谢意！

本书采撷作家

辛丑春吉日

后记